名家经典战史小说

十月的阳光

周洁夫 著

山西出版传媒集团　山西人民出版社

图书在版编目(CIP)数据

十月的阳光 / 周洁夫著. —太原：山西人民出版社，2020.6

(名家经典战史小说)

ISBN 978-7-203-11412-3

Ⅰ.①十… Ⅱ.①周… Ⅲ.①长篇小说-中国-现代 Ⅳ.①I247.5

中国版本图书馆 CIP 数据核字(2020)第 067629 号

十月的阳光

著　　者：	周洁夫
责任编辑：	秦继华
复　　审：	傅晓红
终　　审：	梁晋华
装帧设计：	观止堂_未　氓
出 版 者：	山西出版传媒集团·山西人民出版社
地　　址：	太原市建设南路 21 号
邮　　编：	030012
发行营销：	0351-4922220　4955996　4956039　4922127(传真)
天猫官网：	https://sxrmcbs.tmall.com　电　话：0351-4922159
E - m a i l：	sxskcb@163.com　发行部
	sxskcb@126.com　总编室
网　　址：	www.sxskcb.com
经 销 者：	山西出版传媒集团·山西人民出版社
承 印 厂：	凯德印刷(天津)有限公司
开　　本：	650mm×960mm　1/16
印　　张：	16.75
字　　数：	190 千字
印　　数：	1—4000 册
版　　次：	2020 年 6 月　第 1 版
印　　次：	2020 年 6 月　第 1 次印刷
书　　号：	ISBN 978-7-203-11412-3
定　　价：	49.80 元

如有印装质量问题请与本社联系调换

目 录 Contents

一	1
二	6
三	12
四	20
五	25
六	31
七	36
八	43
九	49
十	55
十一	62
十二	69
十三	75
十四	81
十五	87
十六	93
十七	98
十八	104
十九	111
二十	117
二十一	123

章节	页码
二十二	131
二十三	138
二十四	145
二十五	152
二十六	160
二十七	167
二十八	173
二十九	179
三十	186
三十一	192
三十二	198
三十三	205
三十四	212
三十五	218
三十六	224
三十七	232
三十八	240
三十九	249
四十	257

一

南方盛夏的一个中午，太阳高挂空中，散发出可怕的光热，把天空溶成淡蓝色。狗躺在阴凉里懒得动弹，水牛埋在河里不肯出来，连飞鸟也躲进了林荫深处。这时候，在江西湖南交界处的大山上，有支队伍在行进。战士们头戴竹笠，脚蹬草鞋，踏着高低不平的山径，一个紧跟一个，慢慢地然而固执地向南走去。他们的一边是陡立的山壁，好像一道无穷无尽的炉墙，发出窒闷的热气，竭力想把身边的队伍烤化。他们的另一边是万丈深涧，张开黑洞洞的大口，随时等待着掉下来的猎物。

师长丁力胜手拿竹杖，杂在队伍里。他的个子瘦高，脸上黑里泛红，一对清亮的大眼睛在竹笠下闪光。战士中流传着这种说法：师长的眼睛能够看透一切，因此看起来特别大。传说归传说，事实上，丁力胜此刻正在责备自己的预见不够。他没有料到这座山这么大，这么难走，居然走了两天还没有走完。有的人走着走着，突然中了暑，一头栽倒；好几匹牲口跌进了深涧，有一匹上面还带着个病号。要是事先对困难作了充分的估计，采取了足够的预防措施，情况或许会好一些。他素来喜欢准确，可是在强大的自然阻力面前，他所严格要求的准确性不得不打了折扣：行军的速度太低。听着背后单调的马蹄声，他感到有点心烦。

饲养员孙永年倒蛮高兴，他紧跟在师长身后，眯起眼睛，含笑盯着面前挺直的脊背。他的高兴是有道理的。从东北到平津，从河北平原到长江边上，师首长老是坐着吉普车行军，这个呜呜叫的家伙硬生生地把他跟师首长分隔开来。一过长江，师首长可又离不开他喂的马了，他们之间恢复了亲密的关系。他是在红军长征路途上参加革命的，参军后始终没离开过丁力胜，眼看着丁力胜从连长到师长，因此对师长的情意格外深厚，无话不谈。

"这座山倒有意思，一层接一层，比峨眉山还高。"

丁力胜一则心里有事，再则知道孙永年有自言自语的习惯，没有答话。

"师长！南下以来，尽走尽走，怎么老碰不到敌人？"

"老孙同志，你走得不耐烦啦？"

孙永年参军那年已经三十一岁，丁力胜一直称呼他"老孙同志"。

"我有什么不耐烦？过了河南进湖北，出了江西到湖南，多走些地方也不错，倒像又来一次长征。反正这回是我们找敌人打，不是敌人找我们打。啧啧，火龙，别往下看！"

丁力胜转过头来，见孙永年拉着缰绳往山壁方向牵，他的络腮胡子长了寸把长，挎包、米袋子、竹筒子水壶、茶缸子挂了一身。敞开着军衣，衬衣扣子也解开好几个。汗水从方脸上流下来，漏过胡子缝，顺着脖子淌进晒红的胸膛。

"老孙同志，怎么还背着米袋子？快搁到马背上去。当心把大米蒸熟了。"

南方的太阳蒸得熟大米，原是南方籍战士对东北籍战士说的玩笑话，孙永年自己就对好些东北籍战士说过，没想到师长这会儿倒用这句话来调侃他了。他一听，乐得眼睛成了两条线。

"少背点东西少出些汗。别让汗珠子把你漂走。"

孙永年抚了抚湿淋淋的马鬃，用怜惜的口气说："牲口吃不消啊，它出的汗不比我少。唉，在这种山路上行军，三天得换一副马蹄铁。瞧，火龙这两天瘦下来啦。"

丁力胜可看不出那匹枣红马有什么不同，它驮着盖了油布的行李，贴紧山壁，抬起结实的蹄子，一步一步地走着。倒是孙永年自己这两天瘦下来了，颧骨下面显出两个小坑。

迎面飘来一大团乌云，迅速地扩大，接近，遮掩了山壁的上部。空气中出现潮润的气息。孙永年嗅了嗅说："啊呀，又要下雨！山上的天气真怪，一天十八变。"

乌云盖严了半边天。太阳好像要抵抗它的进袭，使出全身力量，撒出了更加强烈的光热。热气从天上射下来，从山壁上蒸发出来，从深谷里蹿上来，布成一道闷热的密网。丁力胜的斗笠和草鞋仿佛燃烧起来，从头顶到脚底心，感到一阵阵发烫。

太阳的挣扎没有成功，终于被乌云的前锋吞没。那乌云越来越低，伸张着毛茸茸的触须，张牙舞爪地扑了过来。它裹住前面的队伍，涌向山涧，像要把它填平。

粗壮的三团团长叶逢春从后面挤上来，挤到师长身边，塞给他一顶张开的雨伞。

丁力胜推开雨伞说："我的雨衣就在驮子上。"

"南方的雨水实在太多了。"叶逢春感慨地说。他的嗓门挺大，使山壁发出回响。

"雨水不多，就会热死人。"孙永年接口说。

"一物总有一物治。"叶逢春擎着伞柄，让雨伞转了个圈，"它可以挡雨、遮太阳，还能当拐棍使，一举三得。比雨衣顶事。"

话音刚落，刮来一阵暴风，差点把叶逢春连人带伞吹下山涧。砂石漫天旋飞，竹笠吹向一边。看来，刚才的闷热是它在积蓄力量，此刻时机一到，一下子显出了它的威力。

叶逢春紧握住伞柄,扯开嗓门,迎风高喊:"往前传,往后传,注意照护牲口!"

应和着他的喊声,伞顶上沙沙乱响,他连忙用伞遮住师长。一眨眼间,许多注雨水顺着伞沿哗哗流下。

枣红马不安地踏着蹄子,打着响鼻。

"放老实些!"孙永年使劲挽住缰绳吆喝,随即放缓了口气:"不要紧,火龙!淋淋雨,凉快凉快。"

火龙好像听懂了他的话,安静下来。

瓢泼大雨漫天盖地,冲洗着一切,湍急的水流瀑布似的冲下山壁,扫过崎岖不平的山径,又像瀑布似的冲下山涧,发出可怕的吼叫。队伍并没有停止,冒着急雨暴风,仍旧固执地向南行进。

丁力胜的草鞋打得透湿,走一步,重一步,增加了好几斤重量。他的心却不知道沉重多少倍,他向叶逢春团长说出自己的忧虑:"这一场雨下来,部队又会减员。"

一听人提到减员,叶逢春就感到心痛。一过长江,痢疾和疟疾跟山岭河流一样,紧跟着部队不放。到现在为止,有的连队非战斗减员的人数已经达到四分之一,这是他带兵以来第一次遇到的严重情况。他抿紧厚厚的嘴唇没有答话,心里却在说:"今天一定要翻过这座山,不然,部队拖也拖垮了。"

这场暴雨来得快,去得也快,不久,雨停云散,前面露出青色的天空。不过山壁上的"瀑布"没有停止,继续哗哗地往下流,倒进山涧。山涧里好像万马奔腾,哗哗直响。队伍越走越慢,与其说在走,不如说在一寸寸地移动。

丁力胜前面的一个战士抱怨起来:"老天爷!这么走,哪天才能走到头!"话刚说完,一头撞在前一个战士的身上。"怎么停下来啦?"

前面那个战士回过头说:"谁知道。"

丁力胜踮起脚尖,从人们的头顶上望过去,只见一长串斗笠靠在一起,静止不动。丁力胜望了叶逢春一眼,好像在问:"怎么搞的?"

叶逢春明白这眼光的意思,他本来比师长还焦急,急着想弄清楚停止的原因。这眼光鼓励了他。他在滑溜的山石上蹭了蹭草鞋底,用伞柄拄着地面,侧起身子向前挤去。

"慢一点走!"丁力胜在后面高声嘱咐。

直到望不见叶逢春,丁力胜松了口气,转过身来,见孙永年浑身透湿,责备地说:"怎么不穿雨衣?"

"淋一淋痛快。"

"小心生病。"

"病不了。你看我哪天病过?在北方待了十多年,没病没痛。回到南方,好比蛟龙归海,还会生病?"

"你年岁大了,不比早先。"

孙永年最怕别人说他老,不服气地说:"离五十还有一大截子,算老?我爷爷活到八十多,临终前几天照样下地劳动。我参加红军那年,我爹六十三啦,挑起百斤重担走得飞飞儿的。我们孙家穷是穷,可一个个身板硬朗寿数大。师长,你信不信:我爹准没有伸腿。"

丁力胜喜欢孙永年那股倔强劲,微微一笑。不过等他转头一望,又忧郁起来。前面那串斗笠静止不动,一点没有移动的迹象。哪个部队出了事,出了什么事?他不知道。要停多久?他不知道。他咬着下唇,不安地望了望偏西的太阳。暴风雨过后的阳光更厉害了,晒在身上像炉火一样。丁力胜站着都往下淌汗,他为了减轻烦躁,想再跟孙永年聊聊,扭头刚说了声"老孙同志",孙永年叫唤起来:"师长,嘴唇出血啦!"

经孙永年一提,丁力胜果然觉得下唇有点痛,用舌头一舐,舐到一股咸味。

孙永年赶忙取下挂在身上的竹筒子,打开塞子,递给师长。

丁力胜喝了几口水,心里的烦躁并没有减低。怎么还不走?到底出了什么事儿?

孙永年从师长手里接过长竹筒子,塞上塞子,重新挂在身上。

"你怎么不喝?"丁力胜问。

"我喝饱了雨水。"孙永年说罢咂了咂嘴巴,好像在品味雨水的甜味。

前面传来一阵欢呼声,队伍移动了。孙永年喊了声:"山神土地帮忙!"快乐地向火龙眨了眨眼睛,在它的颈上拍了一掌。

队伍的行军速度逐渐加快,仿佛要补上停顿中失掉的时间,丁力胜的脸上出现了笑容。

在山径拐角处的大石头上,用粉笔写着一条标语:"英雄不怕行路难",后面画了三个巨大的感叹号。山涧里,一团奶白色的云雾浮了上来。

二

"好消息,下山了!"从这条振奋人心的标语开始,"加油,加油,再加油"一类抽象的标语看不见了,代替的是:"山脚只有十五里！""再走十里到平地！"悬崖绝壁悄悄退走，丛树竹林逐渐增多，蝉声组成单调的乐曲，伴送着下山的队伍。战士们精神焕发，加快了步子。火龙也预感到艰难的路程快要结束，不时快乐地长嘶一声。

丁力胜刚看到"剩下三里了！"的标语，队伍又停止了。在他背后哼着四川小调的孙永年，也在半当中住了口。

焦急的等待又一次开始，等了好久还没有移动的迹象。丁力胜把斗笠往脑后一推，往前面挤去。战士们默默地给他让路，用希望的眼光送他过去。

丁力胜绕过山弯，隐约听见嘚嘚的声音。再往下，见炮兵营的炮手们有的使劲拉住驮炮的牲口，有的横躺在牲口前面，不让牲口移动。他好不容易挤过一匹匹骡马，走到山脚下，眼前横着一条宽阔的河流。黄浊的水浪奔腾吼叫，湍急地涌向前去。炮兵营长吴山站在叶逢春身边，指挥炮兵渡河。

河里，十几个人簇拥着一门大炮的炮身。二百来斤重的炮筒子缚在两根粗树枝上面，四个人扛炮，两个人扶炮，剩下十个人，拉的拉，推的推，有的牵着抬炮人的手，吆喝着，一步一步地走向中流。另外一大群人簇拥着更重的炮架，紧跟在后。一个驭手只穿件短裤衩，想拉一匹牲口下河。那匹马昂起头，四蹄撑住地面，使劲往后退。另一个驭手举起树条子，在马屁股上打了几下，它才无可奈何地纵身下水。刚下去，立刻惊惶地转过身子，用后蹄踢起水浪，蹦上岸来。

"试过深浅没有？"丁力胜大声地问。

"试过了。上下游深，这里最深不过肩膀。"炮兵营长吴山回答。

"步兵连徒涉过去的时候还顺利。"叶逢春接着说。

叶逢春和吴山都是大高个子，两个人站在一起，很像哼哈二将。

丁力胜用手遮住眉毛,向上游凝望。远处,浊流滚滚的河面上腾起一团烟雾,有块河面是阴暗的,上空正有一片乌云浮过。他担心上游下雨,厉声地说:"赶紧过!叫步兵帮忙!"

"叶团长已经派了个连队帮助扛弹药箱。"

跟吴山的答话同时,叶逢春向河对岸高喊:"李连长!把全连带过来!"

河对岸,一个高个子跑到河边边上,双手遮在耳后,上身俯向河面。叶逢春一手围住嘴巴,又叫喊了一遍。那个高个子转身喊了句什么,纵身下河。他的背后涌来一大串人,跟着他跳进河里,手拉手地徒涉过来。丁力胜认出打头的那个高个子是二连连长李腾蛟。

李腾蛟一上岸,叶逢春马上命令他帮助后面的炮兵连渡河。

"跟我来!"李腾蛟向后一摆手,湿淋淋的战士们紧跟着他,一条线地挤上山坡。

扛着炮身炮架的人群到了中流,汹涌的水流哗叫着冲过来,漫过他们的肩膀,想把他们推往下游。人们继续挪动脚步,每一步像打一支桩,顽强地移向对岸。在他们后面,驭手们扛着马鞍,拿着树枝,走在牲口的下方,不让它们汩往下游。扛着炮弹箱的战士也先后下河,手拉住手,连串地徒涉过去。河里的人不时发出短促的吆喝声,使出全身力量跟激流搏斗。岸上的人并不比他们轻松,尽管太阳西坠,阳光射来不那么烫人了,人们仍旧不断地淌汗。丁力胜还不时望一望雾蒙蒙的上游,生怕涌来更大的山洪,如同指挥作战时唯恐敌人派来援兵。

眼看着第一门炮运上对岸,第二门炮越过中流,岸上的人都喘了口气。吴山抹去脸上的汗,压低声音对身边的叶逢春说:"炮兵到了南方,好比龙困沙滩,有力无处使,憋闷透啦。"

叶逢春也压低声音回答:"不是山,就是水。打起仗来,哪有东北大平原痛快。"

"能打上个仗倒好啰。"吴山叹口气说。

"是啊,路走不完,仗打不上,真气人!"

叶逢春即使低声说话,嗓门也很大,站在不远处的丁力胜完全听清楚了他的话。

丁力胜了解这两个指挥员的心情。南下以后,自己的部队没有打过像样的仗,叶逢春领导的团还不曾跟敌人见过面。你前进,敌人退缩;你进一百里,敌人退一百里。难怪老百姓把白崇禧叫作"白狐狸",他确实刁滑,尽量集中兵力,躲避我们的大部队,不肯轻易作战;撤退时实行坚壁清野,彻底破坏交通,迟滞我们的行动,增加我们的困难。我们的部队却遇到了一系列新问题:水土不服,不善于山地战,交通运输不方便,炮兵施展不开……应该解决这些问题!怎么解决?他沉思起来。每当他进入沉思,对眼前的事物常常视而不见。当他听见叶逢春的喊叫:"抓住!抓住!"才发觉有匹黑马向下游漂去,一个驭手挥着手高喊紧追。

"下游不是比这一带深吗?"丁力胜问,同时眼看着那个驭手漂了起来,双手向空中乱抓,"快叫会浮水的下去!"

那个驭手的头突然沉进水里,一只手向上伸了伸,立刻也不见了。河里几个拿树枝的驭手急忙向他冲去。

"不会浮水的别过去!"丁力胜喊。

那几个驭手清醒过来,迟疑地站下了。

丁力胜解下斗笠,奔向河边,吴山一把扯住他的胳膊。就在这会儿,有三个人放下炮弹箱子,跳进河里,飞快地向前泅去。丁力胜认出打头的是李腾蛟,第二个是师的战斗英雄王海,最后一个不认识。

李腾蛟游到驭手沉没的地方，那个驭手在前面不远处冒了下头，又给水浪淹没了。李腾蛟猛划了十几下，头往下一扎，不见了踪影。等他再一次在河面上出现，一只手托起驭手的头部。王海连忙游过去帮忙。岸上扬起一阵欢呼。

"继续渡河！"吴山在欢呼声中高喊，粗壮的胳膊向下一挥。

被意外事件阻挠的巨大机器重新运转，停在河里的人们向前进，扛着炮弹箱的战士一个个踩进水里。

丁力胜仍然注视着下游，他不认识的那个战士光着头，像鲶鱼似的刺破水浪，飞快前进，逐渐接近那匹黑马。在相反的方向，李腾蛟和王海扶持着驭手泅了过来。

到了水浅处，李腾蛟把驭手交给王海招呼，又扑进深水去追赶黑马。

丁力胜一脚踩进水里，向王海走去。叶逢春一把没抓住师长，跟着下水，飞跑了几步，才拉住师长的手。

"怎么样？"丁力胜向王海高喊。

"不要紧。"王海抱着驭手喊着回答，"喝多了水，压一压就好了。"

丁力胜等王海走近身边，带着夸奖的神情说："想不到你这个东北人倒会游水。"

"在辽河边上长大的嘛。"王海不好意思地回答了一句。

他把驭手放在河岸上，施行了一会儿人工呼吸。那个驭手吐出了好多水，慢慢地睁开眼睛，手掌往地上一撑，坐起来嚷："马呢？"

惹事的黑马已经被赶上对岸，丁力胜不认识的那个战士个子矮小，动作灵活，蹦蹦跳跳地跟在马后。

这一边，李腾蛟摇落了头发上的水，大踏步走上岸来。

"你倒像个水鬼。"丁力胜说。

"从小在海河里捞过木头。"李腾蛟说,露出雪白的牙齿。

"那个矮个子是谁?"

"一班战士沈光禄。"

"啊,是兄弟团的那个沈光禄吧?"

"就是就是。"叶逢春在一旁抢着回答。

"这么说,都是你们连上的啰。"丁力胜望着满身滴水的李腾蛟说:"快把衣服脱下来!"

"一会儿就干了。"李腾蛟说,伸出泡白的大手掌,往湿淋淋的脸上捋了一把,向炮弹箱走去。

王海从驭手身边跳起来,跟着连长,一阵风地走开。

那个驭手支撑着站起身子,摇摇晃晃地向河边走去。丁力胜拉住他的胳膊说:"快休息休息!喝点烧酒。喂,你们谁带着烧酒?"

吴山早解下身边的水壶递了过去。他喜爱喝酒,不过从来不喝醉。他的皮肤红润,据他自己说就是喝酒的功效。

这时候,沈光禄又像鲶鱼般地游过来,水面上只露出半个头,周围没溅起一点水花,转眼间游过了河中心。他游得实在漂亮,会游泳的丁力胜一眼就看得出来。

"你怎么样?"丁力胜问吴山。

"什么?"吴山不解地反问。

"这个。"丁力胜伸出一只手划了两划。

"不行。"吴山坦率地承认。

"你们炮兵得好好学一学游泳。过河的机会有的是。"丁力胜说,捎带瞟了叶逢春一眼,"不要光埋怨环境,要想办法适应环境。你讨厌它没有用,它照样跟你作对。等你学会了跋山涉水,本事超过了敌人,它就会转过来给你服务。"

叶逢春知道这段话也是对自己说的,低下头去。在吴山的心上，这段话却引起一阵感触，他喃喃地说："我们的敌人太多，还有老天爷。刚才暴雨过后，有匹牲口蹄子一滑，带着四箱炮弹一起粉身碎骨了。"

看来，此刻老天爷又来作对：最后一道阳光在河面上消失，悄悄地移上山壁。黄昏快要来到，至少有一半部队要摸黑渡河了。丁力胜咬了咬肿胀的嘴唇，吩咐吴山说："你先过去，叫他们快走！这边由我招呼。"

吴山刚下水，丁力胜又吩咐叶逢春说："你派一部分部队去砍伐树木，在河两岸烧它几堆大火！"

三

沈光禄弓下腰，把手里一根燃着的树枝塞进枯枝堆。枯枝发出哗哗的响声，火光蔓延开来，一道道小火舌摇晃着，挣扎着，有几道汇在一起，猛地蹿了上来，把他的椭圆脸照得通红。

战士们呼地聚拢来，围住火堆，脱下衣服来烤，空气里顿时充满一股汗酸味。这些衣服都是汗透了又浸湿，浸湿了又加上汗，分不清水多还是汗多。火头嘶叫着往上直蹿，照亮了身边的竹林。这个小村庄不满十户人家，要住两个营，大多数人只好露营。坪场上，村道上，到处燃起一堆堆野火。人们的说笑声在夜空中飞得老远，跟火光扭在一起。

沈光禄一边烤衣服，一边活泼地说："一下水，我拼命赶到头前,老赶不上。连长的水性原先没露过,我不清楚。班长的水性我可知道,不如我。我使劲地划啊,划啊,怎么划也撵不上,好像龙王爷推着他似的。"

战士们哈哈大笑起来。

全班最年轻的战士夏午阳眨了眨眼睛:"给你一说,班长成了神仙了。"

"不是神仙,也是仙人。"

这话又引起一阵哄笑。

"你们笑什么?当心烤煳衣服。"刚开了排务会回来的王海走近火堆说,同时脱去上衣。

"听沈光禄摆龙门阵。"夏午阳说。他下班扛枪虽不久,革命的历史可不短,在师部和团部当了两年多通信员,不知不觉地学了些师、团首长常用的词儿。

沈光禄一见班长回来,不言语了。他见火焰减弱了一些,便披上烤干的衣服,离开火堆。

王海烤罢上衣,从上边口袋里掏出个本子,放在火焰上面翻动。夏午阳马上嚷起来:"啊哟!班长的百宝锦囊也打湿了。"

夏午阳的称呼也有道理。原来王海这个本子跟他的冲锋枪一样,时刻不离身。上边记着支部的决议,连排干部的指示,同志们的发言,抄下来的歌子,注了音的生字……总之应有尽有,叫它工作手册或是学习手册都囊括不了它的内容。

等到沈光禄捧了一大捧柴火回来,王海已经烤干本子,用半截铅笔头在上面写着什么。沈光禄往火堆上扔了一些柴火,火焰又蹿了起来。

沈光禄在班长身边坐下,用尊敬的眼光望着班长。他一出解放营就补充到这个班上,一开头对班长感到害怕,但很快由害怕转为尊敬,处处把班长作为榜样,在学习文化方面也不例外。

夏午阳也在斜对面注视班长，见班长写写停停，停停写写，便转到班长身边，好奇地问："班长，你写什么？"

"快板。"

夏午阳一听，张口就嚷："快来听班长念快板。"

沈光禄瞅了夏午阳一眼说："班长还没写完呀。"

"你怎么知道，你是班长肚子里的蛔虫？"

"别像家雀似的尽吵，让班长好好想想嘛。"

"你不爱听别听好啦。快念，班长！"

别的人跟着七嘴八舌嚷起来，催着班长快念。

王海举起拿铅笔的手摇了几摇说："别吵，别吵，我写不下去了。"

"先把写好的念给我们听听。"夏午阳坚持说。他最爱听快板，如同他爱讲话一样。只有听快板的时候，他的嘴才能堵上。

"就先念这么四句。"王海捏响着拇指和食指，朗声地念起来：

　　哪怕雨淋太阳晒，
　　哪怕山高路途难；
　　不追上狐狸不罢休，
　　不解放江南心不甘。

夏午阳第一个鼓掌，鼓得最响。迨他往班长的本子上一瞅，止住掌声大嚷："本子上还有，班长没念完呢。"

王海急忙说："这四句不好，意思重啦。"

"重了不要紧。"夏午阳马上接口。

"一班长！"不远处有人叫喊，"你们班有病号没有？"

"真扫兴！他又来啦。"夏午阳赌气地说，把掉在脚边的半截枯枝踢进火里。

王海合上本子，站起来说："卫生员！我们班没有病号。"

卫生员巩华走近火堆，他的长相厚道，背脊稍稍有点弯，一见他的模样，容易叫人联想起骆驼。他的小而黑的眼睛往人脸上一扫，慢声细气地说："我来检查检查。"

"对你说没有病号，检查什么？"夏午阳说。

"没有病号，也要检查一下。"巩华把红十字皮挎包往胸前一挪，稳稳实实地在火堆旁边坐下来。瞧他的姿势，想赶也赶不走他。

"没病还检查，真新鲜。"夏午阳嘟嘟囔囔地说。

巩华只当没有听见，坚决地对王海说："一班长！从你开始。"

"好好，服从命令！"

巩华是二连的老卫生员，平时不爱说话，腼腼腆腆，调皮的战士背地叫他"大姑娘"。可是工作挺认真，每逢长途行军，宿营后总要到班上走一走。他知道老战士们的脾性：常常有病不说，有伤不治，因此严格得很。他果然没有落空，他捧着王海的小腿，往脚底心上一望，立刻说："裂了一道口子。别动！"

"什么口子？"王海不大相信。

"口子就是口子。伸直！"

夏午阳凑过来一瞧，舌头一伸说："好深！准是水底下石头尖子扎的。"

巩华打开红十字皮包，取出药品。他的皮包里的东西总是放得整整齐齐，不用看也能随手摸到。他给王海上药包扎的时候，沈光禄往火堆上扔下几根枯枝，好让巩华看得更清楚些。

巩华包扎完了，对夏午阳说："轮到你啦。"

夏午阳拔脚就走，正好跟连长撞了个满怀。

"慌慌张张干什么?"

"没什么,没什么。"夏午阳含含糊糊地回答,待一发现站在连长身后的人,立刻兴高采烈地喊:"白毛女来啦!白毛女来啦!"

战士们呼地一下围拢来。

连长身后转出个身穿军装的女同志,脸黑黝黝的,细眼睛,翘鼻子,绑腿打得挺紧,草鞋头上有对大红绒球。

"这边坐!"王海把客人引到火堆旁边,拍了拍自己的背包。

"何佩蓉同志,你们谈吧。"李腾蛟一转眼看见巩华,猜到刚才是怎么回事,板起脸孔转向夏午阳说:"你想逃避卫生员的检查可不成,我也得受他管呐。"

何佩蓉没有坐下,走到竹林跟前,往一棵粗毛竹上一靠说:"等巩同志检查完了再谈。"

巩华原本对何佩蓉的到来感到不快,他知道:她一来,大伙准会围着她不放,自己的工作更难开展。此刻见连长撑腰,何佩蓉知趣,情绪高涨起来,向何佩蓉补打了一个招呼。

有连长在,夏午阳老实了,无可奈何地在巩华对面坐下,听从卫生员摆布。脸上的表情,很像一个孩子刚吃了苦药。

李腾蛟把王海叫到一旁,叮咛了一句:"一会儿你送她上连部。"转身走了。

巩华细磨细琢地一一检查完了,背起药包,走向另一个火堆。

大伙重新围着火堆坐下,眼睛盯着何佩蓉,王海先开口说:"何同志,给我们带什么节目来了?"

"什么也没有带。"何佩蓉说,"我是专门来看看你们两好连。"

"不成两好连了。"夏午阳冲口说,"我们班也不成两好班了。"

"怎么?"

"病号不少。我们班的'班政委'也得了疟疾,留在后面,没有跟上队。"夏午阳说,"可卫生员还嫌掉队的人少,老来找岔子。"

"不要胡说八道。"王海严厉地说。

"不说就不说。"夏午阳抱住膝盖,不吭声了。

不过他只静默了一会儿,当何佩蓉问起王海近来编了些什么快板,他又抢着说:"班长刚写了首快板诗。"随即坐正身子,咳嗽了一声,把王海念过的四句快板诗一字不错地念了出来,还把末尾一句着重地重复一遍,头一侧问:"怎么样?"

"不错!不错!"何佩蓉说,跟着念了一遍,问:"对不对?"

"对对!"夏午阳拍着手掌说。

何佩蓉笑了笑说:"王班长,说实话,我是搜集节目来的。"

沈光禄的眼光差不多一直没有离开何佩蓉,一时在心里说:"她瘦了,黑了。"一时又在心里否定:"不,黑是黑了些,可并不瘦。"一时思想飞得远远的,回忆起过去的日子;一时又被何佩蓉的声音引到眼前,注视着她的一举一动。

找了一个空子,沈光禄终于亲热地问:"何同志,这次行军怎么老看不到你?"

"我跟三营行动。"

"啊,在最前面!路上那些标语准是你写的!"

"你认得我的笔迹?"

"每个字都写得方方正正,我原猜着多半是你。身体怎么样,何同志?"

"路走得,饭也吃得。"

沈光禄的眼光又停在何佩蓉的脸上,心里嘀咕着:"不,不对。她还是瘦了一些。"

　　要问沈光禄为什么这样关心何佩蓉，当中有这么一段故事：

　　沈光禄补充到一班后不久，师宣传队给一团演出《白毛女》，二、三团全体解放来的战士也去了。一团特别优待他们，让他们坐在前面。沈光禄看到杨白劳服毒自杀，喜儿被抢走的时候，忍不住放声大哭。原来他家的遭遇差不多：他十一岁那年，家里因还不起租子，他的大姐姐给地主抢走了。他爹一口气缓不过来，死了。他姐姐在地主家受不过气，第二年也上吊自尽……当时看《白毛女》哭的人很多，不过他的声音特别大。他一边哭，一边向同来的人诉说，说了几句说不下去了。这会儿，他身后不远，有个人猛地从机枪后面站起来，挤到他的身边问："同志，你是不是沈光禄？"他抬头一看，跳起来一把抱住那人，喊了声"哥哥"，哭得更伤心了。他的哥哥沈光福当场也洒了几滴欢喜泪。他哥哥是在沈光禄十五岁那年被反动派抓壮丁抓走的，兄弟俩已经有六年没见面啦。当晚沈光禄没有回团，跟哥哥谈了一夜。第二天来了几个宣传队员找他俩谈话，当中也有何佩蓉。不久师宣传队到三团演出，节目中多了个《兄弟会面》的演唱，演唱人正是演白毛女的何佩蓉。唱到他家的生离死散，沈光禄又哭了一场。从此以后，他对何佩蓉一直怀着感激的心情。一见何佩蓉，就想到过去的遭遇，想到他的姐姐。

　　沈光禄原想跟何佩蓉多聊聊，可是开饭的哨子响了。王海插进来说："在这里吃饭！"沈光禄也连声挽留："吃起走！吃起走！"

　　何佩蓉的皮带上挂个蒙了白布套子的茶缸子，绑腿布里插双筷子，上衣口袋里插把小匙子，她原打算哪里开饭就在哪里吃，便点头答应了。

　　沈光禄连忙跳起身来，抢着去打饭打菜。

菜是好菜，数量不少，一大脸盆竹笋煮香菌。王海夹了块竹笋尝了尝，抱歉地说："还是没有盐。何同志，将就吃些吧。"

"我在三营也老吃这个。没有盐更鲜。"何佩蓉不在意地说，拔出筷子，夹了块竹笋送进嘴里。

出发时带来的盐吃完了，这两天尽吃淡竹笋。竹笋和香菌是这一带的特产，差不多遍地都是。王海原以为这顿饭大概有盐，想不到下了大山一样困难。

何佩蓉大口地扒着饭，吃菜不用让，吃法完全是战士式的，喝汤时不用那把小匙子，端起菜盆往茶缸子里倒。一边吃一边聊，有时爽朗地忘情大笑。王海很满意这个客人，包括她的装束：她的头发完全塞在军帽里面，帽子戴得端端正正，并不歪在脑后。

何佩蓉对王海也很满意，问到行军的感想，王海冲口说："反正要打仗就得走路，不走路怎么能打上仗！"问到脚破了怎么不觉痛，他随随便便地说："我也不知道。"好像一切都应该这样，没有什么好奇怪的。

何佩蓉去连部时，坚决不让王海送，说了声"这里又没有老虎"，一个人走掉了。王海还是在后面跟着她，等她进了连部才回来。走到半途，突然响起嘹亮的号声。一听是紧急集合号，他连忙跑起步来。

四

前锋部队经过两天一夜急行军，在一个晴朗的早晨赶到目的地。街上门窗紧闭，充满强烈的焦霉味，一条大街差不多完全烧毁，瓦砾堆里冒着烟气。偌大的市镇好像死去了似的，静寂无声，看不到人影。

叶逢春团长出了市镇，走到河岸上。一条水泥大桥被炸成几截，桥身残肢露出锯齿形的切面，东倒西歪地瘫在桥柱上，有一截边边上还留着完整的栏杆。水流发出怨愤的声音，围着崩塌的桥柱打转。除了滚滚的流水，看不见一只小船。河对岸不远有个烧毁的村子，村子上空飞着残余的火灰。一只乌鸦掠过村子，落在那截完整的桥栏上，凄凉地叫了几声，扑着翅膀飞走。

背后传来熟悉的脚步声，叶逢春转过身，恨恨地说："又跑掉啦！"

丁力胜师长脸色阴沉，擦过叶逢春身边，笔直地走到河边上，像要径直走下大河，走到河对岸去。

"破坏得很彻底。"叶逢春的声音有点走样。

"唔，很彻底。"

丁力胜望了望对岸的村子，不声不响地沿河走去，叶逢春默默地跟在身边。他们经过一株斜伸在河面上的大柳树，见树干上系着一条缆绳，一头浸在水里，下面显然有条凿沉的船只。树旁边摊着一堆发焦的血迹。再过去,在一个小河湾里,漂着一只发涨的死狗、一只空鸡笼和几片船板。

"找到船了没有?"丁力胜问。

叶逢春掀动鼻翼,结实的胸脯激烈起伏,好像空气不够使似的:"敌人凿沉了全部货船渔船,拉走了船夫。"

"我就不信他们破坏得了所有的船只!"

"战士们到远处找去了。"叶逢春说,向河两头望了望,仍然看不见一只小船的影子。

"一边找船,一边修桥,再抽一部分人做群众工作。"丁力胜说,"敌人的破坏绝不只是物质上的,什么先甜后苦啦,这一套欺骗宣传准少不了。"

两个人回到镇头,叶逢春折进团部,丁力胜独自越过烧毁的大街,走向师部。街上,好多扇楼窗已经打开,好几家铺子开了门,镇民们三三两两站在屋檐下,静听我们的宣传员解释政策。看到这些景象,丁力胜的脸色开朗起来。他知道要不了多久,这座一度死寂的市镇就要苏醒,镇民们的恐惧和怀疑将要被欢跃所代替,勇敢地来迎接新的生活。

丁力胜走进一座不显眼的平房,撩开门帘,走进内室。

师政治委员韦清泉坐在八仙桌旁边沉思,他没有戴帽子,头发蓬松,脸容憔悴。他的年龄跟师长相仿,不满四十,看起来却比师长老得多。一见师长,他微微耸了下肩膀说:"白崇禧想饿死我们呐!"

"哦!"丁力胜在师政委对面坐下。

"敌人毁灭了几十万斤粮食!"

"几十万斤!"丁力胜的上身往前一倾,吃惊地说。

韦清泉掠了掠半灰的鬓发,声音有点发颤:"镇上的粮店全空了。敌人把带不走的一部分粮食堆在街上,浇上油,全部烧光……"

"简直是罪恶！"丁力胜捶了一下桌子。

"把居民们的粮食也洗劫一空。名义上是征，实际上是抢。"

"彻底，唔，很彻底。"丁力胜自言自语地说，挫动着牙齿。

韦清泉望了望师长的神色，用平静的口气问："没找到船？"

"暂时没有找到。"

"找不到也好，让战士们休息休息。连续走了十来天，部队太疲劳了。"

"不怕疲劳，就怕扑空！"丁力胜大声说出自己的心情。

韦清泉沉默了一会儿说："是呵，就怕扑空。"

疲劳，休息一阵可以解决；如果敌人在眼前，疲劳自己就会消失。扑空却是一切准备的落空，长期希望的落空，它会削弱战斗意志，增加疲劳。几句话能赶走肉体上的疲劳，鼓起劲头。扑空后却要做一系列工作才能恢复锐气。敌人不断后退的目的，一方面是保存实力，另一方面是企图引起我们的急躁情绪。韦清泉明白这一点。他自己在任何情况下都不会疲倦，但部队的扑空却使他感到忧虑。

两个人静默了片刻，韦清泉换了个话题说："敌人的消息真灵通，镇上的地主也跑得一干二净。"

"都跑了？"

"还带上家眷和细软财物。说明他们失去了信心，知道自己回不来了。"韦清泉顿了顿说，"你还记得东北开始土改时的情况不？那时候地主的气势多高，有多少个地主威胁过农民：'敢分我的地，当心脑袋！'"

韦清泉是在东北解放战争初期调到这个师来的。从那时候起，这两个师的领导人就成了亲密的战友。

"在东北的时候，我们从来没有扑空过。"丁力胜说，同时眼睛闪光,显然回忆起许多次成功的战斗。

"敌人不同了。"韦清泉说,接着口气一转,"你在路上听到过一首快板没有?"

"什么快板?"

"哪怕雨淋日晒,山高路远,一定要抓住白崇禧。"

"啊,听到过。"

"好是好,我看还缺少个意思。再加上句'哪怕扑空再扑空'就更完全了。碰到这种刁滑的敌人,我们一定要树立起不怕扑空的思想。狐狸到底是狐狸,哪有容易抓到手的!"

房门开了一条缝,随后慢慢地打开。孙永年轻脚轻步走进来,站在门边,先观望了一下师首长的神色,才低声地说:"首长,队伍会不会行动?"

"干什么?"丁力胜问。

"马蹄铁都快变成洋铁皮了,想给它们换一换。我找到了一家马掌铺。"

"去换吧。"丁力胜手一挥说。

"老孙同志,抽口烟再走。"韦清泉说着抓起桌上的招待烟。

孙永年走近桌边,接过烟盒,抽出一支,往口袋里一塞说:"回头再抽。"

"马料还多不多?"

"这一顿全部出空。火龙像饿鬼一样,吃得好凶。"一提到牲口,孙永年不想走了,指手画脚地说下去,"这几天真把它们累坏了,吃,吃不好;睡,睡不够。"

"街上能不能找到马料?"韦清泉又问。

"有人的地方总能弄到马料。"孙永年蛮有把握地回答。

孙永年有一种本事,凡是牲口需要的东西,他在任何环境下都弄得到手,从来不叫困难。韦清泉满意他的回答,也相信他真能弄到，盯着他发红的眼睛说："钉完马掌，好好睡上一觉。"

孙永年不置可否地微微一笑，拔步要走，丁力胜摸了摸下巴说："老孙同志，你的胡子该刮一刮了。"

孙永年不禁伸手摸了摸乱蓬蓬的胡子说："越忙，它越捣乱。"

一阵马蹄声响到门口骤然停止，一个骑兵满头大汗闯了进来，递给师长一封信。孙永年紧忙悄悄地退了出去。

丁力胜看完信交给政委："军首长叫去一个人开会。你去吧。"

韦清泉往信上溜了一眼，几步走到窗前高喊："老孙同志！快去备马！"

窗外出现孙永年的黑绰绰的脸："师长的？政委的？"

"我的。马蹄铁回来再换。"韦清泉用命令的口气说。

"好在白雪刚吃过草料。唉，这种时候，牲口也只好辛苦一点。"

"越快越好！"

孙永年一转身，跑步走了。

不多一会儿，韦清泉骑上一匹长鬣毛的白马，跟着骑兵驰上街心。白雪弹动粗壮的腿，跑得挺稳，看来精神饱满，并不感觉什么辛苦。

丁力胜直到政委拐了弯，才进师部，靠着椅背静思默想，眉心中间起了两条竖纹。防空号打断了他的思索，他捞起桌上的电话耳机："叶团长？组织火力揍它！"

飞机的喤喤声临近了，跟炸弹的爆炸和扫射同时，响起了密集的对空射击声。丁力胜走出门口，见两架战斗机惊惶地越过高空，飞向政委走去的方向，密密的枪声追逐着它们。

飞机刚刚消失，叶逢春擎着驳壳枪，喘吁吁地奔来，一见师长站在门口,放慢了脚步。

"队伍怎么样?"丁力胜急急地问。

"没有什么损失。炸弹多半扔在河里。"

"你看,敌人的飞机也刁滑得很,飞得那么高,来了就走,硬不让我们的战士出口怨气。"

"嫌破坏得不够,还要来破坏。"叶逢春气冲冲地说,把驳壳枪插进枪套,跟着师长进门。

"船找到了没有?"

"还没有消息。"

街上响过来一阵急骤的马蹄声,快到门口时慢了下来。叶逢春走到窗口一望,挥着手喊:"老沙!伙计,飞机没有打死你!"一转身冲出门去。

五

叶逢春挽着一团长沙浩的胳膊走进来。沙浩的红圆脸上流着汗珠,眼角微微向上的眼睛里光芒四射,皮带扎得紧腾腾的,胸膛显得分外饱满。结实的身体和轻快的步态流溢出旺盛的精力。

叶逢春走到桌边,拿起师首长的招待烟,给了沙浩一支,自己抽了一支。

沙浩好像没有看到叶逢春递过来的火柴,用急迫的眼光望着师长说:"下一步棋怎么走?"

"暂时还不知道。政委上军部开会去了。你们的部队恐怕又在叫苦了吧?"

一听这句突如其来的问话,沙浩连忙说:"没有。谁也没有叫苦。"

"什么走了十来天,连敌人的皮也没摸到啦;什么南方真别扭,想走走不快,想打打不成啦……少不了的。"

"这个啊……"沙浩沉吟着没有说下去,意思就是默认了。

叶逢春在一旁扑哧一笑。

丁力胜扫了他们一眼说:"站着干什么?"

两位团长并肩在师长的床上坐下。

"部队休息了没有?"

"身体是休息下来了,"沙浩回答,"心休息了没有,就很难说。"

丁力胜拖了把竹椅子,在他们对面坐下。

"战斗意志高是件好事情,可还得让战士们树立不怕扑空的思想,这次抓不住下次再抓,不要泄气。当然,也不要让战士们产生这种心理:反正怎么样也走不赢敌人,怎么样也打不上。那更会泄气。特别是你们自己,千万不能有这些情绪。"

像对待自己一样,丁力胜对直属下级素来抓得很紧,一发现不好的苗头,立刻把它拔掉。他对直属下级批评多于表扬,他认为他们的觉悟水平高,批评更能帮助他们前进。要是怕批评爱表扬,还算什么革命干部。在这一点上。政委跟他的看法不同,认为该批评就批评,该表扬就表扬,表扬和批评都能帮助干部前进。

两位团长听了师长的话,自然地对看了一眼。沙浩在叶逢春的脸上看到敬畏,叶逢春在沙浩的脸上看到悦服。他俩多次受到过师长的批评,经常是沙浩更快地理解它的意义。

"我刚才想了很久，"丁力胜的语调放平和了，"我们这些负责干部处在这种情况中，更需要沉着，需要理智。扑空了怎么办？生气解决不了问题。这次扑了空，将来还可能扑空，客观情况是这样，咱们只好把思想扭转来，适应客观情况。这说起来容易，做起来不容易，不容易。"他着重地说："可是一定要转。在东北打惯了痛快仗，现在要准备多打牛皮糖仗，你韧我更韧。"

电话铃响了，丁力胜返身抓起耳机，开头"唔唔"地答应着，后来那对大眼睛放光了，冲口说："有这等事？说详细一点！"于是不断地"啊啊"，直到放下耳机。

"敌人难不死我们！"

"什么？"叶逢春问。

"敌人原想抢空镇上的粮食，可是人们并没有乖乖地全部交出去。已经有好几家人家自动借出了偷偷留下来的粮食。"

叶逢春兴奋地撞了一下沙浩的胳膊。

"还有件动人的事儿。"丁力胜说，随即转述了电话里听到的故事：

"离市镇不远的一个村庄里，住着个从鄂豫皖苏区逃来的红军军属。他听说解放军到了，立刻把家里的存粮全部挑来，到处打听政治部。见了政治部主任，紧抱住不放，又哭又笑。政治部主任要他担回去一部分，他不高兴了，说是盼了十几年才盼来早先的红军，自己的年岁大了，目前只能贡献这么一点粮食。要是收回去一颗，也会难受一辈子。"

"红军时代留下的种子，到时候都会开花结果的。"丁力胜动情地说。

沙浩的心深深地被触动了。在团的领导干部当中，他的年岁最轻，干革命的时间却最长。他是十五岁参加红军的，不久就开始了长征。他的父亲留在江西苏区，一直没有消息。

电话铃又响了，沙浩怕打扰师长，拉了拉叶逢春的衣角，两个人一起离开了师部。

叶逢春陪着沙浩来到河边，黄浊的河水仍在宽阔的河床上飞奔，围着崩坍桥柱打转，风吹来带股腥味。桥边上多了个炸弹坑。几个参谋和工兵干部在桥边研究什么。沙浩望着炸毁的大桥，捏紧了拳头。

两位团长在桥边站了一会儿，默默地循河边走去。他们两个团多次并肩作过战，互相配合过，互相支援过。每经历一次战斗，这两个团长的友谊就加深一步。沙浩比较深沉；叶逢春具有一般山东人的特色：比较豪爽。性格的不同反而促进了双方的友谊。对方想的什么，差不多看一眼就能明白。此刻虽然谁都没有说话，但都知道对方的心事。沙浩一边走，一边观察每一个破坏的痕迹，他的拳头捏紧放开，放开捏紧，后来像要制止这个动作，便把双方插在腰上。

"要是没有这些倒霉的河流……"叶逢春没有说完，中途收了口。

沙浩的眼光越过河流，瞭望那座半毁的村庄。村庄上空还飘着残灰。

两个人走了几步，叶逢春又开了口："老沙，见到她了没有？"

"谁？"沙浩收回眼光问。

"还有谁啊！"叶逢春大声说。

"佩蓉？"沙浩的眼光变温柔了，轻微地摇了摇头，"她不是随你们团行动吗？表现怎么样？"

"不错。行军没掉过队。一宿营就往连队跑。比我辛苦。"

"应该让她多锻炼锻炼。不要放纵她。"

"我对她关心不够。不知道她这会儿钻到哪里去了，可能在街上写标语。老沙，去找找她吧。"

"没有心情，也不好意思。我向她夸过口，说要打好这个仗。现在呢？"

"这不怪你。敌人不让我们打有什么办法。"叶逢春解嘲地说，一把拖住沙浩的胳膊："你们的事儿拖得太久了。"

"她不愿意，我也不勉强。听说你们这些知识分子，初到延安的时候，下过这种决心：不打走日本鬼子不结婚！……"

"可别把我算在知识分子里面，"叶逢春赶紧声明，"高小没毕业就当学徒，连半个知识分子也算不上。"

"比起我来，还算是知识分子。她呢，说是不打垮蒋介石不结婚。"

"到时候就难说了。"叶逢春笑了笑说，"我还不是没有坚持到底？我呢，早了些；你呢，迟了些。老沙，打仗时候的决心上哪里去啦？"

"北平刚解放，我倒有过这种打算。一南下，冷下来了。她说得也有道理，现在不是时候。"沙浩见叶逢春瞪眼看他，解释说："我知道革命跟紧张分不开，要等不紧张的时候大概等不到。不过总要等到合适的机会。"

"这么说，你们没有矛盾咯。"

"她怕生孩子像怕火一样。"

"女同志都是这样。等到一有了孩子，可爱得要命。我那个……"

"不谈这个啦。"沙浩摆了摆手说，"我原想跟师长提个建议，不过没有把握，想先跟你扯一扯，看你认为怎么样。"

"先歇一会儿，我的腿有点不听使唤了。"叶逢春捶了捶腿。

这时他俩正走到那棵斜伸到河面上的柳树旁边，叶逢春在树干上坐下，轮流扳了扳膝盖。

沙浩眼望着那条浸在水里的缆绳说："老叶，一遇到敌人逃跑，好比针扎胸膛。"

"你不提倒也罢了，"叶逢春一伸手贴着心窝，"这会儿还痛呐。"

"敌人跑得这么快，我们的六〇炮、重机枪，在行军的时候是不是靠前一点，遇见敌人，拿起来就打。要是敌人刚退，还可以用重火器追击一阵。敌人拼命想保持实力，我们多杀伤它一个也是好的。"

叶逢春想了想，在沙浩的肩上猛拍一掌说："行！我看这办法行。快跟师长说去！"

叶逢春拉起沙浩就走，好像腿也不疼了。

他俩回到师部，丁力胜劈头就说："我们要整训了！"

"整训？"两个团长一齐在门边站住。

两个团长从理智上都同意这个决定。不过消息来得过于突然，事先根本没有料到这一点。既然南下以来，一直在走路、寻找敌人，习惯成自然，认为今后还会这样走下去。特别是叶逢春，总觉得不打个漂亮仗就休整，说不过去。他盯着师长，满心希望师长说的是玩笑话。

"政委打电话来通知的！他透了个口风，说这次训练内容主要是山地作战。"

沙浩立刻理解了这次整训的意义，说了声"我回去啦"，迅速地走了出去。门外响起了马蹄声，急骤地敲打着石板铺道，渐渐远去。

等到马蹄声消逝，叶逢春才想起什么似的说："这家伙！他本来有个很好的建议。"

六

"上!"李腾蛟挥了挥盒子枪,自己首先冲上山去。他弯着腰,绕过一株株松树,使劲往上冲。快到半山,有个人抢到身边,几步越过了他,蹿到头前。他的眼前有双草鞋脚晃了几晃,消失了,只看到细沙子往下直落。

石头多起来了,有一段都是一人来高的大石头,斜面平滑陡峭,找不到踏脚的地方,全靠双手的力量攀登。李腾蛟通过这道险关,一个猛冲,冲上山顶,见王海已经拔起插在山顶的红旗,不断地来回挥动,早晨的阳光照亮他的全身。

李腾蛟往下一看,见队伍松松散散,拉得老长,末后的刚上山腰。他注视着每个爬上来的战士。夏午阳一上山顶,立刻向底下喊叫,鼓舞本班的同伴。沈光禄和陈金川最后上来,陈金川不停地喘气,沈光禄倒挺从容,脸不红,气不喘,整理着背包带子。

夏午阳用不满的神情瞧了他俩一眼,咕咕哝哝地说:"第一是我们班的;倒数第一也是我们班的。"

全连的人一到齐,李腾蛟说了声"再来一次",全副武装的战士们一拥下山。

王海紧挨着陈金川走在后面,低声地说:"叫你休息一天,偏不肯。瞧你的脸,白得像张纸。这次别爬了,休息一下。"

陈金川摇摇头说:"不练,更落后啦。"

王海伸手往陈金川的额上一摸,摸了一手汗,并不感到发烧。

陈金川笑了笑说:"病早好了。"

陈金川半途上得了恶性疟疾,收容在后面,昨天才归队。全班数他的年岁最大。他脾气好,处处能关心别人,因此战士们都叫他"班政委"。王海很尊重他,有事常跟他商量。

到了那道险关,王海一伸手,要帮助陈金川下。陈金川板板正正地说:"班长,回头跟沈光禄谈一谈,叫他不用招呼我。我又不是三岁孩子。"

陈金川这么一说,王海倒不好再动手扶持他了,缩回伸出的手。

"他本来走在头前,见我落了后,倒转来招呼我。叫他先上硬不上。"

王海"哦"了一声,同时用眼光寻找沈光禄,没有找到,却看到连长从人堆里冲出来,冲下山去。

李腾蛟是看清楚团长站在山下才飞冲下去的。到了半山腰,他认出一团长沙浩跟团长站在一起,身后站着几个一团的军事干部。其中九连连长郑德彪是老熟人,他俩一块在师的短期训练班里受过训,一块在医院里养过伤。

李腾蛟刚跑到两位团长跟前,沙浩先招呼说:"李连长!我们学习来了。可惜只看到尾,没看到头。"

李腾蛟脸红了,这是说一团来参观的干部看到了自己连队稀稀拉拉的样子。他避开一团长的眼光,问团长有什么指示。

"老沙,你谈谈。"叶逢春让客人先说。

沙浩摆了摆手说:"我是带着眼睛来的,没有带嘴来。"

叶逢春对李腾蛟说了句:"再看一遍再说。"

李腾蛟发下命令，刚下山的人们又扑上山坡。李腾蛟开头还担着一份心，生怕连队丢丑，不久就忘记一切，专心地往上爬。有人赶上了他，他也赶上一些人。出乎他的意料，这回人们紧跟着爬上山顶，没有太落后的，说明连队有股很大的潜力。

　　连队下得山来，叶逢春在队列前讲话了。他说了一两句好话，口气一转说："我看你们光图快，眼睛老望着脚底下，缺乏敌情观念。再说，用这种速度跟敌人抢山，准抢不过。"

　　李腾蛟又请一团长指示，沙浩转身跟郑德彪说了几句悄悄话，对李腾蛟说："我没有话说。我们的九连长倒想讲几句。"

　　"请一团九连长给我们提些宝贵的意见！"

　　李腾蛟刚说完，队伍里发出热烈的掌声。战士们一边鼓掌，一边盯着走上前来的一位黑脸豹眼的大汉。

　　郑德彪挺精神地走到队伍跟前，行了个举手礼，开始说话。他绰号"赛张飞"，不但长相有点像，嗓门也挺粗。

　　"亲爱的三团二连同志们，我们一团九连跟你们一样，也是纪律好、行军好的两好连。我们全连有个愿望，还要做到练兵好、打仗好，争取当四好连。为了向你们学习，我们提出几个竞赛条件……"

　　队伍活跃起来。李腾蛟在心里说："他们倒先发制人啦！"

　　原来二连昨晚上刚开了支部扩大会，讨论了向别的连队挑战的问题。挑战书还没发，想不到一团九连倒先提出来了。

　　郑德彪接着说开了竞赛条件，说一条，扬起豹眼望一眼队伍，观察对方的反应。

　　李腾蛟一直紧张地听着，听到结尾，紧张过去了，代替的是自信和兴奋，因为这些条件都在支委扩大会上讨论过，排长和党的小组长已经有了思想准备。他知道竞赛会鼓起全连的冲天干劲，要是自己连队真的具备了这些条件，在山地和水网地带作战就没有问题。他微笑起来，露出整齐的牙齿，好像看到了未来的远景。

郑德彪用带着刺激性的语句结束了讲话："三团二连的老大哥们，你们考虑考虑，敢不敢跟我们竞赛？"

一百多双眼睛倏地转向李腾蛟，眼光里燃烧着迫不及待的期望。

李腾蛟没有答复郑德彪，走前一步，对着队伍说："同志们敢不敢啊？"

"敢！"队伍里轰出一阵雷鸣。

李腾蛟转向郑德彪说："郑连长，这就是我们全连的回答！"

两位连长各自伸出一只发热的手，紧紧地握了握，作为竞赛定下来的表示。

"趁团首长在这儿，"郑德彪说，"请他们做评判人怎么样？"

两位团长点头微笑，相互握了握手，表示接受了他们的邀请。队伍里爆发出一阵热烈的掌声，庆贺竞赛仪式的完成。

叶逢春走到队伍跟前说："离收操时间还有二十分钟，争取时间，再爬次山好不好？"

"好！"队伍里的人们齐声回答。夏午阳的声音震得陈金川的耳朵发痒。

队伍飞快地冲向高巍巍的大山。

眼见战士们上了山，叶逢春扯了沙浩一把说："咱俩比赛一下，凑个热闹。"

"行！"

两个团长并肩扑向山坡，并肩往上爬，看不出谁先谁后。

"团首长上来啦！"爬在后面的陈金川喊，竭力加快速度。

这消息像插上翅膀，转眼间传到最前头，人们一个个爬得更欢。

李腾蛟刚爬过那道险坡,听见背后飞来个声音:"二连长!加油!"他扭头一看,发现一团长紧跟身后,不禁大吃一惊。他顾不上回答,来了一个猛冲,等他跨上山顶,一团长也追到身边。

"二连长,你的腿好快!"沙浩赞扬地说。

李腾蛟见一团长神色自然,感到有点不好意思,衷心地说:"沙团长,你太快啦。"

沙浩双手一张说:"我算什么。光身子一个,一点东西没带。"

叶逢春挤在战士群里爬上山顶,挪到沙浩跟前说:"好家伙,真有一手。"

"丢生了。曲不离口,拳不离手,这句话真有道理。"沙浩感慨地说,"我这个南方长大的人,连二连长也没有赶上。"

叶逢春掏出手帕,擦了擦额上的汗,扩展胸部,做了几下深呼吸,转向李腾蛟说:"你看,我比输啦。你们可千万别给九连比输。"

"输不了。"李腾蛟的口气蛮有把握。

"先别夸口。我在山下起身的时候,心里也想:'输不了。'结果呢?"

"我们输不了!"李腾蛟坚决重复了一遍。

"你的信心倒比我强。"叶逢春说。

围在他们身边的战士笑出声来。

"二连长!我预祝你们胜利。"沙浩拍了拍李腾蛟的肩膀。

"当然要胜利的!"夏午阳情不自禁地嚷,却发觉只有他一个人搭腔,好多双眼光向他射来,他一扭身,躲到人背后去了。

陈金川最后上来,满脸大汗,嘴张得老大,喘着气,在山顶上来回走动,交替地甩着腿。

王海走到他的身边，关切地问："怎么样？"

　　"不怎么样。"陈金川回答，"回到连队，比在后面痛快多啦。"

　　远远近近响起收操的号音，战士们鱼贯走下山去。

　　叶逢春和沙浩最后离开山顶，走了几步，叶逢春说："再比一比？"

　　"要得。"

　　两个人立刻往下飞冲，从这块石头跳上那块石头，不一会儿，叶逢春又给甩在后面。

　　叶逢春刚到山脚，一个跑步上来说："团长！政委请你马上回去！慰问团就要下团来了。"

七

　　野战军总部和武汉市各界人民组成的慰问团，分散到各团进行慰问，向全体指战员宣读了野战军首长的慰问信。三团的大会开得十分热烈，人们坐在坪场上，头顶太阳，一点不觉得热。

　　散了会，二连往回走的时候，沈光禄眼圈红红的，对身边的夏午阳说："上级真关心我们，送来这么多慰劳品，问寒问暖的。在反动派军队里面，做梦也梦不见这种事儿。"

　　"你心里高兴，我心里可难受哩。"夏午阳说。

　　"你难受什么？"

"咱们连抓了个俘虏没有？"夏午阳反问说。

"仗没有打上，辛苦总有点儿。上级的慰问信上说得很清楚。"

"辛苦就值得慰劳？"夏午阳顶了一句，叹口气又说："唉，哪怕缴到过一发子弹也好。"

"你难过，干吗还鼓掌？"

"我难过，是觉得对不起上级。"夏午阳吵架般地嚷，"我要是个运输员，倒能生受。可我是个战士！没有打胜仗，吃了猪肉也不香。"

走在前面的王海忍不住说："小夏，别吵啦。咱们团没有打上，别的团打上啦；咱们连没打胜仗，别的连打了胜仗，还不是一样。慰问团千里迢迢来慰问我们，感谢还来不及，你穷吵什么！"

夏午阳后面的陈金川插上句话："咱们往后好好练兵就是了。"

夏午阳扭转头说："你需要猪肉，我可不需要！"

陈金川的黄瘦脸唰地转青，嘴唇一牵一牵，费劲说了个"你……"没有说下去，声音抖颤，像根快断的琴弦。

夏午阳第一次看到陈金川生气，感到手足无措，不知道该怎么办好，赶快扭回头，拉住枪皮带，低头赶路，不敢看班长的责备的眼光。

回到班上，王海马上把夏午阳叫到河边上，严肃地说："你想想，刚才说了些什么！"

夏午阳一见陈金川生气，心里本来就乱糟糟的，这会儿看出班长的脸色不大好看，心更乱了，嘟嘟囔囔地说："我不该随便发牢骚。"

"我是问你对陈金川同志说了些什么？"

"我讲错啦。"

"不是小错,是大错!你侮辱了陈金川同志!"

"天老爷!"夏午阳受屈地嚷,"他历来待我这么好,我会侮辱他?"

"你好好想想,你的话是什么意思?为什么单单他需要猪肉?"

"这不过是句气话。"

"气话?他惹着你什么啦?"

夏午阳低下头。真的,陈金川不过说了句平平常常的话,并没有惹着自己什么。

"好像他参加革命是为了吃猪肉。看看他的表现,他是这种人不是?"

"他当然不是这种人。我自己也弄不清楚,怎么会蹦出这句话来。"

"你没见到他的脸色?"

"见到了。"夏午阳小声地说,眼前闪过一张刷地转青的脸。

"赶快去向他道歉!"

"怎么道歉?"

"一个革命战士光会打仗不行,还要懂得团结。首长们的慰问信是怎么说的?着重要我们团结。可你呢?好好用脑子想一想,找一找原因。想好了去找陈金川同志。"

夏午阳独自留在河岸上,支起膝盖,两手托腮,定定地望着河流。他想到刚调到连上第一天,是陈金川给他详细介绍了班上的情况。这个人从没有对不起自己的地方,为什么会对他说出这种话来?啊,是了,近来有点瞧不起他,怪他有病不坚持行军,怪他爬山不快,给全班丢脸。不知道怎么一来,河面上显出了陈金川的脸,两个眼窝陷得很深,脸黄黄的,那张脸比以前瘦多了。由此联想起南下前自己得了重感冒的情景。那几天老是头昏眼花,四肢无力,坐起来就想躺下。难道恶性疟疾比重感冒轻?听说弄不好要死人。自己总算没有传染上这种倒霉病,可是见过别人发病时的情形:冷的时候盖三床被子还发抖,热的时候嘴唇出血。换了自己,恐怕也坚持不下去。夏午阳的脸发烫了,再没有往下细想,跳起来拔脚往班里走。

陈金川不在班上,一打听,谁也不知道。夏午阳急了,返身出门,喊叫着陈金川的名字四处寻找。

夏午阳找到演习爬山的地点,看见陈金川独自坐在杉树林里的石头上,手托下巴,呆望着山壁出神。他走到陈金川身边,怯生生地招呼了一声。

陈金川仍然一动不动,显然没有听见。夏午阳见他脸色阴沉,感到有点胆怯,很想悄悄溜开。陈金川却猛一摇头,脸色开朗起来。这鼓励了他,使他鼓起勇气大声招呼了一声。

陈金川抬头一看,纠起眉毛。

"刚才我说得不对。"夏午阳两脚一碰,行了个敬礼说,"向你道歉!"

陈金川急忙起身,把他往跟前一拉说:"坐下吧。"

夏午阳挨着陈金川坐下,摸弄着衣角说:"班长批评了我。我也批评了自己。"

"小家伙,你知道不知道:参加革命以来,我从没有受过这么重的话。我近来心里不好过,很不好过。一爬山,两腿不听使唤,想赶赶不上,真着急!我恨自己为什么生了病,在练兵中掉了队。我私下里对自己下命令:一定要赶上去,不要临打仗给大伙丢脸。可你呢,倒说我贪图吃猪肉!"

"不是这个意思。不全是这个意思。"夏午阳急急忙忙地说。

"不管怎么样,你伤透了我的心。要不是你,我说不定会当场动武哪。"

夏午阳不相信地摇了摇头。

"怎么，你当我不会打人？我像你这么大的时候，在村里可不是好惹的，长工头也忌我三分。我一直在琢磨：为什么你要说这种话。想来想去，末后想到反正是小孩子话，计较什么。"

"我对你是有点不满意。"夏午阳接着说了一遍想到的原因。

陈金川注意地听完了说："好的好的，你的想法对我有帮助，我要警惕……"

"还生我的气吧？"

"还生你什么气，生过了就完。"

夏午阳一把搂住陈金川。

"轻些，我透不过气来啦。"

夏午阳放开陈金川的肩膀，又抓起陈金川的手腕。

陈金川趁势把那只手按在夏午阳的腿上，激动地说："野战军首长多么了解我们，关心我们。我还记得慰问信上的话：'……特别是最近下雨天热的时期，你们所受的辛苦是我们大家都知道的。盼望你们注意身体健康，不要受凉感冒。'听到这些地方，我真想哭。不瞒你说，我冷得牙齿打抖的时候，有时就想：上级知道不知道啊。只要上级知道，再苦也不要紧。听完慰问信，我恨不得立刻就去爬山。我那句话不过说出了自己的心情，你就来了这么一下子。"

夏午阳静听着陈金川的话，尽管他理解不了陈金川的某些思想感情。比方说，他并不觉得日晒雨淋有什么辛苦，也没有想到过要让上级知道自己的辛苦。不过他感到陈金川的话是从心里掏出来的。

陈金川一反手，倒抓住夏午阳的手腕子说："我顺便给你提个意见：咱们要随时随地听上级的话。平时听话，一打仗也能听命令。你不改一改那种毛躁性子，总有一天要吃亏。"

一群鸭子闯进林子，呷呷地叫着，蹒跚地走到他俩的脚边。要在平时，夏午阳准会向它们打个呼哨，或是拿石头吓唬它们一下。这会儿却一动不动，连多看它们一眼的兴趣也没有。他思索着陈金川的话，好久没有作声。

"叫我好找，你躲到这儿来啦。"随着声音，巩华走进了林子。

"卫生员，别尽盯住我啦。"陈金川说，"我没好全，他们能让我归队？"

巩华走到陈金川身边说："不要坐在潮湿的地方，当心再犯。"

"疟疾鬼早赶跑啦。"陈金川说着屁股离开阴凉的大石头。

巩华摸了摸陈金川的额头，手掌往鼓腾腾的红十字皮包上一拍说："它再来也不怕。慰问团带来的药品真不少啊！我领回来一部分。那么多的奎宁丸，全连得了疟疾也够用。"

"你说得好凶！全连得了疟疾？那还得了！"陈金川的眼珠子在深眼窝里一转，"希望你的奎宁丸一粒销不出去才好。我可是受够了苦。"

"看来有可能销不出去。你们知道吗，蚊帐也带来不少，听说是日夜赶做出来的。"

"班政委，你的病晚得半个月就好啦。"夏午阳说。

"你没听见卫生员的话？"陈金川说，"晚半个月，想得也得不了。"

夏午阳眨了眨眼睛，拍了拍手大笑起来。那群鸭子受了惊，寻食的扁嘴离开地面，互相拥挤着，摇摇摆摆窜出树林。

"慢慢走！小心摔倒！"夏午阳喊。

巩华四下望望，忽然压低声音，用神秘的口气问："你们知道那封慰问信是谁写的?"

"谁写的?"陈金川急忙追问。

"总部101写的!"

"101写的?"陈金川不大相信,"不可能吧?"

"千真万确!"巩华的脸涨红了,他不善于跟人辩论,"我是听慰问团里一位代表说的。他认识101的秘书。"

"我当他认识101呐。"

"别打岔,小夏!"陈金川说。

"101讲一句,他的秘书记一句,慰问信就是这么写下来的。"

巩华一说开头,身边两个人就给吸引住了。在陈金川的心目中,眼前一切都不存在,连巩华本身也不存在,存在的只有巩华的话,由话语化成的形象。

"101本来不抽烟,那天抽了好多支。不,不是抽了好多支,是点了好多支。他点上烟,夹在手指缝里,在房子里踱来踱去。踱几步,说几句,弯腰看看写下的话,随手把烟放在桌边上,叫秘书修改几个字,这一来就把烟忘掉啦。随后他又在房里踱起来,踱几步,念几句,又点起一支烟,还没抽上一口,又忘在桌子上啦。写信的时候,他叫秘书关起房门,谁也不接见。听说整整花了一天时间才写起草稿,他亲手又改了一遍。"

"真的?"陈金川刚要这样问,听见背后已经有人说出口来,转头一看,原来是班长。沈光禄站在班长身边。他们两个人不知道什么时候进来的,听问话的口气,可见他们全听见了。

"怎么不真!"巩华发急地说,"时间是八一建军节前一天,地点是汉口的野战军司令部。时间地点都说得有根有据,哪能有错!"

夏午阳还没有听够,追着巩华问:"他怎么老把烟忘在桌子上?"

"这还用说,"王海抢着说,"101 的精神集中啊!他为了关怀我们,费了多大心思。咱们一定要练好兵,增加打胜仗的本钱。走!一块去练游泳。老陈,你怎么啦?"

陈金川抹去流下来的眼泪,笑着说:"没有什么。"同时又流下两串亮晶晶的眼泪。

八

房子里热得跟蒸笼一样,虽然门窗大开,却没有一丝风,空气似乎停止了流通。丁力胜坐在桌边,埋头修改这次行动的总结。他左边太阳穴上突起一根紫色的血管,不安生地微微跳动。身边竹凳上放着一脸盆冷水,他偶尔停下笔,绞把湿毛巾抹一抹额头。

警卫员任大忠捧进一堆文件,往桌上一搁,顺便给师长倒了杯水。丁力胜好像没有看到。

窗外响起收操号音,丁力胜也修改完总结报告。他伸起两只胳膊,往头顶上伸了几下,开始拆看那堆文件。

他看完一份通报,太阳穴上那根紫血管又突突跳动起来。通报的内容揪着他的心,使他安静不下:兄弟部队一个师的位置比较突出,突然遭到敌人三个主力师的袭击。激战了一天,这个师受到一些损失,撤出了战斗。等我们大部队赶上去,敌人马上退缩了。他从头又看了一遍,最后怒视着敌人三个师的番号,像要把它们一口吞下。

师政委韦清泉大步走进来,解去皮带,脱去帽子,捞起桌上的蒲扇,飞快地扇动,同时用一只手解开军衣扣子。他的衣服全被汗湿透了,头发上冒出蒸气,汗珠顺脸直流。

丁力胜把通报往政委跟前一推,愤激地说:"你瞧,看一遍生一遍气。"

韦清泉看了看,放下蒲扇说:"我们吃了些小亏,白崇禧也没占到大便宜,一下崩掉他一个牙齿。"

任大忠端进一脸盆冷水,往门边小茶几上一搁,一见两位师首长的神色,蹑手蹑脚地走出去,顺手带上了房门。

韦清泉脱去军衣,卷起发黄的衬衣袖口,走到茶几跟前,捞起毛巾,洗了两把,擦干手,拍着脸腮转过身来。

"湖南的三伏天不大好过。"他说时额上又冒出细细的汗珠。

"叫你戴个斗笠,你不听。"

"一团的劲头高得很哪!"韦清泉走过来说,"通过水田的动作不慢。"

"钻到连队去啦?"

"到九连转了一转。他们的连长有股子蛮劲,卷起裤腿,带头做动作,左一遍,右一遍,弄得两腿满是泥浆。演习完了,他一边拍蚂蟥,一边骂街。"

韦清泉弯下腰,装出拍蚂蟥的姿势,拍一下说一声:"你敢跟革命捣蛋!"随后一直腰,笑着说:"真是个赛张飞!"

丁力胜看出政委的心情很好,把蒲扇递过去说:"歇一歇吧,当心闪着腰。"

韦清泉摇着蒲扇走到窗口。窗外,金色的阳光照亮了稻田,照亮了稻田后边苍绿的山岗。一阵微风吹过,青色的稻穗摇曳起来。不远处,一道河流反射着耀眼的金光。他眺望了一会儿,好像刚发现似的说:"这儿的风景倒不错。"

丁力胜走到政委身边,看见稻田中间走过来一队演习归来的战士;附近一个坪场上,几个战士把枪搁在三脚架上,专心地练习瞄准。不管风景多美,他最先注意到的总是人。

"一转眼又是半天。时间过得真快。"丁力胜感慨地说,"我这个人大概是劳碌命,总希望一天的时间过得再长些。"

"是啊,时间总是不够用。"韦清泉同意地说。

村道上走过一个健壮的农妇,身穿蓝布衫裤,头戴竹笠,手挽竹篮,看样子是到地头上送饭去的。

韦清泉一侧身说:"哎,你那口子什么时候来?"

"我去了电报,不让她来了。"

"怎么变卦啦?"

部队南下时,丁力胜的妻子留在北京。一开始整训,韦清泉主张接她来住些日子,丁力胜原本同意,没想到他中途变了卦。

"让她带着孩子,多过些安稳日子也好。"丁力胜解释说,"这几年,东跑西走,够她忙的喽。"

"你什么时候发的电报?怎么不告诉我一声。"韦清泉责备地说。

"孩子也是个问题。延生十岁了,还在二年级。念了三年书,倒换了好几个学校。念念停停,停停念念,这样下去不是事儿。"

丁力胜有两个孩子,大儿子生在延安,叫延生;小女儿生在哈尔滨,叫滨生。滨生是在东北乡下上的学,后来转到哈尔滨,再后来转到沈阳,最后又转到北平。反正他妈妈在哪住,他跟着在哪上学。

"趁现在放暑假,先接他们上这儿住几天,再送到汉口住不好?"韦清泉反驳说,"也不耽误延生转学。"

"北方的气候对他们更合适。再说,她的肚子里又怀了一个。"

"你的口风倒挺紧哪！"韦清泉高兴地说，"几个月啦？"

"怕有六个来月啰。"

"这回怕是个男的。"

"管他是男是女，反正名字是现成的。"

"平生？你也太简单化啦。要是个双胞胎怎么办？"

"送给你一个。"

"你舍得，你那口子可舍不得。"

"没有猜对！"丁力胜哈哈笑起来，"我们临分别那天，她叫我问问你要不要孩子。倒是我舍不得，一直没向你启口。"

"说真的，老丁！"韦清泉仍然坚持说，"已经怀了六个月，胎实啦，路上出不了意外。将来生产的时候好照顾些。"

"生滨生的时候，我不是照样在前方打仗！说到见面，拼着年把子不见面算什么，你们不是分别了十三四年？"

韦清泉的胳膊肘往窗槛上一靠，不言语了。他是广西人，在红七军里做过政治工作，在家乡做过秘密工作，后来党派他到延安学习。这以后，一直不知道家里的消息。家乡给反动派糟蹋成什么样子？妻子和孩子是不是活着？夜深人静，偶尔想起来时不免感到苦恼。但长期的工作经历锻炼了他，使他具有了坚强的理智力量，他总是很快赶掉这种突然闯来的烦恼，正像赶掉偶然由工作引起的不快一样。这回经师长一提，他的感情又被触动了一下。不过他很快恢复了平静，挥了挥蒲扇说："这是两个问题。"

丁力胜却认为这是一个问题。以前，每逢整训，他的妻子来小住几天，他总会联想到政委的家。刚才他并没有说出临时变卦的全部原因。过去跟妻子会面，总在一个战役结束以后，就是说在打了胜仗以后，谈话的主题也离不开它。这一次能对妻子说些什么？另一个原因便是避免让政委引起感触。

"老韦，我看你们见面的日子也快啰。"丁力胜信心十足地说。

"我倒不怀这种希望。"韦清泉的眼光盯着远远的山岗，"反动派不肯轻易放过她的。她的性子直，嘴巴子不肯让人。"

"这回经过江西苏区，好多红军家属不是好好的吗？"

"还有好多红军家属呢，不是……"韦清泉没有说下去，话锋一转说："你这个人真怪，当时怎么不回家去看看？"

丁力胜的家里有个母亲和两个弟弟，队伍在江西期间，有一次行军路过兴国，离丁力胜家只有二十几里路，韦清泉竭力撺掇他回去看看。当时部队的任务虽紧，离开天把子并没有什么妨碍。他却坚决不愿意请假，说是活着总能看得见，死了反而伤心。

"活着总能看得见！"丁力胜此刻又把这句话重复一遍。"我相信他们死不了。你说，他们现在会在什么地方？"

"谁？"

"该死的第七军，袭击我们兄弟部队的三个师！"

"大概转到衡阳附近去了。"

丁力胜走到战场形势挂图跟前，图上插着好些红蓝小三角旗，标志着敌我双方部队的番号，敌第七军的去向暂时不明。

"瞧它一会儿进，一会儿缩，见了我们大部队又不敢碰。"丁力胜气狠狠地说，"荡来荡去，像夜游神一样。"

"李宗仁和白崇禧全是靠它起家的。李宗仁当过这个军的军长，白崇禧当过军参谋长。抗战期间，这个军不打日本鬼子，专打我大别山根据地，对我们作战有套经验。难怪美帝国主义把它当宝贝看待。"

到目前为止，桂系部队没有受到什么大损失，成了蒋介石残余匪帮中最完整、最有战斗力的部队。第七军和四十八军又是桂系部队中的主力，白崇禧把它们当作机动部队，调东调西，找机会反咬我们一口。特别是第七军，因为没有打过什么败仗，自称为"钢军"，美国电台近来经常给它捧场，替它大肆吹嘘，说是什么"反攻的希望"。丁力胜对桂系部队的历史虽不如韦清泉清楚，对它们目前的情况却很熟悉。听政委一提到美帝国主义，他的气更盛了。

"近来白崇禧拿到不少美援，听说部队的装备又加强了。倒要看看它是不是强过新一军、新六军。"

"美援不好拿。"韦清泉说，"得人钱财，替人消灾。拿了就得听话，打出点像样的仗。要不然，主子不答应。看样子，白崇禧很可能在湖南跟我们打个大仗。"

"真要这样，谢天谢地！我就怕他跑啊跑啊，一头缩到老巢里去。"

"白崇禧不见得愿意我们进广西，打烂他的坛坛罐罐。"

听到一阵咯咯吱吱的声音，两个人转过身来，见任大忠正在使劲挪动竹椅子，午饭已经摆在桌子上。椅子本来摆得好好的，他这么做，不过是叫吃饭的信号。韦清泉首先向桌边走去。

"首长，你们昨天没有睡午觉。"任大忠提醒说。

"吃了就睡，怎么样？"韦清泉坐下来说。

任大忠满意地走了出去。他走到门口，听到一声熟悉的马嘶声，用手遮住眉毛，向不远处的马厩一望，见孙永年的身影正在马厩里移动。

九

孙永年把铡碎的草倒进槽里，摸摸这匹马的鼻子，拍拍那匹马的颈项，亲切地说："吃吧！吃吧！"眼看着每匹牲口吃起草来，他才离开槽边，往矮凳上一坐，打开油腻的烟荷包，往旱烟管的铜斗里装上一锅烟，吧吱吧吱地抽起来。他眯着眼睛，一边抽，一边听着嚼草的声音，好像在欣赏音乐。

在孙永年的心目中，马的踏蹄声、喷鼻声、长嘶声、嚼草吃料声，都是一首首乐曲。通过这些声音，他能听得出是愉快还是烦恼，是欢喜还是忧愁。人有灵性，马也有灵性；人有喜怒哀乐，马也有喜怒哀乐。这是他的理论，而且常常向人宣传。他熟悉马的性格，他认为白雪最听话，火龙最调皮，有时对一些活泼的开玩笑说："啊呀，你比火龙还调皮。"警卫员也常跟他开玩笑，给他起了个绰号"马大叔"！他并不讨厌这个绰号，谁叫他"马大叔"，他咧着嘴答应，有时还主动地招呼人说："来来，听'马大叔'给你们讲个故事。"因此，他有许多年轻的朋友。这会儿他听着听着，听到半途中，猛一抬头说："火龙，怎么不吃啦，嫌草不细？"

火龙果真昂起头在望他哩。

孙永年放下旱烟管，走到那匹枣红马跟前，拍了拍它的颈项，劝诱地说："不要挑三拣四，要知足。听大叔的话，错不了。"

火龙温顺地望了孙永年一眼，用柔软的嘴唇摩了摩他的手背。

孙永年恍然大悟地说："啊啊，原来吃累啦。好，慢慢吃，慢慢吃。"

火龙又低下头去嚼草，轻轻地踏着蹄子。孙永年听出这是欢乐的表示，知道不用再操心了。回到小凳子上，拿起旱烟管敲了敲，倒出熄灭的烟灰，从身边拿起几截剪开的旧军裤，铺在麻包层里，一针一针地缝起来。

"'马大叔'！"

一听声音，孙永年就知道是谁，连忙把麻包往身边一放，站起来说："备马？"

任大忠走进来，一屁股坐在地上："师首长睡午觉了，我瞅空来瞧瞧你。"

"你怎么不睡？"

"跳蚤太多，睡不好。"

孙永年拿起烟管，用袖管抹了抹烟嘴子，连烟荷包一起塞给任大忠，打量他一眼说："嚯，长出胡子来啦。三年前才马背那么高，现在可成了个棒小伙子。"

任大忠早年当通信员的时候，原是听孙永年讲故事的一位常客。今年当了警卫员，接触的机会更多了，不时帮助孙永年备马，提水，铡草，添料。他也相信马有灵性，因此孙永年特别喜欢他，把他引为知己，经常给他摆一摆"牲口经"。不知道是不是牲口经起了作用，火龙一到任大忠手里，跟在孙永年手里同样服帖。

任大忠抽完一管旱烟，舒适地伸了个懒腰。

"师首长这几天老出去？"孙永年问。

"差不多天天要到团里转一转。"

"怎么不骑马?"

"说要锻炼锻炼走路。"

"也该让牲口锻炼锻炼啊。"孙永年的下巴往对面一抬,"你看,它们胖多啦,我担心养娇了它们。"

"前些时候太累,让它们长长膘也好。"

"可不能让它们太娇啰,该让它们多活动活动筋骨。瞧什么,火龙?我们谈我们的,你吃你的。"

任大忠霍地站起,走到火龙跟前,抚摩它的鬃毛。火龙转过头,舐了舐任大忠的手,掀动几下鼻翼,长嘶了一声。

"它见了你,就想起师长来了。这个精灵鬼!"孙永年带着宠爱的神情说。

任大忠同意孙永年的判断,认为火龙的嘶叫正是这个意思。他爱抚地轻拍了一下马颈,走回原处。

孙永年一针一针地缝着活计。他的粗手灵巧得很,转眼间缝好了一道边。他端详了一番,开始缝另一道边。

"给谁缝的?"

"白雪。"

白雪长嘶了一声,孙永年一摆手说:"没有你的事。吃你的吧。"

白雪一转头,搁上火龙的背脊,在上面擦了几擦。火龙低下头,抖动火红的鬃毛,舒服地打着响鼻。

孙永年从那对伙伴的身上收回眼光,解释说:"白雪打了背,前天才好全。把垫背缝厚一些,免得行军时再打背。"

这话触动了任大忠,他捞起盒子枪下边的红穗,在手指头上绕了几绕,用满怀心事的口气说:"行军时盼休整,休整了又盼行军。不知道还要待多久?"

"这不用你操心。一声命令，说走就走。你还是往师首长身上多操点心。"

任大忠叹口气说："他们睡觉吃饭都没有准儿，真难办。"

"心急没有用，得动动脑筋。好在你们年轻人脑筋灵活。"

啪的一声，任大忠拍死了一个蚊子，用手指头把它往地上一弹说："你们南方的蚊子实在太多，黑夜白天都不让人安静。"

孙永年见任大忠的脸上布着好多红斑，分不清是粉刺疙瘩还是蚊子咬的，眼睛一眯说："北方可吃不到鲜嫩的竹笋。大忠，住久了你就知道南方的好处：白天比北方长，能多干活，冬天照样能下地出操。我顶受不了你们东北的暖炕，烤得人背脊痛，浑身骨头麻酥酥的，早晨不想起床。"

"小任！小任！"不远处有人喊叫。

"他怎么又起来啦？"孙永年皱了皱眉毛。

任大忠没有搭理他，一阵风地跑出马厩。

孙永年缝好垫背，牵着牲口走向河边。

河里，稀稀落落地有几个小伙子在练习游泳。他们的技术都不高明，趴在河边浅水里，四肢直扑腾，弄得水花乱飞。

孙永年沿河走了一段路，向一个颈上围着白毛巾的人高喊："小夏！"

夏午阳往起一站，水没上了胸口。他摇了摇湿淋淋的头回喊："'马大叔'！"

"好久不见啰！"孙永年停住脚步喊，"怎么不来瞧瞧我们？"

"忙啊！抽不出时间。"夏午阳喊，一头扎进水里，两腿在水面上乱甩。

"这么蛮干可不行。待会让'马大叔'教你！"

孙永年走到下游不远的地方，脱掉衣服，牵着白雪下水，让火龙自个儿拖着缰绳在岸上溜达。有白雪在，火龙绝不会走远，尽可不必管它。

白雪四腿浸在水里，舒服得闭起眼睛。孙永年拿起刷子，开始刷洗。白雪的肚子轻微地打着战，听任孙永年摆布。

孙永年擦洗了一阵马身，往上游一望，那几个人还在扑腾，姿势挺难看。他的心痒痒的，很想在人前露一手。正好，夏午阳的头拱出水面，打浅水里脚高脚低地走来，累得不住喘气。

"歇歇吧。"孙永年喊。

"比学打枪还难，真急死人。"夏午阳说着走到孙永年身边，解下毛巾绞水。

"心急吃不上热馒头。游泳可不是一朝一夕学得好的。待会瞧我的。"

"别吹牛。"

"嗨，长江我也游得过去。"

"我帮你洗！"夏午阳三脚两步跳上岸，一把牵住缰绳。

火龙挣扎着直往后退，凶狠地踢着蹄子。

"不认识啦，火龙？"孙永年在河里高喊，"是小夏啊！"

听了孙永年的话，火龙好像真的认识了眼前的人，不再挣扎，服服帖帖地跟在夏午阳后面，腿一碰上水，立刻闭起眼睛，甩了甩尾巴，显出得意的神情。

"谁叫你老不来看我，连火龙也生了你的气。"

夏午阳原先在师部当通信员的时候，是孙永年的也是火龙的朋友。后来逐级下调，关系就慢慢疏远了。

"给我刷子！"夏午阳说。

夏午阳刷着火龙的背脊，一边责备地说："你这家伙，翻脸不认人啦。"

"这要怪你自己。"孙永年说，"喂，你怎么跑到这儿来了？"

"我是怕人看到，说我不遵守作息时间。"夏午阳坦率地承认说,"真糟心!老是学不会游泳。一下水,好像脖子上挂了个炮弹,抬不起头。"

"不要紧。你跟我学上十天半个月,保险能行!"

孙永年帮着夏午阳洗净火龙,牵着两匹牲口上岸,拍了拍火龙的背脊说:"跟白雪玩一会儿,别走远!"说罢,回到河里,拉着夏午阳的手走向河心。

水淹到夏午阳的肩膀,他停住脚步,怀疑地说:"你到底行不行?"

"嚯!扛了大枪,不相信人啦?好好瞧着我的姿势。脚不用抬得那么高,胸部不要使劲,头要露出水面,可不能抬得太高。喏,这样。"

孙永年两手往前一扑,平蹲在水面上,飞快地游出去。他游啊游啊,劲儿一上来,游到对岸才折回来。离夏午阳还有几丈远,手一招说:"过来!过来!在深水里学得快。"

夏午阳犹豫了一下,一狠心,往前一扑,埋着头向前游去。

"对啊!要胆大!"孙永年高兴地喊,"腿不要提得太高。"

随着他的喊声,起床号响了。夏午阳一急,沉到水里去了。孙永年游过去,把他带到浅水里。夏午阳吐了几口水,三脚两步跑上岸,撒腿就跑。

"你明天午睡时间再来。我保险把你教成个浪里白条!"孙永年在他背后高喊。

十

"这是章丽梅同志。"何佩蓉向李腾蛟介绍说,指了指身边一位梳双辫的姑娘。

趁李腾蛟倒茶的时候,章丽梅打量了一下连部。房间里支着三张木板床,床上方方正正地叠着同样的薄被子,床边挂着同样的三个黄布挎包,唯独靠窗的床边多挂个笛子。门边挂着三条同样的白毛巾,桌上放着三个同样的蓝瓷缸子——连长正在往里倒水。住在这里的像是兄弟三个,用的盖的,完全一样。

李腾蛟在客人面前放了杯水,对何佩蓉说:"何同志,今晚上给我们演什么戏?"

"都是小节目。抽了几天时间突击出来的。"

"有没有要我们帮忙的地方,搭戏台子啦,道具服装啦。"

"有啊。我们来,就是想了解一下练兵当中的模范事迹,好编个演唱。"

"没有什么模范事迹。我们连的成绩平平常常。"

"你们不是跟一团九连挑战了吗?"

"是九连向我们挑战的。"李腾蛟纠正说,"同志们劲儿挺大,进步不快。"

章丽梅一直望着李腾蛟,希望连长跟她谈些什么。谁知连长尽跟何佩蓉谈话,始终把她晾在一边,连望也不望她一眼。她对连长的谈话同样感到失望。她原以为一提练兵，连长准会马上说出一连串动人的事迹：谁是百发百中的神枪手，谁爬山像飞鸟一样，谁能在水底下潜伏几分钟。没想到连长什么也没有提。她不耐烦地摆弄着手里的钢笔。

"总有几个突出的人物吧？"她终于插进去问。

"都差不了多少。"李腾蛟说，眼光没有转过去。

"听说一班比较好。"章丽梅又说，这是刚才从营部打听到的。

"不见得特别好。"李腾蛟的眼光仍没有转过去，反而低头看了看手表。

"来客人啦？欢迎欢迎！"

一个精悍的年轻人边喊边冲了进来。他一手提着挂着盒子枪的皮带，一手拿着军帽，臂弯里挎着军装上衣。衬衣敞开两个扣子，胸前湿了一大片。

何佩蓉连忙站起来招呼："林指导员！"

林速指导员飞快地走到墙边，挂好手里的东西，冲到桌边，伸出汗津津的手跟客人握手。

"我们好像第一次见面。"林速热情地握着章丽梅的手说。

何佩蓉简单地介绍了一下。

"我原来在南下工作团，调来不几天。"章丽梅补充说，大方地打量着指导员，心里有点惊讶。因为指导员头发蓬松，脸扁扁的，笑时眼睛成了两条线，整个脸部构成了一种十足的孩子气。

"坐下！坐下！"林速把客人按坐在原位上，自己往靠窗的床边一坐，抹着汗珠说："老何，战士们都挺想念你们哪！带来了什么好节目？"

"准备太匆促，恐怕战士们不满意。"

"不用客气。慰问团给我们加了一把火，战士们的情绪高极啦。你们宣传队一来，又给我们烧起第二把火。怎么不喝水，章同志？"

章丽梅一开头对这位指导员就发生了好感。她注意到他的话都是随口冲出来的，事先并不考虑。对谁说话时朝谁看，细弯的眼睛里流露出亲热，仿佛对谁都一见如故。特别是跟连长一对比，她不禁更喜欢这位指导员了。

林速两步跨到桌前，拿起连长面前的一瓷缸子水，仰着脖子一口气喝完。章丽梅发现他的衬衣掉了个扣子，敞开的胸膛里冒出一股热气。

好久没有说话的李腾蛟忽然开了口："老林，你的扣子掉啦。"

章丽梅不满地瞟了瞟李腾蛟，怎么能当客人的面指出这个来？

林速却满不在意，伸手往裤兜里一掏，掏出个扣子说："在这儿。"

何佩蓉取下帽子，从帽檐夹层里拔下一根拖着白线的针，走到指导员身边。

"不用不用，我的手艺不比你差。"

林速转身走到靠窗的床边，打开挎包，取出个小针线包，站着缝开了扣子。他的动作挺快，缝了三五针，熟练地打了个结，一低头，咬断了线，扣上扣子。

林速自自然然地做完这一切动作，弯起眼睛嚷："喝水喝水！这里泉水，挺甜哪！"

章丽梅跟着何佩蓉喝了一口，可没喝出什么味道，她心里在替指导员惋惜。怎么他在客人面前那么随便，不顾惜自己的体面？

"章同志，今晚上有没有你的节目？"林速坐下来问。

"没有。我在创作组。指导员,这是你的笛子?"

"是我们大家的。连长和副连长也吹一吹。"

章丽梅瞅了瞅连长,她不相信这个人会吹笛子。

"我们的指导员是个音乐家,"李腾蛟说,"教唱歌,指挥唱歌,全是他的事儿。"

"将来不打仗了,我倒想干宣传队。"林速接口说,露出细而发亮的牙齿。

"得啦,"何佩蓉说,"你这话说过多少次,可是有笛子不吹,都落了灰啦。"

"行军休息的时候吹一吹,战士们还欢迎,一休整,他们就盼望看你们的节目。我这个笛子没人爱听,只好搁起来让它生锈。"

门口有人探了探头,转身要走,李腾蛟瞅见了,大声招呼说:"进来进来!"

那人刚进门,林速就对章丽梅说:"这是一班长王海,战斗英雄。"

听说是战斗英雄,章丽梅立刻激动起来。她半途离开大学,参加南下工作团,以后要求上战斗部队,很大成分是希望看到许多英雄。北京解放以前,她已经听到好些关于人民解放军的神话般的传说。在举行入城仪式那天,她冒着狂风飞沙,手拿小红旗,衣袋里装满粉笔,跟同学们在街头上转了一整天。每驶来一辆坦克或是一辆炮车,她就疯狂地挥动小旗,向上面的战士们高喊欢呼,跟在坦克或是大炮后面,写上各种标语。有一次还爬上大炮,坐了一截路,在一个炮手的背上写上"解放军万岁!"她想参加革命军队的志愿也是那一天萌生的。她学的是文学,盼望经常能跟传说中的人物接触,理解她所崇拜的人们是怎样战斗和生活的。不过眼前这位第一个遇到的战斗英雄,却跟她想象中的不同，模样平平常常，见了她也不怎么热情，随便点了点头，远远地走到墙角落的一张床边，不声不响地坐下来。

李腾蛟一见王海，似乎变活跃了，离开桌子，移到王海身边，跟他低声交谈。章丽梅早已看出，当指导员一进门，连长就认为这儿没有他的事了。

何佩蓉从连长的神情上看出他们有事，便起身告辞。

林速送她们到门口说："老何、老章，你们先到班里转一转，回头上连部吃饭。我们的支委会用不了一个钟头。"

两个人并肩走了一段路，章丽梅悄声地说："这位李连长人倒威武，黑脸大眼的，像个热带人，可怎么冷冰冰的。"

"一生二熟，第二次再来就不同了。"

"指导员倒挺随和，又风趣。他不到二十吧？"

"二十四了。他是个天生的乐观派。"

"你好像挺熟悉他们。"

"我常来这个连，干部战士都混熟了。就说李连长吧，他腿上还有块弹片。"

"一块弹片！"章丽梅惊叫一声。

"他本来是侦察排长，有一次帮助工兵起地雷，挨了炸，送进医院，取出好几块碎片，只有一小块不好取。后来听说部队要出动，他就赶回来了。你猜他怎么说？他说：留块弹片在身上，好时刻记住敌人。"

"嘎！原来这样！"章丽梅喊，对李腾蛟的不满消失了，挽住何佩蓉的胳膊说："以后多带我到连队转转。"

"这不是带你来了。"何佩蓉笑着说，指了指一个地方，"那儿就是战斗英雄王海领导的第一班。你看，战士们多有劲，休息时间也不闲着。"

在一个坪场上，竖立着几个人头靶。战士们有的卧在坪场的另一边，用枪口对准人头靶；有的把枪搁在三脚架上，练习瞄三角。有个战士在双杠上面翻腾，一会儿翘起双腿，一会儿像皮球似的翻了个转。

"同志们，瞧谁来啦！"夏午阳喊，纵身跳下双杠，奔向何佩蓉。有几个战士跟着迎上来。

何佩蓉急忙喊："你们练你们的。我们随便看看。"

除了夏午阳，别的战士都停住脚步，回归原位。

章丽梅三脚两步走到一个三脚架旁边，好奇地观看练习瞄准。

何佩蓉四处一望，问身边的夏午阳说："沈光禄同志不在？"

夏午阳向一所低矮的茅屋努了努嘴："关在里面学文化哪。"

何佩蓉独自走进这所茅屋。

光线阴暗的房间里，稻草铺了半地，靠墙整齐地排着一列背包。沈光禄盘腿坐在稻草堆上，斜对着门，上身伏在长凳上，不知道在写什么。写几个字，咬一下铅笔头，神情十分严肃。

何佩蓉靠门站了一会儿，轻脚轻步地走过去。

听见脚步声，沈光禄转头一望，连忙起身招呼。

"你倒是练兵不忘学文化。"何佩蓉说，走到长凳跟前，拿起那张纸片。

沈光禄伸手来抢，抓了个空，结结巴巴地说："我是随便写的。"

"随便写的，看看怕什么。"

何佩蓉看了几行，马上看出这是份入党申请书，不禁收起笑容说："这是好事情啊，有什么怕见人的！"

"我怕不够格。何同志，你知道反动派拆散了我们的家，共产党使我们兄弟团圆。我决心一辈子跟着党走。何同志，你看我行不行？"

何佩蓉见沈光禄显出企望的神情,听声音有点发颤,感到一阵激动,一时想不到合适的话,没有立刻答复。

"我跟班长提过两次,"沈光禄又说,"昨晚上班长要我写个申请书,我乐得一夜没睡好觉。我现在抱着这么个决心,让党在战斗中考验我。不管能不能参加,我要做个像班长那样的人。"

沈光禄说话时眼睛一闪一闪,声音仍有点颤,语气却很坚决。

何佩蓉衷心地鼓励了他几句,问他是不是告诉了他的哥哥。

"没有。我们好久没见面了。"

"我们最近上各团巡回演出,在这里演完后马上去一团。你写封信,我给你捎去。"

"我早想给他写信,就是抽不出时间,我的手又笨。早先,在反动派部队里,一心想念家,干什么都没有劲。眼下要学的东西太多,时间老不够用,学了这个,落了那个,文化上老不长进,拿起笔来不听使唤。我恨不得长出三头六臂。"

"慢慢来嘛。只要有决心,干什么都成。"何佩蓉把手里的纸片还给他说:"你好好写吧。"

窗外传来夏午阳的喊声:"沈光禄,别老闷在房子里,再到河边去一趟。"

"好好,我就来。"沈光禄答应着,折好入党申请书,揣进上衣口袋。

"小——教——员!快——出——来!"外面有几个战士同声啦啦。

"什么小教员?"何佩蓉不解地问。

"近来排里叫我教游泳。"沈光禄解释,同时走向门口。

何佩蓉跟着沈光禄走到门外,三脚架子已经收起来了,只有章丽梅一个人趴在沙包后面,擎着枪向人头靶瞄准,陈金川蹲在旁边，像个老妈妈似的指点她。

夏午阳一见沈光禄就嚷："走吧！走吧！"

章丽梅从地上跳起来，把枪还给陈金川，揉了揉眼睛说："那个人头好像活动了，真有意思。"

"何同志，去看看我们的游泳技术。我的头能浮出来啦。"听夏午阳的口气，好像头能浮出水面，就是了不起的技术。

何佩蓉拉了章丽梅一把，混在战士丛里向河边走去。章丽梅跟陈金川走在一块，一路上问东问西，问枪能打多远，问一枪能不能打倒两个人。何佩蓉紧跟着沈光禄，一直用喜悦的眼光望着他的背影。

十一

师宣传队刚到一团，何佩蓉就上九连去找沈光福。她走到村东头娘娘庙门口，向刚换下岗的战士一打听，知道沈光福在家里值班。她轻盈地进了大殿，见沈光福坐在稻草堆上，埋头擦洗机枪，身边一块白包袱皮上摆着好些油腻的零件。

"你们住的地方挺宽敞呵！"

沈光福闻声抬头，立刻丢开擦枪布，敏捷地迎上去。他的外貌动作跟他的弟弟相似：粗眉大眼，扁鼻梁，步态轻捷。不过个儿稍高，左肩比右肩低些，平展展的额角上有了皱纹。他因为在反动派部队里受到长期折磨，性格比弟弟深沉，有话搁在心里，习惯成自然,变得不爱讲话。何佩蓉向他伸过手,他摊开油腻腻的双手,回报了一个微笑。

何佩蓉四处一瞧,见大殿里东铺一堆稻草,西铺一堆稻草,上面齐崭崭地摆着一列列背包,上空挂着一溜溜雪白的毛巾,过道上没有一丝草茎,扫得干干净净。供桌上的茶缸子,供桌旁边的脸盆一律排成了队。"好整齐!"她不禁夸奖了一句。

"刚刚收拾了一下。"沈光福说,"我们的连长严格得很。"

"严点好。"何佩蓉是爱干净的,立刻表示了同意。

"何同志,你坐一坐,我去打盆水来。"

"不用。这地方真凉爽,汗早干啦。"何佩蓉掏出封折叠成三角形的信:"你弟弟给你的。"

沈光福急忙拆开信,掀动嘴唇皮,不出声地念着。看到中间,拿信的手颤了一下,脸上显出喜色,眼角里聚起泪花。

"他谈到要求入党的事啦?"

"谈到啦。何同志,我弟弟长进多啰。可我老觉着他是个孩子。"

"他的决心挺硬。"

"是啊是啊!"沈光福出神地望着前面,眼光朦朦胧胧。"记得反动派抓我去当兵那年,他光知道打架。我呢,当时老想混碗饭吃罢咧,不准哪天一颗子弹要了这条命,糊糊涂涂混了几年。到了革命部队,才都成了个人样,懂得怎么做人,为谁服务。何同志,过去谁能想到我们这些穷小子也会写信?我弟弟就因为想念书念不起,脾气躁得要命。"

何佩蓉在跟沈光福的接触中,还是第一次听他一口气说这么多话,说得那么激动,自己倒不知道说什么好了。

"何同志,他表现怎么样?"

"挺不错。还当上了游泳小教员。"

"没想到这一着倒用上了。他十一岁那年夏天，给一个地主的儿子按在河里，灌了半肚子水，往后他就发狠学游泳。等他学好了，那家伙进城上中学去了，没报成仇。"沈光福顿了顿说："他没骄傲吧？"

"看不出来。"

"他这个人啊，越鼓励，劲儿越大。可有一样，不肯让人。我顶发愁他这一点。小时候，叫我操过多少心啊！他真的没骄傲？"

"前几天还见他教游泳来着。挺耐心的，看不出咋咋呼呼的样子。"

"那就好。"沈光福舒了口气说，"人在生活上要知足，在进步上可不能知足。"

何佩蓉知道这是沙浩常说的话。看来，他的思想已经贯彻到战士当中来了。她不觉想起了沙浩，他不知道忙成什么样子？他可能瘦多了？三伏天快要过去，他的毛衣晒过没有？她的思绪转到沙浩身上，以致没有看到有人进来。

郑德彪闯到她的跟前说："老何，什么风把你吹来的！"

"郑连长，你好。"何佩蓉急忙招呼说。

"你们谈什么事儿，这么起劲？"

"我兄弟托何同志带来一封信。"

"嗄，他没闹情绪？"

"你看看。"沈光福说，把信递给连长。

郑德彪看完信说："有志气！沈光福，写封回信，跟他挑个战，敢不敢？"

"怎么不敢！"沈光福抬起闪光的眼睛。

何佩蓉见郑德彪一脸汗，问了句："你怎么先回来啦？"

"听说来了客人，还能不回来招待招待。"郑德彪接着放低了声音："你去过三团二连？"

何佩蓉弄不清郑德彪忽然压低声音是什么意思，怀疑地望着面前那双期待的眼睛。

"他们练兵怎么样？"

"啊，"何佩蓉终于明白过来，"你是向我打听情报来的！"

"到底怎么样？"郑德彪仍旧一股劲儿追问，"他们的成绩怎么样？比我们怎么样？"

"怎么样，怎么样，谁知道你们怎么样，"何佩蓉扑哧笑出声来，"叫我怎么比？"

沈光福本来已经走到机枪旁边，准备继续未完成的工作，一听连长问起二连练兵的事，又悄悄地走近来听，一双眼睛紧盯着何佩蓉。瞧那副神色表情，他的关心不比连长差。

"听说他们昨天作了半月总结。成绩很好？"郑德彪又问。

"不知道。我们宣传队昨天也开了一天会，总结在三团的演出。"

"啊呀！你们宣传队一点不关心练兵！"郑德彪失望地嚷。

"不关心练兵，就不来给你们演出了。"

"啊，关心关心！"郑德彪说，忍不住拖了个尾巴，"可是还不够。"

"随便你说好了。"

"不说了，不说了，去看看我们的演习，走！走！"

"我只请了两个钟头的假。"何佩蓉为难地说。

郑德彪拖起她就走："你不要不关心我们。团长也不会答应的。"

何佩蓉抡起拳头，在郑德彪的厚背脊上擂了一拳。郑德彪放开手，抚着背脊喊痛。

何佩蓉临出大门，沈光福追出来喊："回头来坐啊！"

出庙门拐了个弯，何佩蓉偶一回头，见远远移动着一个熟悉的背影。这背影即使离得再远，她也认得出是谁。她心跳起来，止住脚步。

"快走。"郑德彪转头一招呼，立刻明白了何佩蓉停步的原因，装出突然省悟似的神情说："啊哟，我倒忘记快收操啦，你去了怕赶不上。回头见！"说罢，撇下何佩蓉，撒开大步就走。

何佩蓉稍一犹豫，飞步去追赶那个背影。它近了，扩大了，大得挡住了一切。何佩蓉刚要张嘴叫唤，背影突然消失，代替的是宽阔的胸膛，迅速地迎上来。

"刚来？"沙浩说，声音跟眼光一样温柔。

何佩蓉看出沙浩的脸仍旧丰满红润，不像预想的那么消瘦，眉毛给汗水黏结在一起，显得越发浓黑。

沙浩邀何佩蓉上团部，何佩蓉头一摇说："先走一走不好？"

两个人便在村道上走起来，沙浩走得挺快，何佩蓉费劲才能赶上。

"瞧你，"何佩蓉追上沙浩说，"两脚泥，一身汗，在稻田里爬来着？"

"上一营转了一趟，顺便钻了钻稻田。"

沙浩再没有说话，一股劲地走着，时不时含笑打量何佩蓉一眼。

这个村子很大，房屋散乱，东一簇，西一簇，包围在树林里。他们信步走到池塘旁边一棵大槐树底下，浓密的枝叶遮阴了一大片地方，树干四周围着几张石凳，两个人面对池塘并排坐下。

池塘里荷叶丛密，上面突出几枝迟开的荷花，一对红蜻蜓贴着荷叶飞来飞去。鱼群在荷梗下穿行，时而弄出轻微的响声。池塘对岸，摊开一大片油绿的菜地。有三个不满十岁的孩子在池塘中间游泳，激起白白的水花。

何佩蓉掀动翘鼻子，闻着清淡的荷香，眺望了一会儿说："这地方多美！"

沙浩也向四处望了望，眼光停在孩子们的身上。

那群孩子显然是在比赛，一个个使劲划着，把池水溅得老高。沙浩止不住喊了声"加油！"孩子们游得更起劲了，有一个回喊了一句什么。

"真有意思。"沙浩用胳膊轻轻地碰了何佩蓉一下。

何佩蓉顺手捞起沙浩的衣袖，翻过来一看，不满地说："这套衣服好久没洗了吧？"

"换上没几天。"沙浩急忙扯回衣袖说。

"没几天？没有一星期才怪！"

沙浩避开何佩蓉的注视，眼光又落在孩子们身上。他们已经爬上岸，每人拣起一根树枝，先后跳下池塘，用一只手把树枝举过头顶，吃力地游起来。沙浩又碰了碰何佩蓉的胳膊，兴冲冲地说："这是学我们战士的。瞧，拿树枝当枪使。"

何佩蓉觉得时间有限，还有许多话要说，顾不上看孩子们玩水。

"哎！毛衣晒了没有？"

"毛衣？"沙浩抱歉地笑了笑，他根本没有想到过什么毛衣。

"我只叫你注意一件事情行不行？多少关心一下自己的身体。"

"我当然关心啊！能多吃就多吃，能多睡就多睡。吃饱睡足，还要什么？"沙浩半开玩笑地说，"要我一天到晚干干净净可办不到。"

"谁要你一天到晚干干净净。"何佩蓉责怪地说，"瞧你，头发这么长。"

"理发员也要练兵。好啦，还是上团部坐一会儿。"沙浩站起来说："说不定有事情要我处理。"

"我就怕你们政委的舌头，老爱刺人。"

"开几句玩笑算什么。他不一定在家。老实说，我这副样子还算好的哪。他有时候回家，简直成了个泥人。"

到了团部，政委果然没有回来。沙浩打开当枕头用的包袱，取出一套洗白了的军衣和一双草鞋。何佩蓉从包袱底层抽出一件咖啡色毛衣，细细检查一遍，找不出有损坏的地方，只微微闻到股霉味，便拿到院子里去晒。

何佩蓉进来时，沙浩已经换上干净衣服，穿上草鞋。何佩蓉拿起换下的单衣往脸盆里一放，抓起一块肥皂，提着泥胶鞋就走。

"胶鞋不用洗，等干了一擦，泥就掉了。"

"我不同意这种懒办法。"何佩蓉说罢噔噔地走出门去。

沙浩往桌子边上一坐，开始翻看报纸文件。不知过了多久，听见窗外传来何佩蓉的声音："给我一条绳子。"

沙浩拿起一条铺盖绳，走到窗前，递给何佩蓉。见她的袖管卷得老高，手背鲜红肿胀，爱怜地说："别忙啰，休息休息吧。"

不一会儿，何佩蓉轻快地进来了，脸孔给晒得通红。她走到床边，包好包袱，抖开被子一看，见边上染了一层油垢。她的眉头微微一皱，坐在床边，拆起被子来了。

"你就休息一会儿吧。"沙浩走过来劝她。

何佩蓉轻轻地推开沙浩，指头一勾一勾，飞快地拆开一边被子的线脚。沙浩望望那双洗红的手，坐下来帮忙。

等到房里只剩下沙浩一个人的时候，桌上的电话铃响了。沙浩拿起耳机，听了几句就说："是的，她在我这里。"又听了几句说："好的好的。"

何佩蓉微微喘着气走进来，摘掉军帽，露出一头乌黑的头发，掏出手绢擦汗。

沙浩用怜惜的眼光盯着她，等她缓过气来才说："你们的队长来电话叫你回去，研究新编的节目。"

何佩蓉戴上军帽，返身就走。

沙浩默默地跟在后面。两个人经过院子，走到篱笆门外，何佩蓉转身说："我下午抽个时间来缝被子。"

"不用不用。"沙浩急急地说，"把晚会节目准备好，比什么都强！"

何佩蓉温柔地望了沙浩一眼，快步走了。

沙浩跟着走了两步，站在村道上目送她，等她拐了弯才转回去。何佩蓉亲手打的毛衣晒在竹篱笆上，雪白的被单布在院子里飘动，洗干净的胶鞋搁在窗台下。他从每件东西上看到了何佩蓉，看到她的匀称的身材，细长的眼睛和翘鼻子，心里荡漾起欢愉的感情。

十二

时间，对丁力胜来说，比什么都宝贵。除了领导部队练兵，最近加了个整编的任务。骡马要减少，炮兵要紧缩，非战斗人员要降低到最低限度。一句话，一切要适应山地作战。他本来考虑过这些问题，因此完全同意上级的决定，马上雷厉风行地着手工作。他起早睡晚，午睡无形中取消了，然而他的时间还要被日程以外的事情所侵占。

昨天开了一整天干部会议，今天一大早，炮兵营长吴山咽咽地跑来，闷头闷脑地往椅子上一坐，劈头就说："师长，请你打通打通我的思想。"

吴山的衣冠不整，皮带没有结，军衣最上面的扣子没有扣，军帽低压在眉毛上，好像怕人看到他的苍白失色的脸。

丁力胜注视着吴山说："什么事？谈一谈吧。"

吴山不安地挪动着身子，一口气倒出心里的冤气。说到激动处，变得有点口吃。

"我想了一夜，怎么样也想不通。抗日战争时期，缴到一门小迫击炮，也当成宝贝看待，轻易不使用。前两年我们师有了山炮，战士们高兴得嗷嗷叫，摸一下也欢喜。后来建立了山炮营，战士们更高兴了，纷纷议论说：这一下咱们的部队什么不缺，只差飞机啦。我不明白：形势一天天开展，为什么炮兵倒要缩编，有了大炮反而不用？"

"你安静一下好不好？"丁力胜严厉地说，"没有人不要大炮。把炮兵缩编成两个连，是为了适应南方的地形条件。编制不是死东西，不是为编制而编制，是为了保证打胜仗。"

吴山听完师长的话，一只手放到衣领上，解开风纪扣，摸了摸突出的喉结，好像怪它堵住了话头。

"你没见大车全部整编掉了？为什么？还不是为了同一个目的！"

吴山干咳了一声，急促地说："大车消灭不了敌人，当然能省，大炮是战争之神……"

丁力胜打断他说："先别吹什么战争之神，好好想一想实际情况。我们革命军队打仗是从实际出发的，从实际出发！在东北平原上，炮越多越好。在这儿呢？尽管我们希望炮越多越好，可是山岭河川不同意，小路稻田不同意。湖北、江西你都到过了，行军时候的困难你看到没有？操心不操心？"

"操心啊！可是困难都克服了。我们没有损失一门炮，没有掉队。"

"炮弹呢？牲口呢？"丁力胜追着问，"耽误的时间呢？"

吴山没有回答，低下头，摸弄双手。一接触实际问题，他感到理亏。

丁力胜不再说话，好让吴山静静想一想。他开始来回踱步，不时瞅一瞅吴山的神色。

吴山苍白的脸上泛起红晕，抿紧厚厚的下唇默想着什么。等师长第四次走到身边，他扬起头说："我们以后保证不要步兵帮忙，保证不出任何事故，不行吗？"他的声音不如刚进来时那么高，语气不如一开头那么激烈了。

"这不是个人保证的问题。"丁力胜的语气平和些了，"是客观环境允许不允许的问题。要不是考虑到这一点，你这个炮兵营长早撤职了。过了长江，你们炮兵营摔死了多少匹牲口，损失了多少发炮弹？怪你？怪炮手？怪驭手？大概很难怪吧。过去没有保证得了，以后又怎能保证得了？"

吴山成了个做错事被人捉住的孩子，眼望脚背，显出可怜的样子。丁力胜对这个几乎瘫痪了的大个子感到同情，拖了把椅子，在他对面坐下，温和地说："吴营长，我再说一遍，不是谁看不起炮兵，是地形条件不允许带这么多炮。炮减少了，炮兵的任务并没有减轻。这一点，你要对同志们说清楚。"

"任务没有减轻？"吴山的眼睛倏地亮了。

"当然。两个连队仍要当一个炮兵营使用。这就是说，你们的任务反而加重了。"

吴山一直腰说："师长，我只有一个请求：让我留在炮兵连里。"

吴山的眼光里满含希望，这是对事业充满热爱、舍不得离开心爱物的表现。丁力胜完全理解这眼光的意义，对他的请求感到满意，但他没有立刻泄露自己的心情。

"你的思想通了没有？"

"保证坚决执行！"吴山霍地站起来说。

"你还是当你的营长，必要时可以分到连里去。放心了吧？"

吴山迅速地扣好风纪扣，拉了拉军衣下摆，双脚一并，敬了个礼，一转身，嗵嗵嗵地走了出去。

丁力胜回到桌边，刚要坐下，又有一阵急促的脚步声响近门前。

来人的胳肢窝里夹个黄牛皮的公文皮包，这种皮包在部队里十分罕见，只有后勤部长一个人使用，因此一见皮包就知道来人是谁。

师后勤部长跨进房门，张望了一下说："政委不在？"

"上政治部开会去了。请坐！"

后勤部长是师里极少数的长征干部之一，年岁比任何人大，丁力胜一贯很尊敬他。

后勤部长走到桌边，放下公事皮包，打开白铜按锁，拿出几张表格递给师长。

丁力胜翻看了一通说："你们的动作好快。"

"我们几个干事调查登记，清理点验，忙了一个通宵。"

"情绪挺高啊！刚才遇见吴山没有？他的情绪可不高。"

"遇见咯，走得一阵风似的，叫他也没答应，满脸笑容，好像捡到了二百两黄金。看来情绪挺高嘛。"

"开头可是灰溜溜的。好批评了他一通。"

"大概舍不得他的炮。真的，我的心里也很矛盾。"

丁力胜放下手里的统计表，警觉地望着后勤部长，只见那张干瘦脸上的的确确出现了痛苦的表情，跟吴山刚进来时的表情不相上下。"不妙！"他想。懊悔不该提起炮兵营长的事。

"眼看手里的家当少下去，总有点不舒服。当初撑起来可不容易。"

来啦！丁力胜想，胳膊肘往桌上一搁，静下心，准备应付就要来到的局面。

"眼看着一大串牲口，一长溜大车，走得挺带劲的，上面驮着粮食炸药、预备弹药、补充被服，比起长征时期要什么没有什么，真是天差地远。即使脚底心打满水泡，累得抬不起腿，一见这种情景，劲头不知不觉就上来了。猛一下说要整编，大车全部取消，驮马大部上交，免不了心痛，心痛。"

后勤部长一伸手抓起瓷壶，倒了一杯水，连喝了几口，仿佛想用水来减弱心痛。

后勤部长停顿了一会儿又说："细一想，不整编怎么办？长征期间，部队走得多快，一天走百把里是常事，有时在路上还要打几个小仗。这阵子呢，走大道一天过不了七十，走山路简直像扭秧歌，我这个慢性子人有时也急得要上吊。现在，大车一取消，驮马和预备弹药一减少，负担减轻了不少。归根到底，我就想到上级真是英明，把我们后勤部门从困难中解放出来，又成了保证战争胜利的机关。"

听到这里，丁力胜松了口气，禁不住伸手拍了拍搁在对面的那只筋脉突出的手背。

"再一次出动的时候，"后勤部长心情愉快地说，"我们后勤部门敢跟战斗部队挑战了。"

丁力胜举起食指，警告似的说："不要太乐观。换上一批挑夫，也不大好管哪。"根据新编制，师里增设了一些挑夫。

"一百个挑夫也比一匹牲口好管。"后勤部长应声回答，看来他早已想过这个问题。"南方的挑夫挑上百儿八十斤，照样走得飞飞儿的。二十年前，我也是个挑担的好手，当时做梦也想不到竟会管起这些东西来。"他拍了拍鼓腾腾的牛皮包。

"里面尽装些什么呀？"

"什么都有，杂货摊。"后勤部长说，啪地按上了按锁，生怕师长检查似的。

"恐怕有些用不着的东西吧？趁这个机会，你的皮包也该清理清理，精简一下。"

后勤部长呵呵一笑，把皮包拉近身边，抬起头，眼光穿过师长的肩膀，落在对墙的华中南战场形势图上。窗外刮进一阵风，图上的红蓝小旗微微飘动起来。他注视了一会儿地图，伸过头悄声地问："我们什么时候出发？"

"你倒想得远。"

"照例嘛，整编完了就该出发。"

"可我们的整编刚刚开始。怎么，你这个慢性子人沉不住气啦？"

"有这么一点点。"后勤部长承认说，指了指地图，"多少天来，红旗老插在原来的地方。它们该往前挪一挪啰。"

"时候一到，就会往前挪的。"

后勤部长眨了眨眼睛，稍带失望地站起身，夹起皮包，匆匆忙忙地走了。

丁力胜猜到后勤部长的来意，送统计表根本用不着亲自跑一趟。这给了他一个启发：如果连后勤部长那种性子的人都关心起行动问题来，指战员的心情就可想而知了。

十三

丁力胜没有猜错,这种苗头很快显露出来。两天后,练兵的成绩停滞了,连队里流传着风言风语,有些连的干部沉不住气,有事没事往团部跑,打听今后的动向。

这天,丁力胜抽空来到二连,连部里静悄悄的,指导员林速伏在桌子上写东西。

"你一个人在家?写什么?"

林速一见师长,赶紧起身回答:"晚上开支委会,我起草个发言提纲。"

丁力胜见桌上放着一叠纸片,随手拿起最上面的一张看了看,原来是份要求当尖刀班的请战书,拿起第二张,内容差不多。一看日期,都是昨天写的。

"怎么,想打仗?"

"同志们见部队整编,猜到要有新任务,就自动写起来啦。"林速解释说,"前几次行动都很突然,战士们连表示决心的机会也捞不到。"

"你们的看法呢?"

"连长认为目前应该好好练兵,我也同意。"

"你们的看法都一致?"

林速沉默了一会儿说:"副连长不同意。"

"胡安平不同意?"师长对连以上干部都能立时叫出名字。

"他还提出用全连名义向营团首长请战。"

"喔嚯!劲头倒不小。"

"我跟连长觉得不是时候,把他的提议顶回去了。班和个人的请战书全部压下来,没往上转。今晚上支委会主要讨论这个问题,要大家安心练兵。"

丁力胜微微点点头,在桌子另一头坐下来,问起连上的生活情形。

林速准确地回答着问题。提到蚊帐的时候,他说:"每人都挂上了蚊帐。战士们开头挺满意,这两天有点不满意。"

"这为什么,嫌闷?"

"嫌沉。怕行军增加重量。"

"还是为的这个呀!做过解释工作没有?一定要跟同志们说清楚:在南方,蚊帐和雨伞是两件随身宝。不打摆子,比什么都强。"

副连长胡安平一阵风似的卷进来,挨到师长身边说:"咱们要行动啦?什么时候出发?"

"唔,坐下坐下!"丁力胜说,"坐下谈。"

胡安平在桌子横头坐下,见师长的脸色严肃,有点摸不着底,便向指导员使了个眼色,意思是问:师长干什么来了?可指导员仿佛没有看到,瞧他的神情也很严肃,好像师长刚跟他谈到重要问题。敢情真的要行动啦?

"这两天练兵成绩怎么样?"丁力胜问。

"不错。"胡安平说。

林速同时说:"不大妙!"

"不大妙?为什么不大妙?"

"心有点散。"

听指导员这么一说,胡安平低下头。心有点散,可不,自己就是这样。

丁力胜一转脸问:"是吗?"

胡安平缩了缩鼻管,没有回答。

"咱们要行动啦?什么时候出发?"丁力胜模仿着胡安平的口气说,随即提高声音,"胡副连长,你要忘记这一点!集中精力练好兵,比知道什么时候出发强得多。"

胡安平嗯了一声,开始认识到自己的情绪不大对头,刚进门来时的兴奋全部消失,感到浑身不安,静待师长的批评。他知道师长批评起来是不饶人的。

丁力胜并没有再批评,用缓和的口气问:"胡副连长,战士们是不是都感到就要出发了?"

"老战士们都这么想、这么希望。走了几千里路,还没有打上一仗,心里头有气。"

丁力胜沉思起来。

胡安平见师长好久没说话,站起身来说:"我回去参加演习。"

丁力胜一抬手说:"稍等一会儿。"

胡安平不安地瞅了一眼指导员,正好碰上指导员同情的眼光。

"他们是怎么想的?"丁力胜拍了拍突出的额头,"光想出口气?"

"据我看,光想出口气的人不是没有。"林速说。

"你看呢?"丁力胜转问胡安平。

"我看差不多。我自己多少也有一点。"胡安平坦率地承认说。

"有口气是好的。练好本领,不怕出不了气。这气嘛,还得是革命志气，不是个人意气。"丁力胜站起来说："走！胡副连长，我跟你一路走。"

两个人走到村外，走到二连的演习地点。有一个班正在通过稻田，别的战士们围在田边观看。稻田里泥水挺深，十来个人一脚高，一脚低，困难地拔着双腿。有一个摔了一跤，爬起来就走。李腾蛟独自站在一条田埂上，注视着演习班的动作。

丁力胜嘱咐胡安平说："你们尽管照旧演习，不要管我。"

胡安平踏上田埂，走到李腾蛟身边，说了几句话。李腾蛟点点头，依旧专心致志地指挥演习。

丁力胜插到战士丛中，插到第一班的行列里，观望了一会儿，指了指快要到达终点的演习班，问身边的王海说："你们的动作比他们怎么样？"

王海私心里认为本班的动作比较利落，可他不愿意直说，只说了个"差不多"。

演习班到达了终点。丁力胜眉头一皱说："拖泥带水的，火候不够。王班长，你们班通过稻田的速度，能不能赶上敌人？"

这个问题使王海感到为难，沉吟着没有回答。他对没有把握的事从来不随便答应。

夏午阳在一旁抢着说："能赶上敌人！我们班的速度比整训开始时快得多。"

"哦，快得多？快多少？"

夏午阳答不上来。

王海瞪了夏午阳一眼，怪他随便插嘴。

陈金川不急不慢地插上来说："这几天没有什么进步。我们的手痒了，腿松了劲。"

眼看那个演习班往回转，王海喊了声："快轮到我们啦，准备！"

李腾蛟和胡安平一先一后顺着窄窄的田埂跑过来。胡安平一脚踹空，落进稻田，干脆在泥水里奔跑。山背后浮起一朵乌云，追在他们的身后。

李腾蛟跑到师长跟前，要师长提提意见。

"我没有话说，倒想参加参加演习。"丁力胜向一班战士环看了一转说："待会跟你们比赛一下。"

好几个战士，包括夏午阳在内，认为师长跟他们开玩笑，开心地咧开了嘴。

丁力胜检查了一下自己的着装，紧了紧皮带，弯下腰，系紧胶鞋的带子。

李腾蛟不好正面阻止师长，转弯抹角地说："师长，稻田里水深。"

胡安平一把扯住师长的胳膊，直通通地说："师长，别下去。"

"这又不是黄河长江。"丁力胜转向王海又说："咱们把话说在头前，谁也不许让谁。"

这话说中了王海的心窝，他确实有让一让师长的意思。

兴奋的一班战士都准备妥当，丁力胜跟着他们走到出发地点，向李腾蛟说："下命令吧！"

跟着口令声，丁力胜跨进稻田，小腿肚立刻埋进水里。他微微弓着腰，拔着湿淋淋的两脚，向前跋去。王海班紧跟在后，踩得脚底下的泥水扑通扑通直响。李腾蛟走上田埂，快步跟上去，一眼不眨地望着师长。

丁力胜的脚步挺快，过田埂时动作特别利索。只见他弯腰一使劲，一脚踩上田埂，前脚刚着地，后脚一提，跨进另一片稻田。身后的王海使出全身力量，怎么样也赶不上。

丁力胜到了目的地，转过身，等待一班战士。

夏午阳一踩上田头，不大服气地说："师长，咱们再来一次。"

"好嘛。"丁力胜简短地回答。

李腾蛟三脚两步跑过来，见师长的绑腿布打得透湿，大腿和衣襟上沾满点点泥浆，心痛地劝阻说："走田埂回去吧。"

"不是去打冲锋，怕什么。我正想多活动活动腿脚，水田里挺凉爽。"

于是，丁力胜又跟一班战士们打稻田里转回来。

王海下定决心，这回说什么不能落在师长后面。开头他确实抢在前面，等到过田埂的时节，师长赶过了他。王海眼见师长的腿刚插下就拔起来，步子均匀，心一急，双腿不大听使唤了，紧撑了一阵没有撑上。

丁力胜一回到出发地点，站在田头上观看的战士们一齐欢呼起来。

王海的心头热乎乎的，感到又惭愧，又钦佩。他走上前，捏掉师长背上的一小块泥浆。

李腾蛟也从泥水里跋过来，刚离稻田就说："师长，休息一下。"

王海急忙卸下背包，拍了拍，放到师长身后。

丁力胜没有坐下，向四围转动着头部，大声地说："同志们，我看心散不得，劲松不得。不忙去想打仗，先抓紧时间学好本领。学到爬山过稻田快过敌人，打胜仗就有了一半把握。"

本来兴高采烈的战士们，听到师长这些话，收敛起笑容。可不是，一班是全连的拔尖班，还赛不过师长，难道自己的本领学到家了？

"同志们，好好练吧，希望下次看到你们的好成绩。"丁力胜说罢，拖着一双泥脚走了。

夏午阳使劲拍了拍大腿说："真不争气！"

"别怪腿，得怪脑袋。"李腾蛟放大声音说，"各班先开几分钟会议，检查检查思想，看这几天练兵专心不专心。"

"一班都坐下！"王海跟着说，他准备带头检查一下自己。

沈光禄坐下了，眼光追踪着师长的远去的背影。师长一来，他的眼光就不曾离开过他，心里一直翻腾着各种复杂的感情。

乌云不断地从山背后吐出来，扩展地盘。随后，密密的雨脚也从山背后推延过来，罩住了山顶，遮掩了山腰上的树木，远处的稻浪上腾起一股蒙蒙雾气，暂时还听不见雨声。各班的战士们先后站起，跨进稻田，奔向朦朦胧胧的雨网。瞧那坚定的步态，即使天上下刀子，也挡不住他们的脚步。

十四

九月下旬，部队渡过了湘江，跟敌人靠近了一步。这时候对于雪片一般飞来的请战书，各级指挥员都采取了鼓励的态度。而且，狂烈的求战热情得到了最高的酬报：部队奉命出发了，配合友军去消灭盘踞在一个城市里的大股敌人。

叶逢春的团虽不是前卫团，但他心情愉快，精神振奋，眼看着战士们一个紧跟一个，走得飞快，面前自然展开了一幅乐观的远景。天空特别明朗，碧蓝无云，太阳预祝胜利似的露出笑脸，把温和的阳光洒在人身上。公路两边微微摇摆的杨树枝，远处村庄上空的袅袅炊烟,在他看来,都像在欢迎他们,欢迎这支兵强马壮的队伍。

两边的树行飞快地迎面扑来,向后退去,时不时飞来几声残蝉的鸣叫,仿佛在督促鼓舞:"进啊!进啊!"稻田里,成熟的谷穗点着头儿,稻叶嚓嚓作响,好像在低声私语:"瞧,他们走得好快!"他看到的景象和听到的音响,都预示着一种吉兆。

叶逢春很想跟别人分享一下心里的欢乐,对身边的李腾蛟说:"二连长,南方并不错啊!啊?"

李腾蛟正在考虑未来的战斗,一时领会不到团长的意思,随便答应了一声,不大放心地问:"这次能不能打上?"

"当然能打上!"叶逢春断然地说,"咱们走的是什么速度,啊?"

"一小时十二里。"

"这就对啦!最好多考虑考虑怎么进攻。千好万好,最要紧的还是打仗好。"

李腾蛟知道团长指的是什么。练兵总结的时候,二连的成绩比较突出,获得了师部的奖励。这次出发以前,他们连已经被指定为团的突击连。敌人在城里驻了一个师,未来的战斗并不容易。

"待会冲它个稀烂!"叶逢春又说,"让敌人瞧瞧我们的厉害。"

"这还用说。"在团长背后尖起耳朵听的夏午阳插进来说。

一班已被指定为突击班之一,因此夏午阳的脸红得像蒸熟的龙虾。

李腾蛟的心情又紧张又愉快,他相信自己连队的力量,相信自己战士们的战斗意志。撕开突破口,冲破敌人,他认为没有问题。长期郁积在心的愤怒,很快就可以倾倒出来了。

队伍飞快地前进，枝叶茂密的杨柳树扑过来，擦过去，一个个大小村庄近前，退后。叶逢春凭经验推断出来：行军速度超过了一小时十二里。这种速度，在渡过长江后还是第一次。太阳逐渐西斜，目的地越来越近了。在遥远的天边，隐约浮现出一座城市的轮廓。

"瞧！"叶逢春兴奋地用手一指。

就在这会儿，有股浓烟冲上城市的上空，迅速地蔓延上升。

"什么？"夏午阳失声高喊。

这是不祥的征兆，是多次遇到过的情况的重复，叶逢春的脸色刷地变黑，咯咯地磨着牙齿。

前面的队伍走得更快了。叶逢春一直凝视着那股浓烟，它扩大了，变紫了，时而从中窜起一道火光。他浑身冒火，恨不得马上长出一对翅膀。在他的身前身后，腾起一片愤慨的咒骂。

突然响起一阵枪声，最前面的队伍开始跑步，一边把斗笠推到脑后。此刻，在叶逢春的感觉世界里，除了逐渐近来的烟雾火光和激烈的枪声，四围什么也不存在。

"快跑！"他喊。

"快跑！"李腾蛟跟着喊。

眼见先头部队冲进城里，一支友军也从侧翼扑进街道。不一会儿，枪声静息下来，火光看不见了，浓烟逐渐转淡。

等到叶逢春望见玻璃窗的闪光，辨出房屋的颜色的时候，迎面驰来个骑兵，递给他一纸命令。命令是师长匆促写成的，告诉他敌人已经撤退，叫部队在附近村庄待命。

叶逢春望了望城市，像打了败仗一样难过。天还是那么晴朗，太阳还是那么亮，但只能引起他的厌憎。头顶上的蝉鸣，听起来觉得格外讨厌。夏午阳好像知道团长的心情，捡起一块石子，使劲往树上一扔，气愤愤地说："叫啥！"

叶逢春安顿好队伍，立刻跑进城去，师部里只有政委在家。

叶逢春进门就问："情况到底怎么样？"

"敌人撤退了。一团消灭了一部掩护部队。"韦清泉简短地回答。

"我们又慢了一步！"叶逢春懊丧地说。

"我们走得不慢。敌人跑得太快。"

叶逢春懊丧地说："我的血都快涌出来了。"

"我的血不烧？我不生气？"韦清泉激动地说，眼里射出两道尖利的光芒。他嘘了口气，停顿了一会儿说："可我们是指挥员，应该保持冷静。部队情绪怎么样？"

"一个个气得要死。"

"光生气没有用。你们唱的歌子里，不是说不怕扑空吗？"

"要在早先呢，心里倒好过一些。没想到休整了一个多月，还是老结果。"

"不是老结果。据俘虏军官说，敌人估计我们白天到不了，因此预定的罪恶勾当没有做成，匆匆忙忙放了一把火。"

"基本上算是扑空了。"

"当然也可以这么说。"韦清泉平心静气地说，"本来有两种可能：抓住，抓不住。要是那么容易抓住，敌人就不算狐狸了。打狐狸的猎人一被发觉，他的枪法再准，多半也难成功。扑空再扑空，不算什么奇怪。何况这一回并没有完全扑空，我们斩掉了它一小截尾巴。"

叶逢春慢慢冷静下来。

"只要我们有决心，总有办法对付它。怕的是失掉信心。敌人指望我们急躁、抱怨、泄气，我们偏不产生这种情绪。叶团长，回去跟政委研究研究，让全体指战员保持高度的战斗情绪。"

叶逢春听出政委在向他指示下一步工作了。政委惯于在随便说话中了解情况，布置工作。他觉得不能再留在这里打扰师首长，立刻起身告辞。

"一块走。我去透透气。"韦清泉说。

韦清泉和叶逢春走到大街上。街上活跃得很，挑着粮食蔬菜的、担着鸡鸭鱼肉的人来往不断。每家铺子都开了门，往里一望，货架上货物齐全。有一家铺子里开着留声机，传出"打倒列强……除军阀……"的歌声。

"我们把这个城市保全下来了。"韦清泉动情地说，"敌人的原来计划来不及实现，应该看作我们的胜利。"

叶逢春在十字路口离开政委，独自走了。来时满心气愤，没有留心周围的景象。此刻，心头的愤怒已经吐个干净，觉得舒畅多了，政委的话也提醒他去注意街头的景象。城市的秩序确实不错，好些铺子把茶水桶端到门外，邀请过往的战士喝茶。欢迎解放军的标语也纷纷贴了出来。是的，这一回并没有完全扑空。

韦清泉回到师部，见丁力胜拿着红蓝铅笔在研究战场形势图，图上角放着一份电报。

"老韦，敌人这个军退到这里来了。"丁力胜的铅笔在图上某一点戳了一下。

韦清泉走到桌前，拿起电报，知道原先位置突出的敌人一个军已经后退了几十里，跟别的敌军扯成一条线。

现在，地图上出现了这种局面：敌人四个军排在一条线上，布成一个扇面。后面还有三个军，包括主力第七军和四十八军，构成了第二道阵线。每个军靠得很近，沾得很紧。用红笔标志出来的我军，包括自己的军在内，也形成了一个扇面。这两个扇面相距不远，随时都有接触的可能。也就是说，双方已经形成了大战的姿态。

丁力胜的铅笔又在原处戳了一下："这个军没有吃掉，真可惜。"

他们两个都很清楚：这个军的一个师住在城里，两个师分布在城市两侧，原是敌人的前哨。如果吃掉了这个军，那么敌人在这条战线上的兵力就不满二十万，数量上占了劣势。它一缩回去，双方便形成了实力相等的局面。

在另一条战线上，在湖南的西北部，我们两个主力军正在沿公路飞速前进，准备从敌人的侧后迂回过来，切断敌人的退路。不过，那一带敌人有一个兵团，双方的实力也不相上下。这支迂回部队要及时赶到指定地点，达到钳击敌人的目的，这需要克服许多困难。

韦清泉察看了一下敌我形势，沉思地说："情况不很乐观，我们的前进路上相当艰苦。"

"是啊，相当艰苦。"丁力胜说，把红蓝铅笔往桌上一扔。"主要困难是敌人对我们作战挺有经验。"

黄昏来到了，室内的光线逐渐暗淡，两个人仍旧凝望着地图。从图上看得出来，尽管我军的位置比整训前跃进了一大步，解放了大片土地，可是敌人没有受到什么损失，它们此刻紧靠在一起，找不出一个隙缝、一个空子。一个机会失去了。——不，刁滑的敌人没有让我们得到机会。今后要消灭敌人更不容易。两个人不约而同地对望了一眼，那眼光忧郁而热切，像在互相询问："今后该怎么办，会怎么办？"

电话铃响了起来，丁力胜拿起耳机，听到军长响亮而豪迈的声音，叫他和政委立刻去军部开会。

十五

丁力胜和韦清泉从军部回来,马上召集团以上干部开会。

宽大的会议室里灯火通明,长长的会议桌边排列着两溜椅子,房门的正上方挂口壁钟。银灰色的壁纸和窗户的花玻璃上反射出闪闪灯光。地板上过黄蜡,人一走动,发出咯吱咯吱的声音。后墙正中摆着一套沙发,两边墙角落里有两张红木茶几。一张上面放着一大盆万年青,另一张上面放着一架收音机。

开会的人们陆续来到,围着会议桌坐下,纳闷地望着坐在主席位置上的师长和政委。往常,开会以前,他俩总要抓紧时间,跟干部们打几局扑克。这一回,他俩坐在一块,神情严肃,胳膊肘搁在桌上,不言不语,不时抬头观看壁钟,像在等待什么贵客。

"我没有来晚吧?"

随着声音,叶逢春走进会议室,四周张望了一下,见沙浩身边还有个空位子,大走了几步,在他身边坐下。

"这地方好阔气。"叶逢春环视了一下说。

"原先是敌人师部的会议室。"沙浩解释说。

"嚯,沙发也来不及撤走。"叶逢春挤了挤眼睛,向师首长一望,压低声音说:"他们怎么啦?军首长要来?"

"我也不知道。"沙浩低声回答。

这时候，韦清泉站起来了，用庄严的声调宣布说：

"今天开个重要会议。会议开始以前，先请你们听一听好消息。"说罢返身走到红木桌几跟前，打开收音机。

一支豪壮的歌曲奔泻出来，是到会的人全都熟悉的《说打就打》。叶逢春最喜欢这首歌子，伸出手指，在桌上打着拍子。

歌唱结束，壁钟当当地敲了十下，人们立刻听到一个亲切的声音，毛主席的声音！宽阔的大厅里，别的声音一下子静寂下来，只有毛主席的声音在激荡流漾，深深地打进每个人的心头，激动每个人的灵魂。

这是毛主席在天安门上讲话的录音。毛主席以庄严热烈的声调，宣布了中华人民共和国的诞生！宣布了劳动人民当了国家的主人！宣布了中国人民从此站起来了，踏上了世界舞台！

仿佛有谁发下了一道命令，所有的人都霍地站起，互相拥抱，互相握手，互相把眼泪擦在别人的肩膀上。沙浩紧抱住叶逢春，差点使他透不过气来。丁力胜和韦清泉虽然早在军部里得到消息，仍旧止不住流下激动的眼泪。韦清泉想竭力止住它们，可是没有成功；丁力胜却含着笑，任随它们畅流。在他俩心里涌起的感情，只有其他经过长征的干部理解得最深。

今天早晨，就在他们急行军扑奔敌人的期间，新中国诞生了！从此，创造社会财富的工人和农民，再不是被压迫的奴隶，他们获得了应有的权利，真正成了国家的主人。监狱和刑场再不是革命者和爱国人士的威胁，而是用来对付反革命、对付人民敌人的工具了。几千年来摧残劳动人民身心的忧愁、痛苦、屈辱和贫困将一扫而光，代之以欢快和幸福的生活。在战斗中倒下的战友们的鲜血没有白流，成了培育新中国植根抽芽的露滴。眼前这些战友们又是多么好，多么可爱啊！他们跟自己共同斗争过，还要共同继续斗争，使新中国一天天成长壮大。

怀着激奋的心情，这些在枪林弹雨中出生入死的人们开始倾听朱总司令的讲话。朱总司令发布了继续进军，彻底消灭反动派军队，解放全中国的命令！坚决的声音加强了坚决的意志，庄严的使命激发了庄严的责任感，于是高度的兴奋和高度的责任感结合成一体，人们的血液燃烧起来，沸腾起来。泪花未干的眼睛里射出强烈的光辉，泄露出内心的要求：渴望行动，渴望战斗。

收音机关上了，毛主席的声音仍在人们的心上缭绕，冲击着人们的思想感情。他们没有坐下，没有说话，只有一对对眼睛在闪烁，从别人的眼睛里照出自己的心情。

"我们马上要去作战！"丁力胜说出第一句话，打破了激动的沉寂。

所有闪光的眼睛都落在师长的身上，他的话正好道出了人们此刻的愿望。人们回归各自的位置，静悄悄地坐下来。

丁力胜炯炯有神的眼光在干部们的脸上扫了一转，停顿了一会儿，庄严地说出第二句话："我们师的任务是插到敌人的心腹中去。"

叶逢春本想抽烟，已经擦着了火柴，一听师长这句话，吹灭火柴，把它投进烟灰缸里。

丁力胜的眼光又扫了一转，他看到了兴奋和欢欣，也看到了疑惑和忧虑。但所有的眼光都表示出一个意思：希望他赶快往下说。

"根据情报，敌人准备全线撤退……"

会场上升起了低声私语，叶逢春两手一攥，手里的纸烟折成两截。沙浩在他的胳膊上捏了一把。

"野战军总部的计划是尽量拖住敌人，不让它安全撤退，消灭它一部分，先把它打成残废。敌人好占小便宜，根据这个特点，我们这个师要单独插进去，插进敌人的腹心，作为钓饵，吸引他们……"

干部们的情绪逐渐紧张，开始明白这是个棘手的任务，今后的处境不简单：并非到敌阵中去大冲大杀，而是去挨敌人的冲杀，甚至欢迎敌人对他们冲杀。

随后，丁力胜严肃地谈到插进去以后，部队随时有被切断、被分割、被包围的可能。同时指出了有三个前途：第一个，拖住敌人，完成任务；第二个，拖不住敌人，完不成任务；第三个，被敌人吃掉。"当然我们决不让出现第三个前途，可是你们的脑子里要装上这个可能，时刻提高警惕，避免这个前途，尽力争取第一个前途。"

干部们静听着师长的话，对任务的艰巨性，认识上又深刻了一步。沙浩一转头，碰上了叶逢春的眼光，两个人都轻微地点了点头，仿佛用这个动作表示赞同师长的分析，用这个动作来互相鼓励，一定要尽力争取第一个前途。

一幅地图在桌上摊开，干部们围了上去。丁力胜伸出一个细长的手指头，在地图上画了一下，从目前的驻地一直画到二百来里地外，画到扇形的蓝线后面，画到丛山层叠的地方，然后画了个大圆圈，表示这是本师的活动范围。

"这一带离敌人的主力第七军和第四十八军不远，他们随时会来对付我们。我们要钓的不是普通的鱼，是凶恶的鲨鱼。你们团的干部思想上要有充分准备。"丁力胜的上身离开地图，挺直身子说："我们师的任务是跟朱总司令的命令密切联系着的，是实现进军命令的一个具体步骤。这是光荣的任务。我们全师指战员应该从上到下，发挥勇猛顽强、坚忍不拔的战斗精神，无论在精神上、肉体上，都要受得起艰苦困难。部队要尽量轻装，集中使用火力，在失掉联络的情况下，能够机动地独立作战。"

丁力胜接着讲了讲部队要注意的具体问题，坐下来向政委讲了句话。

韦清泉站起身来，一只手扶住桌沿。他平时讲话总是有条有理，带着很强的说服力，因此干部们都静下心来听。然而出乎干部们的意料，政委一开头却提了个问题："你们都有信心没有？"

"有哇！"好几个人同声回答。

韦清泉的眼光检阅似的在每个干部的脸上审视了一过："打大仗，你们思想上有准备。插进敌人的心腹，到敌人内线去作战，你们都没有准备。任务跟你们原来想的不一样，就要先认识清楚它的意义，首先建立起坚强的信心。你们有了信心，贯彻下去，全师指战员才能万众一心，来完成这个艰巨的任务。"

韦清泉的语调平静缓慢，坚定有力，说到这里，他抬起那只按在桌上的手，在空中做了个急快的手势，嗓音突然变尖锐了。

"我们一定要完成任务！要是完不成，让敌人顺利撤退，保存住实力，那么，上万万人民还要多过些痛苦的日子，将来我们还要花更大的力气，牺牲更多同志的生命。同志们，我们一定要让还没有解放的人民赶快看到太阳，在新中国的政权下生活。任务再艰苦也要完成，党和毛主席在期待我们。"

叶逢春不禁冲口说："请首长放心，我们一定完成任务！"

韦清泉望了望叶逢春，继续用激动的声调说："深入敌区作战，我们更要遵守群众纪律。不管环境多么困难，不能侵犯人民的一丝一毫利益。我们可能挨饿，可能受冻，可能得不到休息。为了胜利，为了人民的幸福，我们应该忍受一切艰苦。环境越困难，越要注意纪律。"

灯光慢慢暗淡，转成黄色，挣扎了一下，突然熄灭了。丁力胜刚喊了声："拿蜡烛来！"电灯又一下转亮，房间里显得特别明亮。

丁力胜紧接着说："这次行动，一插进衡阳到祁阳的公路，就是说插进敌占区以后，部队分两路前进，一团单独走一路……"

叶逢春捅了沙浩一下，沙浩好像没有感觉到，紧张地注视着师长。

丁力胜弯下腰，手指头在地图上一画："走这里，走这条大道的平行道。"

沙浩探过身子，注视着师长所指的地方。

"这样能缩短行军时间，发生情况能互相接应，粮食问题也容易解决些。深入敌区作战，粮食会更困难的。"

沙浩舔了舔饱满的嘴唇，他知道在敌占区行动，随时可能遭遇敌人。这样一来，自己的责任更重了。他一转头，遇见了叶逢春的混合着羡慕和担心的眼光。

丁力胜一下挺直身子，带着抑制的激动宣布说："从行动开始，我们师直接归野战军总部指挥。"

"啊！"会场上同时发出几声惊呼。由野战军总部来指挥，由总部首长直接掌握这个部队，这就清楚地说明了这一行动的意义，说明了本师的行动跟整个战役的关系。

"你们回去后马上召集连营干部开会，讲清楚这次行动的意义。对战士们也要讲清楚，要是时间来不及，就在路上进行动员。"韦清泉边说边站起来，提高了嗓音，深凹的眼窝里射出两道闪光："我们要用胜利来庆贺新中国的诞生！"

刹那间，会场上好像又回响着毛主席的声音。

壁钟的长针接近十二点，新中国的第一天快要过去。干部们满怀兴奋回到各自的驻地，丁力胜把他们送到门外，没马上回去，望着满天星斗，一个鲜明的回忆陡地升了上来。

十六

半年前，一个春暖花开的早晨，丁力胜乘着吉普车，驶向北京的西郊。他坐在司机身边，浏览四野的景色。田野上移动着人和耕畜，郊区农民开始了新中国成立后第一年的春耕。冬麦抽了苗，麦地好像一块块绿色的毯子，嵌在春耕地中间。路边，杨树长出嫩芽，嫩绿丛中点缀着盛开的桃花。汽车驶过颐和园门前的朱红牌楼，驶过颐和园的高围墙，折进一条石砌的道路。路边，柳枝倒挂下来，不时轻拂着车身，清清的小溪缓流低唱，映在阳光里的远山慢慢接近，显出了红墙绿树。

吉普车驶到香山，在一座山脚下停下。这里停着好些中型和小型的吉普车。他们下了车，步行了一段路，走近一所建筑简陋的礼堂。他绕过圆形的喷水池，见一个魁伟的军人站在礼堂门口，跟每个进去的人握手。他一眼认出是多年不见的朱总司令，不知不觉加快了脚步。

他走到礼堂门口，见朱总司令精神饱满，笑容满面，除了脸上的皱纹深了一点以外，跟在延安看到时没有什么变化。他紧握住朱总司令伸过来的手，低低地叫了声："总司令！"心里的感情都融化在这个简短的称呼里。

礼堂宽敞阴凉，设备跟外貌一样，朴素简陋，泥灰剥落的墙上没有任何装饰，一排排木板凳子由低到高，从讲台前面伸展到门口靠墙的地方。前十几排凳子上已经坐满了人，他们军的军政干部都在中间一排坐下。他透过人丛，望见最前排坐着好几位党中央领导人。即使离得再远，他也能从背影上认出他们。

看到这些中央领导人，自然引起他一阵感触。离开中央苏区到现在，整整十五个年头。这些年来，他们团结在毛主席周围，领导着革命斗争。前不久，他们还在环境最困难的西北战场跟数量超过好几倍的敌人相周旋，同时领导全国的解放战争。现在局势却起了巨大的变化，革命的力量超过了反革命的力量，北方的人民都得到了解放。他们到了北京，此刻就坐在他前面，坐在同样的木板长凳上。他眼望着熟悉的背影，心里激荡起巨大的兴奋。

宽敞的礼堂坐满了人，朱总司令走进来，走到前排，跟别的几个中央领导人交谈了几句，踏上讲台，面对扩音器，带着亲切的笑容说："请师长师政委以上的干部都到这里来！"

他不禁上上下下打量了一下自己，尽管服装整齐，仍然紧了紧皮带，拉了拉军帽。

这时野战军参谋长快步走到过道上，擎起一只胳膊，用嘹亮的声音高喊："师长师政委以上干部到这里集合！"

他和身边的韦清泉离开座位，跟着军长军政委跑到过道上。人们迅速地排好队，由野战军参谋长带头，跑步来到中央领导人身边。

朱总司令介绍了别的中央领导人。他们跟队伍里的人逐一握手，亲切地交谈。他们此刻就在最前面，看得更仔细更清楚了。尽管每个人脸容欢快，脸庞却比在延安时消瘦了一点，苍老了一点。首先跟他们握手的刘少奇同志的鬓角上，甚至出现了白发。他原听说任弼时同志的身体不好，正在养病，没想到也抱病出席了，听声音仍像过去那样洪亮。当年任弼时同志担任共青团总书记的时候，他刚刚加入共青团。

跟中央领导人会过面，满怀兴奋回归原位，开始听朱总司令讲话。朱总司令系统地谈了谈战争形势和目前任务，强调指出要把革命进行到底。朱总司令的话不时被掌声所打断，礼堂里充满热烈的气氛。

讲到半当中，后排突然响起激烈的掌声。掌声逐渐往前响过来，越来越猛。朱总司令也激烈鼓掌，脸上显出热切的笑容。他疑惑地回过头，见后排的人都站起来，过道上走来一个身穿粗布衣服的人，一边走，一边向人们挥手。

呵！毛主席！他的眼睛亮了，倏地站起身鼓掌，眼光追着毛主席向前移动。或许，毛主席在陕甘宁边区期间，穿的就是这套洗白的制服？

毛主席走得很快，穿过人丛，走到他的身边。他看出毛主席的脸比过去消瘦了一点，黑了一点，可是身体仍然那么硬朗，步子仍然那么敏捷，浑身充满了精力。这精力不但表现在向四围挥手致意的姿势上，也表现在亲切的笑容上，表现在温和的眼光上。当西北战场最吃紧的时候，他曾经多少次想念过毛主席，多少次向上级探问过毛主席的健康啊！现在，毛主席精力充沛地走过身边，健康状况远超过自己的想象。他感到幸福，感到快慰，感到气候突然转暖，礼堂里的光线突然转亮。

礼堂里所有的人都站起来了，暴风雨似的掌声长久不息地回荡激响。

毛主席走到讲台前面，面对大家站了好一会儿，挥了几次手，在前排中间的空位子上坐下。

掌声慢慢平息，他的心却平静不下，他的幸福感增强到极点，闪光的眼睛一直盯住毛主席。

朱总司令的掌声是跟最后的掌声一起静息下来的。朱总司令继续讲完话，走到毛主席身边，略略弯下腰，互相交谈了几句，毛主席矫捷地走到扩音器后面。

"……南方的人民在盼望我们。我们要一鼓作气，分成三股子，打过长江，坚决、彻底、干净地消灭全部敌人！……"

毛主席的声音跟过去一样生气勃勃，毛主席的话跟过去一样清楚明确，指出了革命部队是战斗队，也是工作队。要打好仗，必须依靠群众。毛主席的话讲得不多，简短有力，充满信心和力量。这使他想起在中央苏区时期的情景，那时候毛主席作过类似的鼓励性的讲话。现在，情况却大不相同了，不是去打破敌人的所谓"围剿"，而是我们去进攻敌人。我们在胜利中，敌人在失败中。他的心里涌起无限的激情，真想站起来喊："主席！我保证做到你指示的一切！"他竭力克制住感情，没有移动一下身子，没有移动一下眼光，把毛主席的每一句话，每一个手势，都深深地印在心里。

人们用狂热的掌声回答了毛主席的指示，他听不出自己的掌声。后面的掌声特别响亮，他一回头，见后面好几排人不知道从什么时候开始，已经站到长凳上了。

接着是刘少奇同志讲话。刘少奇同志着重阐明了依靠群众的意义，强调地指出必须时刻保持饱满的革命热情，要防止骄傲，不要被胜利冲昏头脑……刘少奇同志讲话时态度平静，话句充满说理性，同时热情洋溢，满怀爱意。

刘少奇同志讲完话，朱总司令宣布说："毛主席因为要接见全国第一届青年代表大会和妇女代表大会的代表们，不得不先退席了。"于是在又一阵暴风雨般的掌声中，毛主席穿过人丛，走过他的身边，走出大门。

他止不住移了个位置，移到后面的长凳上，透过玻璃窗，望着毛主席的背影。

毛主席独自走到喷水池旁边，那里有几个五六岁的孩子在玩。毛主席走上前去，拉拉这个孩子的手，摸摸那个孩子的脸，向第三个孩子说了几句话。有个孩子抬起头，伸出双手，毛主席立刻弯下腰，抱起那个孩子，让她往池里张望了一下，放下她来，抚摸了一下她的头，含笑说了句什么，迈开坚定的步子，绕过喷水池，满身披着阳光，走上一条绿色的小径。孩子们追在后面，挥动圆滚滚的小手臂。

他望着毛主席远去的背影，担心主席是不是睡够了觉。他知道毛主席在延安的时候，窑洞里的灯光常常整夜不熄。革命形势一天天发展，比起在延安时期，毛主席当然更忙碌了，休息时间想必更少。可是毛主席不但抽出时间来跟大家见面，作了重要的指示，而且还有心情逗孩子们玩，把时间消磨在他们的身上。他的心急跳起来，在强烈的激动中，这个最后印象跟毛主席的指示一样，深深地印在他的心上。

下午乘吉普车回来的时候，车上的人们激动地谈着见到毛主席和别的党中央领导人后的愉快心情，谈着今后的行动，四围的景色再没有引起他的注意。确切地说，他根本没有注意到周围的景色。

这次会面的印象如此强烈，此刻丁力胜一回忆起来，当时看到的一切又鲜明地在面前重现，当时听到的一切又在耳边震响。秋夜的天空特别高爽，繁星闪烁着眼睛，从头顶上向他窥视。十月的夜风吹拂着他。他静静地站在门口，思想却像流水一样活跃。这次会面至今不过半年，形势又有了多大的发展！我们的部队已经渡过长江，解放了南京、上海和武汉。霹雳一声，新中国诞生了，工人阶级掌握了政权。要不是党和毛主席的正确领导，胜利哪能来得这样快啊！

然而面前还有一支强大的敌人队伍。这帮敌人还没受到过什么打击，美帝国主义把希望寄托在它的身上。他又一次想到毛主席的指示："要坚决、彻底、干净地消灭全部敌人！"那坚决有力的声音跟刚刚听到的广播录音同样显明。这些话语好像一股和风，推动他的思想浪花向前涌进。自己这个师要插到敌人的心腹中去活动，就得为消灭敌人做出一点贡献，加速解放战争的彻底胜利，来满足党和毛主席的期望，满足人民的期望。

丁力胜仰望着北方。在几千里以外的北京，在同样繁星闪烁的人民首都，此时此刻，成千上万的人们正在天安门前狂欢高歌，庆祝这个中国有史以来最动人的节日。毛主席当然没有睡，或许正站在发报机旁边，向野战军总部拍发有关这次行动的指示。如果自己这个师完不成任务，刚才的兴奋和欢快就会落空。啊！"打好这个仗来庆贺新中国的诞生！"这是一句多么动听的话，一个多么诱人的行动！难道还有比这更实际的祝贺，更有意义的献礼？

当夜，部队出发了。丁力胜骑在马上，不时回头仰望繁星闪烁的北方。

十七

队伍插进了敌人的统治区，插到衡阳通祁阳的公路上。

公路的路面高低不平，中间划出几条深深的车辙，留着汽车轮胎的印痕，可见敌人近来军运频繁。一排电线杆站在路边，发出单调的喤喤声响。停在电线上的几只乌鸦，一见黑压压的队伍，惊惶地飞起来，使劲扑动翅膀，呱呱地叫着飞远了。

师部侦察参谋在电线上接上电话线，清楚地听见敌人打电话的声音。丁力胜过去听了一会儿，只听见一个声音连训带骂，另一个声音连声称是，不是谈什么要紧事儿，便把耳机还给侦察参谋，察看越过公路的队伍。

战士们头扎防空圈，背包上插着树枝，整齐地涌过身边，猛一看像是树林子搬家。绿叶下面的脸蛋红通通的，乌眼珠子一闪一闪。每个人迈着大步，劲头十足。要是有谁喊声："一二——唱！"他们立刻会敞开嗓门齐声欢唱。

随后出现了炮兵，长串的驮马和炮身上，跟走在旁边的炮手们一样，也披上了防空伪装。炮手们背的东西不比步兵轻，有的腰挂手榴弹，有的身背大枪，却一个个走得泼风似的。毛色光泽的牲口颠着屁股，昂起头，一匹紧跟一匹，走得挺欢。丁力胜身边的火龙一见同伴，不时欢叫长嘶，不安分地踏动蹄子。

望着精神饱满的队伍，丁力胜不禁转头对任大忠说："糟啦。"

任大忠疑惑不解地瞟了师长一眼，一边使劲拉紧缰绳，不让火龙接近它的同伴。

"咱们的牲口卖不出去啰！"丁力胜说罢微微一笑。

确实，经过休整，战士们恢复了体力，威胁部队的疟疾和痢疾先后绝迹，行军的时候，再没有一个人减员或是掉队。

火龙好像等得不耐烦了，转头长嘶了一声，丁力胜从任大忠手里接过缰绳，翻身跨上马鞍。火龙立刻掀起蹄子，冲向一匹驮着炮弹箱的牲口。

炮兵营长吴山走上公路，他披着一件风衣，下摆飘展开来。

丁力胜勒住马，招呼他说："你们走得挺带劲呐！"

吴山走近师长，咧开厚嘴唇说："新中国成立，又要去打敌人。双喜临门，哪能不带劲。"

"老走这种大道，一天走一百里不算多！"一个炮手愉快地插嘴说。

"这会儿能打上敌人就更美啦！"吴山冲口说出自己的心情。

一听到营长的话，好几个炮手抬起头，用期望的眼光望着师长。好像这会儿能不能打上敌人，决定权全操在师长一个人手上。

丁力胜放松缰绳，让火龙慢慢地走着，做着手势说："咱们好比孙悟空，要钻到牛魔王的肚子里去，来个中心开花，把它的五脏六腑翻个过儿！现在刚刚进了它的嘴巴，连喉咙管还没钻进去呢，急什么！"

这段话把炮手们逗乐了，有几个粗声粗气地发笑，有一个拍了拍马背，喊了声："快钻！"

丁力胜在欢笑声中说："嘴巴子里还宽敞，往肠子里钻可不容易，需要一股后劲。"他知道越往前走，道路越不好走。

吴山收起笑容说："步兵钻得过去的地方，我们炮兵照样钻得过去。"

"先别说大话。"

"这有根据。"吴山认真地说，"炮和炮弹一减少，炮兵也成了一匹快马。"

炮手们像要在师长面前显显本领，证实自己营长的话，拍打着牲口往前冲去，把师长和营长落在后面。

后面的炮手们拍打着牲口紧紧跟上，擦过师长的身边。尘土飞扬，马蹄子铿锵作响。

"不要光埋头赶路，还要随时准备战斗！"

"是！"吴山立正回答。

待师长走过去以后，吴山拉住任大忠，低声地问："师首长这两天的饭量怎么样？"

"甭提啦！老不按时。真没办法！"任大忠压低声音回答。

"吃辣子不吃？"

"怎么不吃。"

"让他少吃点。吃多了上火。我看他的眼睛有点红。你只说买不到。"

"在湖南买不到辣子？他又不是三岁孩子。"任大忠说。

"他睡得好不好？"

"没有准儿。"

"想法子叫他多休息。这种时候，你的任务可不轻哪！"

"你有什么秘诀没有？"

"反正你老盯着他说：'首长歇歇吧！''首长睡吧！'准保有效。必要的时候可以找救兵。"

"谁？"任大忠兴奋起来。

"政委呗。"

任大忠眨了眨眼睛，佩服地望了吴山一眼，好像说："你倒有办法。"迨一见师长已经离远，赶紧追赶上去。

这天行军相当顺利，傍晚时分，师直属队在一个村子里宿营。村里静悄悄的，街道上冷冷清清，看不见一个居民，也看不见鸡鸭猪狗。家家户户紧闭门窗，只有瓦缝里的狗尾草在屋顶上微微摆动。

丁力胜在师部里晃了晃，屁股没沾凳子，走向电台。出门一拐弯，瞥见灰色的围墙上有两条反动派留下的大标语。左边一条是"钢军秋毫无犯！"右边一条是"钢军必灭共军！"几个宣传队员正好在墙边放下石灰桶。他的眼里冒火，气冲冲地指着右边的标语说："先刷这一条！马上刷掉！"

丁力胜在电台上逗留了一会儿，向野战军总部报告了部队情况；收到了一团发来的电报，知道他们的行军也很顺利，半路上捎带收拾了敌人一个排。等他回到那堵围墙跟前，引起他切齿痛恨的那条标语已经失踪，代替的是"解放军必灭白匪军！"两个宣传队员拿着刷子，正在涂抹另一条标语。

孙永年背着一大捆饲草迎面走来，一见师长，停住脚步说："这儿的草料真困难！"

"哪儿弄来的？"

"走了好几家，才弄到这么一些。敌人住了几天，把人吃的、马吃的东西，差不多都搜罗光啦。这班瘟神！"

丁力胜注意地听着，眉毛中间起了两条竖纹。

孙永年揩了把汗又说："老乡们把我们错当了白匪军，青年男女全躲出去啦，留下的尽是老头子，小娃娃。听说那股敌人开走不到两天，咱们能不能追上它？"

不远处传来一声马嘶，孙永年尖起耳朵一听，摇了摇头，拔腿就走，一边喃喃地说："火龙又叫唤了，总是那么心急。"

丁力胜走近师部，见门里出来两个人，一个是政委，另一个，一看夹在肋下的皮包，就知道是后勤部长。不过那个皮包瘪多了，看来在出发以前，经过了一次"轻装"。

两个人脸容严肃，精神贯注，谁也没有注意到师长。韦清泉用命令的口气说："马上派征粮组到没有住过敌人的地方去！一定要找到粮食！宣传队员也归你指挥。"

后勤部长答应了一声，迈着疾步，擦过师长，匆匆忙忙地走了。丁力胜闻到一股汗酸味，大概后勤部长没来得及洗一把脸。

丁力胜走近政委说："粮食的情况不妙？"

"是啊，比预先估计的坏。"韦清泉一边进屋，一边说，"住在这里的白匪军一个营，抢光了粮食，杀光了猪鸡，连狗也没留下一只。临走还拉走了十九个壮丁。"

"是敌人第七军！"丁力胜说，同时想起那两条可恶的标语，"哼，秋毫无犯？要是能把房子扛起走，他们准会一起扛走。"

韦清泉沉思地说："敌人才走两天，随时会掉过头来对付我们。"

"来了就好！"丁力胜往椅子上一坐，那张竹椅子吱扭响了一下，"我倒要看看钢军的样子。"

韦清泉隔着桌子，在丁力胜对面坐下，捶了捶大腿说："我的腿又作怪了，怕要变天。"

丁力胜往窗外一望，暮色朦胧，一座瓦屋顶挡住了视线，望不见天空。

任大忠悄悄地走进来，点上一支蜡烛，打开堆在两张木板床上的马袋子，铺好被盖，挂上帐子，又悄悄地退出去，端来了饭菜，菜里果然没有辣椒。不过这会儿师首长已经离开桌子，站在墙边。师长一手拿着蜡烛，一手在地图上指画，低声地跟政委谈着什么。任大忠等待了一会儿，等到话声一断，插进去说："首长，饭凉啦。"他没有听到回答。

每逢政委的伤口一痛，准要刮风下雨。可是明天的道路难走多了，越深进，遭遇敌人的可能性越大。为了应付未来的情况和困难，需要做出一定的方案，因此，两个人在地图跟前谈了很久。天全黑了，任大忠不得不第二次提醒他们。这回，他认为应该攻破弱点，不笼统地称呼"首长"，单独招呼"政委"了。

韦清泉果然转过身，向桌边走来。他没有坐下，捞起电话机子。

"要后勤部！喂！征粮组派出去了没有？"

在韦清泉的心目中，粮食成了目前最迫切的问题。他原以为到了敌占区，这方面情况会比进入敌人刚撤退的地区好，可以就地取粮。没想到第一天就碰到了困难，以后的情况也可想而知了。每个战士的干粮袋里只带了三天粮食，光靠这个显然不够。他在耳机里听到后勤部长的肯定答复，才稍稍安心。

放下耳机，韦清泉又一次违反任大忠的愿望，向师长走去。

十八

何佩蓉和章丽梅翻山过沟，走到一个村口。村里黑洞洞的，房屋的轮廓跟黑夜融成一片。何佩蓉打开手电筒，电筒光在浓重的夜色中显得十分微弱，只在面前漏出一道淡淡的光圈。一只狗突然粗声地嗥叫起来，另一只立刻用尖尖的声音开始应和。刹那间，这里，那里，冲起了凄厉的、愤怒的、各种各样的狗叫声。

章丽梅靠紧何佩蓉，心怦怦乱跳，似乎觉得那些狗会成群地扑上身来。何佩蓉却从群狗的吠叫中，判断出这里没有住过敌人，高兴地拉着章丽梅的手腕，带头走进村子。

狗叫声更猛烈了，章丽梅也打开手电筒助胆。走了一段路，始终没看到一只狗的影子。看来，它们都给主人关在家里。两支微弱的电筒光一闪一闪，左右晃动，先后落在一堵矮泥墙上。

何佩蓉走到那家人家的门口，轻轻地拍门，一边唤着大爷大娘。门里没人应声，只有一只狗不住声地嗥叫，来回跑动。何佩蓉放大了声音："大爷大娘，开开门，我们是解放军啊！"

门呀地打开了，可知房主人原本贴在门边。

何佩蓉举起电筒,看出开门的是个中年妇人,身披一件褪色的青布袄,头发蓬蓬松松,眼光里夹杂着惊愕和怀疑。

"别害怕,大娘!我们是毛主席的队伍!"

那个妇人吆住狗,让进何佩蓉她俩,闩好门,向堂屋走去。那只狗摇着尾巴,在陌生人身边转绕,嗅嗅这个,嗅嗅那个。

章丽梅闻到一股霉味,不禁皱起眉头。她用电筒四处一照,见小小的院落里挤满鸡笼、猪圈、农具和柴火,地上躺几根剖开的篾竹,窗下安盘小石磨,屋檐下挂几串红辣椒。那只卷毛黑狗一见光亮,躲到一边去了。

何佩蓉一边走一边问:"大娘贵姓?"

"免贵姓童。"

"家里几口人啊?"

女主人这回没有马上应声,停了停,回头说声"小心走啊!"就用这句话代替回答。

童大娘走进屋里,点上油灯,一见红花花的帽徽,往前一扑,一手抓住何佩蓉,一手抓住章丽梅的手,颤巍巍地说:"真是解放军!同志,我们的眼睛都望穿啦!"她眼泪汪汪地望了她俩一阵,醒悟似的说:"快坐!快坐!"

房间低矮窄小,方桌子两边,面对面摆着两张床。一张床上坐起个脸蛋精瘦的孩子,下半身缩在打过补丁的蓝花被子里。另一张床上被褥整齐,枕头旁边放只针线盘,何佩蓉俩便挨着空铺坐下。

童大娘拖过一把竹椅,面对她俩坐下说:"早知道是解放军,也用不着慌张啦。"

原来傍晚时分,有个放牛娃在山顶望见大道上过来一大队人马,以为是白匪军,赶快跑回来通知,青壮男子和姑娘们都跑到村后树林里躲起来。说到这里,童大娘扭转头说:"雨娃,快起来！平时老想念解放军，解放军一来，你倒赖在床上。"

雨娃没有起身，仍然睁着一对大眼睛，定定地望着对面的客人。大概他想象中的解放军跟眼前这两位不一样，因此不大相信。

"小弟弟！"何佩蓉招呼他说，"今年多大啦？"

"十一。"雨娃回答。

童大娘笑起来说："虚岁十五啦。他个子长得矮，我告诉过他：有军队过，就说十一。"

经他妈妈一点破，雨娃有点害臊，不满地瞟了他妈妈一眼，好像在责怪她：人家照你的嘱咐办事，你倒当场给人家下不来台。

"说十五怕什么呀？"章丽梅好奇地问。

"啊呀同志！反动派部队心狠手辣，十六七岁的孩子都要拉起走。"

章丽梅的细黑的眉毛往起一挑，抓住胸前的一条辫子使劲甩到脑后。

童大娘好像想起了什么，双手一拍说："雨娃，快去叫你爹爹回来！说解放军来啦。"

雨娃两腿一蹬，踢开被子，跳下床，套上草鞋，飞出房门。

何佩蓉问起村里的情况，童大娘的话好像拧开了管子的自来水，滔滔不绝地往外流。

这个村子名叫童汪沟，百七十来户人家，不姓童，就姓汪。因为近来反动政府要人要粮要得紧，又不时过队伍，闹得人心惶惶，青壮男女隔几天要跑一次松林。童大娘说着往前挪了挪椅子，动情地说："早听说你们过了长江，可怎么盼也不见来，天上飞的是反动派飞机，地上过的还是反动派军队。老天爷，这一下，往后的日子就好过啦！"

何佩蓉随即向童大娘讲了讲形势和党的政策，说明了自己的来意。

童大娘掠了掠头发，开始考虑。

何佩蓉又说："大娘，我们知道，你们的粮食也困难。我们暂时借一些，将来照数归还。"

童大娘眨着眼，考虑了一会儿，往起一站说："不瞒你们说，我们家穷虽穷，粮食还有一点。我去取！"

"我们代表解放军谢谢你！"何佩蓉站起来说。

"好说好说，谢你们还来不及哪。你们又不能背起房子田地打仗。"童大娘说罢走到门边，从门背后捞起一把铁铲。

院子里的狗欢叫起来，一个四十来岁的农民跟着雨娃跨进房门，站在门边，抖动嘴唇，呆望着何佩蓉她俩。

何佩蓉迎上去说："大叔，让你受了虚惊，真对不起。"

男主人仍然没说话，眼光停在何佩蓉的脸上。

"怎么，掉了魂啦？"童大娘责备他男人一句，转向何佩蓉说："同志，别见怪，他是个没嘴葫芦。"

"大叔，我们是借粮来的。"

"有，有！"童大叔开口了，眼光转到他妻子身上，"雨娃他娘，你没撒谎吧？"

"对解放军撒什么谎。"童大娘举起铲子，在她男人的眼前一晃说："走！一块掏去。"

童大叔接过铲子，不声不响地转身出门。

"瞧他，三棍子打不出个屁来。跟他过日子，心里真闷。"

童大娘话虽那么说，脸上却显出温柔的神情，看得出夫妻俩过得挺和睦。

"大娘，要不要灯？"何佩蓉向桌边走去。

"不用不用，闭起眼睛也能找到地方。"

章丽梅三脚两步抢到门边，硬把手电筒塞进童大娘的手里。

童大娘一见章丽梅的神情，没有推辞，向雨娃说了声："你陪同志们坐坐！"拿起电筒走了。

不一会儿，在屋后什么地方，响起轻微的掘土声。

两个人回到原处坐下，雨娃移到桌子边上，盯着何佩蓉皮带上的短枪，怯生生地问："解放军里有女兵？"

"当然有啊！"

"你也打仗？"

何佩蓉正要回答，听到后墙外传来个陌生的女人声音："树生哥！树生哥！解放军真来啦？"跟着传来童大娘的声音："在屋里坐着哪。"

谈话声中止了，院子里的狗又一次叫起来，叫了两声就噤住口。转眼间，房门口伸进一个人头，张望了一下，又很快缩回去。何佩蓉眼快，辨出那是张中年妇女的脸，前额上披着短发，一对明亮的眼睛，一个尖尖的下巴。

"进来坐啊！"何佩蓉招呼说，没听到答应，只听见一阵急促的脚步声。

"这是三婶。"雨娃解释说，"三叔刚才跟爹猫在一块。"

话音刚落，大门外响起快乐的喊声："解放军来啦！真是解放军来啦！"喊声很快离远，三婶一定跑得飞快。

何佩蓉侧耳听了一会儿问："三叔是干什么的？"

"也是泥脚汉子。力气可大啦，谁都不怕，就怕三婶。我看三婶能当解放军。"

这话逗得何佩蓉和章丽梅一齐嗤嗤发笑。雨娃并不认为有什么好笑，转动大眼珠子，奇怪地望着这两位发笑的女兵。

童树生夫妇俩进来了，两个人急忙止住笑迎上去。童树生卸下背上的麻袋，举起袖口擦汗。童大娘把电筒还给章丽梅，指了指麻袋包说:"同志,这是三十斤大米。数目不多。"

"大叔大娘,"何佩蓉说,"你们的吃粮留下了没有?"

"留下啦。"童大娘说,"掺和着地瓜,够吃到新稻下来。"

"麻烦你们啰。"何佩蓉拿出借条,填上数字和日期,交给童树生,告辞要走。

童树生突然开口了,话说得很快,好像生怕说慢了客人会溜走。"我陪你们去。先上三弟家,我知道他家埋了六十斤。还有树荣家、进宝家,家里都埋的有。"

何佩蓉和章丽梅跟着童树生出了大门,景象全变了,原先一团漆黑的村子,这时候到处亮起点点灯光。邻近一户人家的窗纸上,映着两个人影,窗外的竹丛露出明显的轮廓。不用打开手电,也能辨出石砌的村道。远处传来一声声女人的喊叫,近处响着开门推窗的声音。一个钟头前死气沉沉的村庄,一下子苏醒过来,活跃起来。

章丽梅望着四处的灯光,贴紧何佩蓉的胳膊,轻声地说:"他们多好啊!"同时对自己闻到霉味时所起的反应感到惭愧。

何佩蓉也十分兴奋,夜风吹在脸上,感到特别舒服。她从童树生夫妇的身上,看出了敌占区里人民的心。看来,用不着挨家挨户去动员说服,跟村民们开个会,他们准会自动地借出粮食。

童树生走得挺快。村子相当分散,有时路边出现一块稻田,快成熟的稻子摇动谷穗,发出轻微的响声。她们绕过一个池塘,对面奔来两个人,手里擎着火把。

"树生哥吗?"打头的那个喊。

童树生答应了一声。

那两个人奔到跟前。在火把的照耀下,何佩蓉认出打头的那个就是尖下巴的三婶,后面是个剪了头发的姑娘。

三婶挤过童树生身边,一把拉住何佩蓉说:"同志,快上我家去坐！"

"上我们家去！"那个姑娘挤过来，拉住章丽梅。

"别闹，桂兰！"三婶瞪了姑娘一眼，"我好意让你跟来，你倒跟我作对。"

被叫作桂兰的那个胖姑娘一摇头，把盖住眼睛的一绺头发摇到一边说："先到我家，再到你家。"

"树生哥！"三婶嚷了起来，"你看这个疯丫头，离开她娘，就没大没小啦。"

"娘叫我请同志们上家里去的。"桂兰理直气壮地回冲了一句。

何佩蓉的心里漾起温暖，她真想到每一家去坐坐，去聊聊，谈谈生活，听听他们的心里话，可是时间不允许啊！她在争执中问童树生说："大叔，村里有没有宽敞的地场？"

"有！"三婶抢着说，"童家祠堂！离我们家不远。"

"大叔，请你跑一趟，让各户来个当家的，到童家祠堂开会。"何佩蓉说罢转向三婶："开完会再到你们家去坐。"

三婶听何佩蓉的语气坚决，立刻转变主意，果断地下开了命令："桂兰，你快去西头通知，叫各家派个当家的来开会！树生哥，你去东头跑一下！我领同志上祠堂。"

桂兰转身跑了。童树生喃喃地说了句什么，转过身，迈开大步。

"同志，跟我走！"三婶擎起火把就走，插着银簪的发髻在脑后微微颤动。

"她真能当解放军，多泼辣！"章丽梅咬着何佩蓉的耳朵说。

不远处，响起桂兰的精力充沛的喊叫："各家快来个当家人，到童家祠堂开会！解放军有话说啊！"

三婶领头走了一段路，拐上另一条石板道，放慢脚步，转过头说:"你们是借粮来的吧?"

"你怎么知道?"何佩蓉说。

"一看树生哥家动土挖粮就知道了。"三婶笑了笑,断然地说:"我们家出五十斤!"

"你男人能同意不?"

"他不同意也得同意!"三婶说着把快燃完的火把换了一只手,又快步走去。

到了童家祠堂门口,何佩蓉往西一望,有几支火把移动过来。一扭头,东头也出现了晃动的火把。"你看!"她轻轻地拉了章丽梅一把。

章丽梅贴紧何佩蓉,望着越来越多、越来越近的火把,心里涌起一种感情:她惋惜留在学校里的同学。她们此刻或许在电灯光下温习课业吧。她们看不到这种奇异动人的火光,也感受不到此刻自己感受到的激动。几滴冰冷的雨水落在脸上,她好像没有感觉到,仍然贴紧何佩蓉,用欣喜的眼光迎接近来的火光。

十九

部队冒着连绵秋雨继续往里插,情况一天比一天复杂,不时遭遇小股的敌人,纠缠一阵。前卫和后卫没有什么区别,前前后后,随时随地可能跟敌人接火。丁力胜竭力避免跟敌人作战,带领部队插向指定的区域。征粮队不能远出活动,战士们的米袋子瘪下来了。

第三天，雨止天晴，队伍走了一上午，插进了指定区域。突然听见一团行进的方向传来了炮声。丁力胜还来不及判断，前面也响起激烈的枪声，炮弹跟着呼啸爆炸。根据枪炮声的激烈程度，敌人的大部队已经开来对付他们。这是丁力胜预料中的，也是他期望的事。

部队迅速展开，占领了两边的连山。

丁力胜和韦清泉爬上一个较高的山峰，身后跟着叶逢春和吴山。丁力胜拿起望远镜瞭望前沿，见二团战士们正在挖土砍树，构筑工事。再前面，有股敌人慢慢地移动过来，绿色的钢盔一闪一闪，行动并不匆忙，看得出挺有战斗经验。他转动着身子，透过望远镜的镜圈，发现自己区域里有三四个小村子，散布在山头、山腰和山沟。连山上松竹连绵，草深路窄，西南方向上横着一座大山，山脊上青松茂密，看不出道路。部队占领的山头比较险峻，敌人进攻不大容易，地势是有利的。

丁力胜放下望远镜，又用肉眼向四周察看一遍，专心地思索起来。他知道桂系部队的重武器不如轻火器强，师以上的单位才有山炮。根据此刻断续爆炸的山炮弹来判断，当面的敌人至少是一个师，要甩开它不容易。既然地势有利，索性摆开阵势跟敌人磨，拖住敌人，为我大部队开进争取时间。他轻微地点了点头，像要用这个动作来加强自己的决心。

"我们就站在这里怎么样？"他向身边的政委征求意见。

"你看呢？"韦清泉说。

每逢决定重大的军事问题的时候，两个人的谈话差不多总是这样开始的。

"我看这一带地势不错。我们安下钉子，敌人来一两个师，保险拔不动。"

"那就在这里安钉子！"韦清泉简单明确地表示了同意。

"就是村子少，群众条件差一点，大部分部队只好露营。"丁力胜也指出了缺点。

"十全十美的地方总不好找。"韦清泉说，转头望了望叶逢春和吴山。

叶逢春一直尖起耳朵在静听什么，趁政委瞅他的时机，不安地插了一句："一团方向的炮声听不见了。"

丁力胜早注意到这个使人焦心的情况。是战斗暂时停止，还是一团撤出了战斗？他不知道。他决定就地安钉子，跟一团受到攻击也有关系，不过不便在下级面前明说。尽管叶逢春提到了这一层，他认为暂时仍不必多说，便转问叶逢春说："你的意见怎么样？"

叶逢春了解师长的特点：对重大问题从来不轻易决定，一旦下了决心，决不动摇。他知道师长问话的含义：不是征求自己同意不同意，是问他有什么补充意见。他想了想，提出了自己的看法："敌人的来势挺猛，我们必须构筑坚固的工事。"

"我当你要说'冲它个稀烂'呐！"丁力胜的口气里带着赞扬的意味。

叶逢春张嘴一笑。他素来爱打硬仗，甚至险仗。仗越硬越险，他的劲头越大。这回，刚听到枪炮声，脑子里何尝不曾闪过冲它个稀烂的念头，不过他立刻想起插进来的目的，压下了这种习惯性的冲动。师长了解他的性格，因此总要在适当的时机提醒他一下。

"炮！"任大忠在后面喊了一声。

丁力胜果然听到一声呼啸，脸一板说："慌什么！远着哪！"

对山上随声炸开一颗山炮弹，冒起一股黑烟。

吴山往出走了一步，眼睛冒火，伸出一只大手抓了把空气。

前沿阵地上的枪声更激烈了，吴山气狠狠地骂："这股敌人倒挺硬，准是乌龟生的！"

丁力胜没有搭理他，拿起望远镜又向前沿阵地望了一下，冲锋的敌人给山梁挡住了，只能看到单个跃进的后续部队。二团长是个守卫专家，他领导的部队守长于攻，出不了什么岔子。值得担心的倒是叶逢春领导的三团，那个团跟它的领导人一样，攻长于守，在这种场合下需要特别抓紧。

"那就定下了！"丁力胜决断地说，"叶团长，你马上回去叫部队做好工事，注意规格，不能马虎。要提高警惕，敌人任何时候都会在我们背后出现的。记住，我们的目的是拖住敌人，消耗敌人，尽量避免自己的伤亡。"

韦清泉紧接着丁力胜的话尾说："要让全团指战员都弄清楚安钉子的意义：我们好比是根鲸鱼骨头，引狗子来啃。让它想吃吃不下，想走舍不得，趁它啃的时候，左一棍右一棍打它，思想上要有长期准备，坚持三五天不一定，先叫连队开个党的小组会讨论讨论，党员们首先要保证克服任何困难。"

叶逢春飞快地走向本团的阵地。

前沿阵地枪声密集，吴山莽然问："我们的炮阵地安在什么地方？"

"牲口都隐蔽起来了没有？"丁力胜反问。

"在山沟里啃草！敌人望不见我们，我们望不见敌人，倒挺安逸。"

"很好。"

"用不着我们啦？"

"你们的威力留在以后发挥。"

吴山掉转头，望着叶逢春远去的背影，长喘了一口粗气。

"怎么，受委屈啦？"丁力胜宽慰地说："炮兵不是战争之神吗？耐心一点，等到紧要关头，再放你们这件宝贝。"

"左盼右盼，到头来盼个空。"吴山自怨自艾地说。

"吴营长！"丁力胜的声音变严肃了，"我们的弹药不多，把炮弹轰隆隆一阵子都放完，痛快倒痛快，往后可真的用不着你们了。"

"我不是想图痛快。"吴山痛苦地辩解，"这些牲口大炮，拖来拖去拖了几个月，让步兵同志帮过多少忙呵。打响了，总想尽点力量。"

"用不着不好意思，你又不是大姑娘。一切服从胜利的需要。给你们一个任务：不准被敌人打坏一门炮，打伤一匹牲口，打毁一颗炮弹。"

"是！"

丁力胜的口气放缓和了："以后让你们打，不是一句宽心话。"

"到什么时候唱什么歌。"韦清泉用委婉的口气说，"现在让步枪手榴弹唱歌，将来再让你们唱歌。尽管放心，不会让大炮老当哑巴的。"

吴山转身要走，丁力胜喊住他说："别让炮弹受潮。必要的时候让炮弹睡房子，人睡野外。"

"我知道。"吴山马上接口，他考虑过这个问题。

吴山一走，丁力胜感慨地对政委说："人人都像他那样热爱本职工作就好了。"

"小心！"任大忠猛喊一声，往前一跳，遮住师长。

一颗山炮弹随着在山坡前面炸开，任大忠面前落下几块碎土。

丁力胜转头对政委说："给吴山看到了，准要蹦起三尺高。"

任大忠心里嘀咕着："炮弹落在眼前，他还这么开心。"瞪起眼睛，带点强逼的口气说："首长，换个地方吧！"

话音刚落，近处又落了一炮，泥土草根刷刷地飞到身边。草丛里钻出一条蜥蜴，惊惶地转了个圈，又钻进原先的草丛。

韦清泉伸手拉了拉师长的袖口，说了声："走！"两个人转身走去。任大忠抹了抹出汗的额角，心情轻松地跟着走开。

走不多远，见吴山气喘喘地往回跑，一边挥手催促："快走快走！声音不对！"

果然，在丁力胜他们原先站立的地方，咚咚落了两炮。

丁力胜转头望了一下，慢悠悠地说："敌人炮兵的技术蛮不错啊。"

任大忠气得直磨牙齿，恨不得抓起那些不知道躲在哪里的炮兵摔进沟里。

两个方向的人走到一起，吴山迫切地说："压它一压怎么样？"

"压什么？"

"敌人的炮啊！"

"先别理睬它。有的是时间。"丁力胜用同情的眼光瞅了瞅炮兵营长，温和地说，"执行命令去吧。"

吴山侧耳听了听，转身跑开。

丁力胜和韦清泉踢开草丛，踏着高低不平的山径走了一段路，走进一座松林。林子里有股潮润的气息，地上铺满针叶，许多大蚂蚁在上面爬来爬去。丁力胜拂去一块山石上的蚂蚁，跟韦清泉并肩坐下。任大忠走到树林外边，来回走动瞭望。

一剩下他们两个人，丁力胜用毫不掩饰的忧虑口气问："你说，一团会在什么地方？"

"这么久没听到那边的枪声，多半撤走了。"韦清泉说，捶了捶腿。

"撤走了倒好。就怕撤不了。"丁力胜说,举起一只手遮住耳后,好像希望听到一团方向的枪声。

响起了新的枪声,很快由微弱转为激烈,不过它们来自后卫团三团的方向。

丁力胜跳起来说:"果然来啦!"

两个人迅速地走出松林,脸色紧张。天空中,露面不久的太阳又被云层遮住,空气好像不流动了,闷热统治了山峰。横在眼前的那座高巍巍的大山上,有块乌云碰上了山顶。

二十

夜色沉沉,气候闷热,一班同志围成个圆圈,坐在竹林子旁边,身后架着枪支,放着镐锹。连挖了几个钟头工事,沈光禄的双手肿胀,不断地捏拢放开,放开捏拢。夏午阳的手掌打起几个水泡,他使劲往手上吹气。陈金川一口接一口抽着卷烟,神情安静闲适。李腾蛟抱住膝盖,注视着一双双闪光的眼睛,像要从中看出每个人的心事。

一班长王海跟连长低声交谈了几句,开门见山地宣布了部队的任务:"咱们决定在这里扎下钉子,跟白匪军好好干上一场!"

夏午阳情不自禁地拍手喊好。

沈光禄捅了他一下说:"别吵,听班长讲下去。"

"咱们插进来干什么?就是要吸引大股的敌人。现在敌人大部队过来了,我们要像胶水一样粘住它,不让它脱身……"

王海不紧不慢地说下去,不停顿,不重复,该强调的地方强调,该引申的地方引申,充分表现出老班长的才干。沈光禄静听着班长的话,两手安静下来,搁在腿上一动不动。

王海讲完了战斗意义,眼光四下里一扫,说:"大家讨论讨论,咱们班该怎么办?"

"怎么办?拿起枪,冲它个稀巴烂!"夏午阳说时眼望连长,好像单等他下命令。

"咱们又不是前沿部队,往哪冲?"沈光禄说。

"往哪冲?往敌人的方向冲呗!"夏午阳嚷,"连长,向上级请求一下,调咱们连到最前面去!"

有几个战士应和他的意见。

陈金川踩熄烟头,咳嗽了一声,开始发言。说一句,顿一下,让别人担心他会说不下去。他不慌不忙地说着,每句话的意思接得很紧,看得出事先经过一番思索。

"我说,咱们先要定下心来,作好长期坚守的准备。调我们上前面,最好。不调,老老实实修工事。任敌人炮轰也罢,老天爷下刀子也罢,咱们反正要像千年柏树一样,挺在这个地方。一个班是条树根子,千条根子扎得深,大树谁也摇不动。"

这一席话扭转了会议的方向,大家你一段,我一段,跟着发言,表示坚守的决心。夏午阳不住摇头眨眼睛,想说话插不进嘴。

乌云在头顶上推移,遮住了几颗残星。天气越发闷热,草蚊子嗡嗡乱叫,往人脸上瞎撞。夏午阳伸手一抓,抓住一只蚊子,狠劲一搓,蚊子被搓死了,一个水泡也被搓破了。他好容易找到个空当,赌气地说:"蹲在山上闷死人,瞅机会冲它一家伙不好?"

陈金川紧接着说:"咱们走了多少路,打了多少脚泡,有多少人害过病，中过暑，这笔账一定要跟敌人算。不过，上级总比我们看得远，该守才叫守。到了该冲的时候，会让我们冲的。我说，咱们全班要有安家思想，草鞋破了打一双，子弹袋脱线缝一缝，休息的时候打个盹儿，叫咱们上火线，就豁出性命干！"

"我同意陈金川同志的意见。"王海说话了，语气坚决肯定，"咱们班行军没掉过队，打仗同样不能落后。做好坚守准备，把我们的阵地变成铜墙铁壁。大伙有没有决心？"

"有！"全班一致回答，唯独夏午阳的声音有点懒拖拖的。

"小夏，你还有什么意见？"

"大伙怎么着，我也怎么着。"夏午阳噘着嘴说，声音不大。

"请连长……"

王海的话还没完，李腾蛟往起一站说："我们师的任务是内线作战，总的来说，要采取守势，准备挨打。上级相信我们挨得起打，才交给我们这个任务。我们每个人要像钢人一样，守住阵地，拖住敌人，好让敌人挨兄弟部队的打，挨大部队的打！要是人人思想明确，彻底了解任务，这个仗就打赢了一半。"

李腾蛟不安地望了望天空，对王海说了句："小心弹药！"转身走了。

王海一声命令，大伙立刻起身，七手八脚地把子弹带、米袋子、手榴弹拢在一块，摊开油布和雨衣，包扎起来。

沈光禄一边折油布角，一边对夏午阳说："连长讲得真好。"

"好？好好好！"夏午阳一连说了四个好。

陈金川在一旁听到夏午阳的口气，忍不住说："小夏，这算什么态度？你不是说过：大伙怎么着，你也怎么着？"

"我不是跟大伙一样在包弹药？"

刚包好枪支弹药，猛刮来一阵狂风，把竹林子唰啦啦压向一边，一道闪电穿过云层，照亮倾斜的竹林。一声拖长的闷雷从远处滚过来，滚到头顶上，突然转成钢铁的轰鸣，哗啷啷斜劈下来，震得山摇地动。天空好像震裂，倾倒下大滴的雨珠，山头上刹那间漫起一片薄雾。远方升起一股火光，准是有棵树中了雷火，烧起来了。

这阵雷雨来得好猛，等到战士们跑进竹林，全身已给淋得透湿。温度骤然起了变化，寒冷赶走了闷热，陈金川打了个寒噤。夏午阳的情绪也起了变化，不过跟气候的变化相反，他靠在竹林边沿，伸出一只手，很快聚了一掌心水，一口喝完，喊了声："好甜！"

雷雨一停，大伙涌出竹林，只见发亮的水吵吵嚷嚷地往低处奔流，原先有个浅坑成了水潭。夏午阳穿着草鞋，跑进水潭，玩起水来。

陈金川提醒他说："当心着凉。"

"我的身体没那么娇贵。"

天空露出星光，沈光禄仰起头，拳头一扬说："捣蛋鬼！"

"你等着吧，它还会来捣蛋的。"夏午阳喊，拨弄着潭里的水。

"我才不理它！它捣它的蛋，我睡我的觉。"沈光禄东张西望了一阵，没找到一块干地方。

陈金川早在一块高地上铺开包背包的雨布，打开背包，取出一套干衣服换上，绞着换下来的衣服。

沈光禄找不到更合适的地方，挨到陈金川身边，打开背包，脱下湿衣服往身边一撩，准备睡觉。

王海大声说："到竹林里睡去。里面暖和。"

战士们哄地冲到竹林边沿，使劲摇竹子，叶丛上的水珠哗哗地往下落。夏午阳感到有趣，一头闯进竹林，拼命摇撼，一边大呼小叫："使劲！使劲！"水淌进他的脖子，他毫不在意。他摇啊摇啊,猛地打了个喷嚏。

王海连忙喊:"小夏,你还没淋够?快去换衣服!"

陈金川一伸手把夏午阳拖出来:"让卫生员看到了,非批评你一通不可!"

"一班长!"不远处响起巩华的声音,同时射来一道手电筒光。

"一说曹操,曹操就到。"夏午阳伸了伸舌头,赶紧动手脱上衣。

巩华走进竹林,手电筒四处一照说:"一班长,你看,还有些同志没换衣服。"

"我不是在换吗?"夏午阳说。

巩华没有理他,仍冲着王海说:"身体是革命的资本,环境越困难,越要爱护身体。秋凉啦,可不比三伏天。"

"又念经啦。"夏午阳低声嘀咕。

沈光禄不声不响地跑开去。

巩华转着头问:"有人感冒没有?"

夏午阳一手拿着脱下来的湿军衣,另一只手举到滴水的帽檐上:"报告卫生员同志,没有人感冒。"

巩华举起电筒照了照夏午阳,板板正正地说:"看看你自己,好像刚从河里捞出来。快换上干的。"

在电筒光下面,夏午阳看出巩华一身干,像要故意给人作个榜样。好奇怪,难道卫生员刚才找个山洞子躲起来了?他知道连部的草棚子四面透风,棚顶根本挡不住大雨,比竹林子好不了多少。

沈光禄换上一身干衣服,一边扣扣子,一边走到卫生员身边。

巩华打开红十字挎包,拿出几个现成的小纸包,塞给王海:

"谁有感冒的症候,让谁吃一包。睡觉的时候挤紧些!"

王海接过小包说:"照办!"

巩华又一次转动头部,一板一眼地嘱咐说:"同志们,睡觉一定要盖好被子。温度比下雨前降低了九度,半夜会更冷的。"说罢一脚高一脚低地向邻班走去。

沈光禄一眼不眨地望着他的背影。

等到卫生员走远了,夏午阳嘴一噘说:"他总是这么啰唆。"

"关心我们还不好!"沈光禄说。

"没有关心我的人。"夏午阳叹了口气。

沈光禄也叹了口气说:"唉,你是身在福中不知福。"

沈光禄这话是有亲身经历的。他初到东北的时节,正逢天寒地冻,雪压三尺。同班有个一等兵的腿冻肿了,咬着牙照样行军。沈光禄问他为什么不治,那个一等兵说:"有病莫找医官。找他,不把腿锯掉才怪。"拖了十来天,实在拖不动了,班长只好报告上去。那个一等兵被抬走的时候,又哭又嚎,不肯走。当天果然给锯掉了腿。过不多久,沈光禄的一条腿也冻伤了,肿得老粗,他忍住痛一声不哼,对谁都不说。幸好他在第一次战斗中就得到解放,住了好几天医院才治好。要不,这条腿迟早保不住。巩华一来,总要触醒他这段生活。

夏午阳不理解沈光禄的心情,只管倒出自己的心情:"谁要是说:'夏午阳!你冲!'我给他磕一千个响头。"

王海在一旁听了这话,用温和的口气说:"小夏,快换衣服去吧。"

竹林里不再滴水,战士们全换上了干衣服,走进竹林,铺开油布,系上蚊帐,晾上湿衣服,挤得紧腾腾的,倒头睡下。

夏午阳躺在陈金川和沈光禄中间。沈光禄一躺下就打起呼噜。夏午阳不想睡,东一句,西一句,跟陈金川乱扯,一会儿说:"敌人准保淋得够呛。"一会儿说:"前沿工事里恐怕积水三尺,泡在水里也比睡在这里舒心。"陈金川没有搭理他,他就喊:"老陈,老陈,睡着啦?你真能睡得着?"弄得班长来干涉了,总算闭住了嘴。过了一会儿,他听见班长响起鼾声,又轻声地唤:"老陈,老陈,班政委!"没听见应声,一翻身,双手叉在脑后,张大眼睛,望着帐顶出神。

传来了轻轻的脚步声,想是连长查铺来了,便半闭起眼睛观察动静。只见连长高大的身影移进竹林,打开手电筒,逐铺逐铺地挨次照过来。照到沈光禄的铺上,弯下身,把滑到胸下的被子往上拉了拉,塞严了蚊帐。夏午阳知道该轮到自己了,正要闭上眼睛,一道电筒光已经落在脸上。

"没睡着?"李腾蛟问。

"我刚醒。"夏午阳撒了个谎。

那副毫无睡意的脸庞瞒不过连长的眼睛。李腾蛟严厉地说:"别胡思乱想啦,快睡!"

夏午阳赶紧闭上眼睛。开头还听见连长的脚步声,听见帐外的蚊子嗡叫声,只过了一会儿,就蒙蒙眬眬地睡着了。

二十一

睡到下半夜,二连被调到前沿阵地接替第五连。一班的阵地最突出,工事里虽然泥泞潮湿,人们却觉得远比钻热被窝舒服。

王海胸靠壕壁，注视着前面的黑暗。夜风吹得附近的草丛索索响，好像有人爬上来似的。寒气逐渐加强，一身单衣服有点支持不了。凭经验，他知道快到拂晓了，敌人发动攻击的时刻临近了。

他的身边响起连长的声音："有什么动静没有？"

"没有。"王海低声回答。

"敌人进攻的时候，不许后退一步！"李腾蛟叮咛说。

"是！"

"一定要勇敢沉着。狠狠地打！准确地打！"

"是！"

王海知道连长的每句话都是战斗命令，李腾蛟知道王海的每声答应就是未来的行动保证。在简短的对话中，一个叫对方留心，一个叫对方放心。双方都感到温暖和亲切，感到情感的交流。

李腾蛟巡视了前沿阵地，循着交通壕回到连指挥所。指导员林速守在电话机子旁边，盘起腿，面对马灯光，低声哼着歌，用铅笔在本子上写着什么。他的挎包打开了，搁在稻草堆上，挎包旁边放叠纸张，纸堆上压个茶缸子。

听见脚步声，林速抬起头来。李腾蛟点了点头，意思是巡视的结果很满意，战士们都准备好了，单等敌人进攻。林速领会这个动作的含义，继续中断的工作。

李腾蛟往草堆上一坐，凝望着斜对面的指导员。眼前这个乐观的人，任何时候都心情愉快，无忧无虑。望着那张微笑的孩子气的脸庞，听着那种在工作时习惯的无意识的哼唱，李腾蛟感到安慰，感到现在一切都很好，将来一切也都会很好。

林速停止了哼唱，欢快地说："算出来啦：昨天五连平均五颗子弹消灭一个敌人。"

李腾蛟疑惑不解地问:"算这个干什么?"

"让全连同志们明白:这个买卖划算!要是打攻坚战,消耗大多了。这笔账对思想不通的战士有好处。"

李腾蛟立刻想起了夏午阳:"不一定。有些人硬是只图打个痛快。"

"五连打了不到半天,消灭了半个多连敌人,还不痛快?咱们可要好好干它一天!"

林速拿起一架电话的耳机,把上面那段话的意思,连同算出来的结果,告诉各排排长,要他们抓紧时间传达,让战士们更具体地了解守卫战斗的意义,鼓足劲头守住阵地。

趁指导员打电话的时节,李腾蛟抽出茶缸子底下的一张纸看了看,原来是沈光禄写的决心书,要求党在战斗中考验他。只有签名,没有日期,字迹潦草,显然是在匆忙中写成的。

指导员放下耳机说:"五个要求入党的战士,这两天都写来了决心书。他们平时表现不错,这次战斗下来,就可以讨论他们的入党问题了。"他神情严肃地加了一句:"希望他们实现自己的决心。"

李腾蛟明白指导员此刻的心情,他自己也看到过这样的人:平时表现不错,决心书上口气挺硬,可就是通不过严酷的战斗关。他放回沈光禄的决心书,倾听了一会儿,前面没有一点动静。

等待是恼人的,沉寂会增强等待的烦恼。李腾蛟钻出掩蔽部,望了望天空,三星已经落下去了。头顶上猛地亮起几个照明弹,山头上立刻布满阴惨惨的绿光。

林速也出了掩蔽部,靠紧连长,观察敌人的动静。敌人阵地上一片黑暗,听不见一点声音。自己的阵地上同样听不见任何声音,看不到一个人影,绿光惨惨的山头上,好像只有他们两个人。

沉寂在延长，李腾蛟的等待在延长，他用话声打破了沉寂："老胡回来过没有？"

"没有。"林速回答，"他啊，回了娘家还肯转来？"

副连长胡安平原是二排排长，提升为副连长以后，爱往二排钻，跟战士们打打闹闹，甚至摔上一跤，碰到他们打扑克，会抢过牌来斗。要是一天不到二排转一转，好比有烟瘾的人断了烟那么难受。人熟情深，一打仗，总是让他掌握二排。

电话铃响了，两个人钻进掩蔽部，李腾蛟拿起通营部的另一架电话的耳机，马上听见营长的声音："李连长，拂晓到啦，叫同志们加倍注意。"

"我刚从阵地上回来，前沿排的情绪挺高。"

"他刚从阵地上回来，前沿排的情绪挺高。"营长忽然向谁重述起他的话来，李腾蛟猜到准是团首长上了营部。果然，营长又对着话筒说："团长跟你说话！"

李腾蛟怕在电话里听团长说话，特别在战时，团长一兴奋，嗓门比平时更高，震得耳膜发痒。可不是，耳机子里传来的每一句话，连对面的指导员都听得清清楚楚。

"昨天五连打得不错，你们二连要努一把力，创造更好的战绩！"

"我们连保证不落在五连后面。"

"什么？不想超过他们？"叶逢春嚷，使李腾蛟不得不把耳机拿开一点，"告诉你们一个消息：二团昨天的战绩比我们大！"

李腾蛟立刻回答，声音不比团长低："首长！我们保证超过五连！"

"这才对啊！好，预祝你们胜利！"

一声尖啸，附近炸开一颗炮弹，掩蔽部的顶上震下一股土屑。

"开始啦?"叶逢春兴奋地嚷,"我马上到你们那儿去!"

李腾蛟放下耳机,往起一站说:"团长要来。我上一排去了。"

静寂打破,等待告一段落,李腾蛟的心情平静下来。他出了掩蔽部,循着交通壕走向前沿阵地。照明弹已经熄灭,黑夜没有最后退走,几颗星星挣扎着发出微光。远处火光一闪,又一颗炮弹尖啸着飞来,李腾蛟喊了一声:"注意!"

"注意!"王海招呼不远处的陈金川。

"注意!"陈金川叮咛身边的沈光禄和夏午阳。

炮火响了一阵,轻重机枪接上了腔。敌人在朦胧晓色中开始冲锋。

"鸭子赶上门来啦!"夏午阳乐滋滋地说,用步枪口对准敌人。

山头上,我们的重机枪张口吼叫,新的战斗的一天开始了。

王海的一对眼睛露出工事,一眼不眨,注视近来的敌人。敌人的队形摆得很散,不慌不忙地冲过来。冲到我们的机枪射程以内,弯下腰,寻找着较安全的地形作掩蔽,继续推进。根据队形和行动,看得出他们的战斗经验相当丰富。他扣住冲锋枪的扳机,静待着适当的开火时间。

先头的敌人接近山脚,我们的轻机枪张口吼叫。敌人继续分散前进,迅速地爬上山坡。掩护的火力扫得更猛了,轻重机枪弹呼啸着穿过头顶。王海沉住气,盯着移动的绿色钢盔,等到敌人进入了步枪的有效射程,响亮地喊了声"打!"冲锋式扫开了,十几支步枪同时欢叫。敌人倒了几个,后面的仍旧蜥蜴似的一边往上爬,一边射击。双方的子弹打得丛草沙沙乱响。

领头的敌人喊了一声,后面的跟着哇啦哇啦乱叫,向上猛冲。这股疯狂劲激怒了王海，他抓起一颗摆在壕沿上的手榴弹，喊了声："投排子手榴弹！"拉开导火索投了下去。山腰上顿时窜起十来柱火烟，封住了敌人的嘴巴。好几个敌人随着钢盔和石块，滚下山坡。活着的一齐转身奔跑。

敌人来得快，去得也快，转眼间跑出了火力网，显出了他们善于打山地战的特长。

王海的左边传来夏午阳的骂声："兔崽子！跑得好快！"

第一回合结束了，敌人不好对付。王海举起袖口，擦了擦脸上的汗珠，往两边一望，见战士们擦枪的擦枪，修工事的修工事，平安无事。他安下心，正要说几句鼓励话，身边响起连长的声音："一班长！开头开得不错！"

"可惜敌人的腿长。"王海惋惜地说。

"下次给它来个更厉害的！"这句话包括了鼓励和叮咛。

李腾蛟走进陈金川他们的掩体，劈头就说："同志们，过瘾不过瘾？"

沈光禄一见连长来到最前沿阵地，感到满心兴奋，不禁接口说："不大过瘾。天黑，看不大清楚。"

"你的成绩怎么样？"

"不行。只撂倒两个。"沈光禄回答。

"积少成多，慢慢来。"

夏午阳在一旁不安地扭动胳膊，李腾蛟转向他问："怎么啦？"

"扔手榴弹出手太猛，胳膊扭了一下。"

"光有狠劲不够，还需要巧劲。"

夏午阳舞了舞胳膊说："这阵子好多了。"这时飞来一串子弹，差点打着他的手腕。

陈金川担心地说："连长，回去吧。"

"敌人滑得很，对付他们，心里要沉着，动作要快。"

陈金川答应了一声，栗色的眼睛盯着连长，好像在说："我们记住了。你快走吧。"

"千万不能大意。"李腾蛟又叮嘱了一句，循着交通壕往回走。

天大亮了，天空雾沉沉的，对山上浮过一朵淡云。夏午阳说："但愿不要下雨。"

"下雨才好哪！"陈金川说。

"有什么好？"

"咱们蹲在工事里，不怕啥。敌人可麻烦了，要冲锋，爬山滑溜溜；往回跑，想快快不了。"

"靠下雨打敌人不算本事！"

"什么叫本事？跟敌人摔跤算本事？敌人是小人，你硬充君子就要吃亏。"

夏午阳不出声，伸出头去数敌人的尸体。

"注意隐蔽。"陈金川急忙拉了他一把。

夏午阳一缩头，一串子弹紧跟着擦过头顶，他不好意思地伸了伸舌头。

云消雾散，太阳爬出了对山坳，阵地上洒上一片阳光。敌人趁着背阳的有利条件，发动了新的进攻。兵力增加了，掩护火力也加强了，机枪子弹像刮风一样，打得工事里的人简直抬不起头。敌人来势汹汹地冲到山脚下，爬上山坡，倾倒出子弹，投出鹅蛋形手榴弹。山坡上烟雾腾腾，泥土纷飞。

双方激战了一阵，先头的敌人在烟雾弥漫中接近阵地。

"上刺刀！"李腾蛟高喊了一声。

烟雾里钻出几个敌人，王海一边扫射，一边打雷般地喊："拼！"

陈金川他们霍地跳出工事，端起上了刺刀的步枪，恶狠狠地迎上去。一场肉搏战展开了，山头上响着枪身和刺刀的碰击声。

陈金川连续刺倒了两个敌人，跟一个矮个儿交起手来。敌人行动灵活，猴子般地跳来跳去。陈金川好容易找了个空当，一刺刀捅向敌人的胸部。矮个儿用枪一拨，顺势刺向他的腹部。他侧身躲开，敌人紧跟着刺来一刀。他立脚未稳，想躲躲不开，想挡来不及，正危急间，刺来的刀尖子突然向下一滑，步枪落地，矮个子仰面躺倒，跟步枪一起滚下山去。原来沈光禄刚刺翻一个敌人，见陈金川斗不赢，赶紧奔来支援，在敌人的肋下捅了一刀。两个人只交换了一下眼光，又跟涌上来的敌人拼开刺刀。

王海见敌人人数众多，持着没有刺刀的冲锋式跳出工事，用枪托打击敌人。他的力气和敏捷弥补了武器的缺陷。他把围攻夏午阳的敌人打翻了一个，顺势抢过一把带刺刀的步枪，推挡劈刺，生龙活虎般地跟一小群敌人周旋起来。

打翻的敌人没有上来的多，附近的二、三班也跟敌人干上了，刺刀映着阳光翻飞，叮当作响。

指导员林速带上来几挺机枪，密密地扫射敌人的后续部队，把敌人切成两截。副连长胡安平带着二排同志跳出工事，浪潮似的卷了过来。几十把明晃晃的刺刀一加入战斗，形势就起了变化。敌人抵挡不住，转身就跑。侥幸跑出了刺刀尖的，跑不出子弹的密网。

接近阵地的敌人全部肃清，被隔断在坡下的敌人连滚带爬，用最快的速度往回跑。胡安平杀得火起，正要率队追赶，背后传来团长的叫喊："都回来！快回到工事里去！"

打累的和没打够的战士们刚跳进掩体，敌人的轻重机枪一齐猛吼穷叫，子弹旋风似的刮过低空，刺进泥土，撞上山壁。

王海喘息刚定，忽觉左腕了有点痛，一看，衣袖破裂了，手腕上划出一条长长的红道，幸亏伤痕不深，他急忙取出急救包包扎好，放低胳膊，不让战士们看到。

班上的战士谁也没有注意到他，人人都沉浸在胜利的狂喜中。夏午阳的下巴向前方抬了抬，乐呵呵地说："这一仗过瘾。你们瞧，敌人老老实实给我们把着门呐。"

陈金川知道那些躺在壕外的"把门人"的作用，他们会使进攻的敌人受到精神上的威胁，眼睛一眯说："他们还是义务宣传员呐！"

在叶逢春团长看来，他们都是送上门来的情报员。根据尸体上的臂章符号，他发现敌人是第七军的主力师——七十二师。

二十二

接到叶逢春的电话报告，丁力胜陷进了沉思。到现在为止，已经发现敌人三个师的番号。局势正在照预想的那样发展，胜利和危险步步逼近。死扭住敌人，不让敌人揍倒，就是胜利。这需要坚强的意志，需要耐力，需要每个人充分发挥力量，否则就有被揍倒的危险。人在此刻显得多么重要，可是一团却至今没有下落。他看了看表，向韦清泉说了句"我到电台去一下"，走出门去。

丁力胜走进一所茅屋，走到一个报务员身后，凝望着收报机里的亮光，像要从中看出一团的位置。

那个报务员手拿铅笔，面前放叠译电纸，耳朵上套副耳机，静静地听着。丁力胜希望他突然弯下腰，在译电纸上写下密码。然而拿铅笔的那只手并没有移动，报务员只把另一只手按上耳机，仿佛用它来帮助听觉。这样过了好一会儿，他转过身，向师长摇了摇头。

"傍晚再联系一下。"丁力胜说，快步离开电台。

跟一团分路行进的时候，规定了每天的联络时间。昨晚没联系上，此刻又没有联系上。昨夜派出去联络的侦察员也没有回来。情况到底怎么样？一团此刻在什么地方？他们面对的是什么样的敌人？有多少敌人？他不知道。指挥员最担心的是失掉联络，情况不明。他走进师指挥所，默默无言地坐下，随手拿起桌上的招待烟，抽出一支，在桌面上顿了几顿，点着了抽起来。

师长不到特别紧张的时候不抽烟，韦清泉从师长的神情举动上，猜到了他想的是什么，宽慰地说："反正一团出不了五十里地。"

丁力胜连抽了两口烟，吐出全部烟子："进攻我们的有三个师。进攻他们的敌人一定不少。"

"他们牵制的敌人当然不少。"韦清泉换了个说法，"我们这里，今天开门大吉。他们杀伤的敌人也少不了。"

丁力胜顺着自己的思路说下去："要不然，他们会派人来联络的。"

"晚上准能知道他们的消息。"韦清泉肯定地说。

"能知道就好。恐怕不一定。"

"我的左眼皮直跳！老辈子人常说：左眼皮跳，万事顺利。"韦清泉幽默地说。

"心里头不安稳，眼皮子就会跳。"

"说是迷信，倒也灵验。"

"不见得。"

"抗战初期,有一天,我跟团长各带一个营上山打埋伏。敌人老不来,左等右等,团长等急了,悄悄对我说:'政委,别不来了吧?'他刚说完,我的左眼皮跳了。……"

丁力胜扑哧笑出声来,喷出一股烟子。

韦清泉没有理会他,接着往下说:"我就说:'别急!敌人准来!'可你瞧怎么着?过不了多久,日本鬼子一个连队,押着十几卡车粮食弹药,大摇大摆地闯过来了。我们乒乒一阵打,把鬼子全部消灭,抓了两个活的。那会儿抓活鬼子真不容易。"

"那时候抓活鬼子确实不容易。"丁力胜同意地说,随后口气一转:"说到眼皮子跳,那是因为你心里紧张。"

韦清泉不理会师长的分析,兴致勃勃地说:"捉时,战士们可费了老劲,比捉熊瞎子还难。押到半路上,鬼子想跳沟逃跑,把战士们气坏了,嚷着要枪毙他们。后来听说这两个俘虏都觉悟了,给我们做了不少宣传工作。"

丁力胜被带进遥远的回忆,让一大段烟灰掉在桌上。

"抗战头几年多困难啊!"韦清泉的脸上露出动情的神色,"有时候遭遇了大股敌人,队伍散了。一到夜间,又三三五五回到指定的集合地点,第二天继续行军作战。一宿宿餐风露雨,从敌人的碉堡缝里插进插出。这些事情想起来近在眼前,可一晃就过了十来年。今天几号?"

"七号。"。

"喏,中华人民共和国成立一个星期了。咱们南下时节,谁也想不到新中国会这么快成立。革命的步子跨得好快呵!"

一听到新中国,丁力胜的眼睛亮了,兴奋地往起一站,肩膀碰上什么东西,一转头,发现孙永年出神地站在身后,看样子已经站了好久。

孙永年望望师长,又望望政委,咬了咬嘴唇说:"首长!用不用牲口?"

"现在骑什么牲口,给敌人当目标?"丁力胜说。

"我牵它们出去遛遛。"

"好吧。让它们多吸些新鲜空气,少吃些草料。"

"草料早减少了。昨晚上火龙老吼,怪可怜的,想是没吃饱。"

"过一两天就习惯了。肚子嘛,能伸能缩。"

"老孙同志!"韦清泉插进来说,"跟它们好好谈一谈,做做工作。"

"嗨嗨!"孙永年得意地笑起来。他其实早给它们做过工作,牵出去遛遛,也是工作计划的一部分,好让它们散散心。

孙永年刚要走开,韦清泉叫住他说:"老孙同志!早晨凉,多加件衣服。"

孙永年抓住了机会,立刻往前走了两步,用颤索索的声音说:"首长,多照顾照顾自己,别累坏了身子。"

"我们的身体很好啊!整训下来,师长跟我的体重都增加了好几斤。"

"这样下去可要掉肉的。你们昨晚上没有睡觉。"

政委和师长迅速地对看了一眼,丁力胜说:"不要瞎猜。"

"我半夜起来喂马,见窗户里面点着蜡,人影子一晃一晃。一大早起身,窗户里还是亮堂堂的。"孙永年有凭有据地说:"瞧,眼皮子都发青了,倒说我瞎猜。"

丁力胜知道孙永年的脾气,说起来没完没了,手一挥说:"好啦好啦,我们有事儿。"

孙永年瞅了他俩一眼,慢吞吞地走向房门,嘴里不知道唠叨些什么。

阳光穿进窗户,停在地图上方。窗外一片沉寂,听不到枪声,敌人想必正在准备下一次冲锋。

"要是电台到傍晚还联系不上,我想派侦察参谋亲自去联系。"丁力胜说。

远处一声枪响。没有回应。

丁力胜静听了一会儿说:"我到三团去看看。"

"不要太往前啰。"

"知道。"

丁力胜走进三团团部驻扎的小村子,见一所小院落里停了副担架,门口挂着白布门帘。他知道打昨晚上开始,大部分房子成了临时医院,团部人员多半被挤到野外露营。他就近走进一所平房,里屋正好出来个年轻人,身后追着焦躁的声音:"卫生员!让我回去!"他掀开门帘,走进里屋。

两张相对的床上躺着两个伤员,叫喊的那个一只手吊在绷带上。另一个头缠绷带,只露出一对眼睛。一见师长,都支撑着坐起来。丁力胜举起双手,往下一按说:"躺下!都躺下!"

喊叫的那个用双手抓着胸脯说:"师长!我心里难过,躺在这里真闷气。"

丁力胜喜欢这种战士,温和地说:"我知道,我知道。"

那个伤员得到抚慰,畅快地喘了口气,安安静静地躺下了。

丁力胜看了看周围环境,房间里收拾得干干净净,地上看不到血迹和棉花球,床头边各有一张竹椅子,上面放着茶杯。桌子上,一只玻璃面上绘着描金龙凤的时钟嘀嗒嘀嗒地响着。

门帘一动,进来一位老大娘,双手端个红漆茶盘,随便向师长点了点头,放下盘子,把盘里的两碗稀饭、两碟咸菜和两盆鸡蛋分端到床边竹椅上,往床上一坐,端起稀饭,一边用匙子搅着,一边轻轻地吹气,黑包头布底下有绺白发微微飘动。

丁力胜忍不住说："大娘！辛苦你啰。"

"这算得了什么。"老大娘搅着稀饭，头也不抬地说。

丁力胜宽慰了伤员几句，悄悄离开里屋。刚出门，又遇见那个年轻的卫生员。他打听了一下伤员的伤势，知道一个脸上受了炮弹伤，另一个胳膊上给打了个对穿洞，便恳切地嘱咐说："千万别让伤口化脓啊！"

丁力胜走不几步，一所平房里出来个女同志，手拿几件带血的衣服，低着头，走得挺快。

丁力胜招呼她说："何佩蓉同志！当起护士来啦。"

"昨天调来的。"何佩蓉抬头回答。

"眼睛好红！昨晚上没睡觉吧？"

"睡啦。没有睡好。"何佩蓉的脸上微微一红。

一看何佩蓉的表情，丁力胜明白了原因，望了望四围，压低声音说："一团还没有联系上。"

"昨晚上听说了。"何佩蓉踮起一只脚尖，在地上划着。

"今早晨也没联系上。"丁力胜直白地说。

何佩蓉的头部微微一颤，脚尖在沙上画了一个圈儿。

"放心！我们迟早会联系上的。你们女同志总把芝麻大的事儿当成南瓜，揣在怀里放不下。"

见何佩蓉低头不语，丁力胜又说："一联系上，我马上通知你。"

何佩蓉感到温暖，不禁倒出自己的心声："我明知道他不会有什么意外，可老安不下心。有事情做，倒没什么。一闲下，不由得想起他来。"

"安心护理伤员吧，何佩蓉同志！可能是他们的电台暂时出了故障，说不定我回去的时候，桌子上放着他发来的电报呐！"这后一句话，其实是丁力胜自己的希望。

何佩蓉感激地望了望师长，这才发现师长的脸瘦多了，眼窝凹进去，眼睛显得更大了。她突然恼恨起自己来了。面前的师长，身上的担子多沉，居然还来安慰她。自己却老想着一个人，想多做工作，也只是为了不想这个人，这算什么感情？她使劲摇了摇头，像要摇掉那种不对头的感情。

丁力胜误会了她的意思，笑了笑说："不相信？政委已经算过卦，今天准能联系上。"直到此刻，他才意识到自己尽管反对眼皮子跳的说法，实际上却一开头就希望政委的预言成为事实。

待丁力胜一走，何佩蓉望着他那挺直的背脊和坚定的步子，狠狠地呼吸了几口早晨的空气，觉得心里踏实多了，一转身，快步向井边走去。

背后传来一阵脚步声，章丽梅胁下夹着几件伤员换下来的衣服，跑到她的身边，气喘喘地问："师长说什么？联系上了？"

自从插进敌人的后方，章丽梅显得十分兴奋，有时流露出显著的不安。何佩蓉理解这种不安的原因，自己第一次听到枪炮声的时候，产生过同样的心情。既然这样，就不必再去加重这个新同志的负担。她没有正面回答，只是微笑了一下。

章丽梅以为自己猜对了，抓住何佩蓉的手说："他们在哪儿？远不远？"

"师长叫我们安心护理伤员！"何佩蓉说。

"嘎！是啊！"章丽梅激动地说，"刚才我刚出门，听见一个伤员嚷：'老子跟你拼啦！'我赶紧转回去看，原来他在说梦话，脸上的样子好凶！可昨晚上给他端尿盆，他羞得像个大姑娘，死也不让我帮助他。"

猛地响起了一阵机枪声，章丽梅一惊，变了脸色。

何佩蓉一见章丽梅的神色，手一伸说："给我。你去看看伤员同志醒了没有。"

章丽梅犹豫了一会儿说:"我们一块走。子弹又打不到井边来。"

两个人并肩走向井边,章丽梅虽然知道子弹打不到这里,还是弓下了腰。

枪声密集起来,章丽梅跟何佩蓉靠在一起,觉得胆量大多了,直起腰,四望了一下说:"我真想看看怎么拼刺刀。听说那个二连长也上去拼了刺刀。"

"谁说的?"

"伤员说的。"

"不一定吧。有些战士谈起他们敬佩的人,总要夸张一些。"

"他们敬佩连长?"章丽梅好奇地问。

何佩蓉没有回答。枪声在她心里引起不同的反应,她的思想自然而然地转向一个人身上。她竭力想赶掉这种思绪,代替的却是由这一思绪产生的希望,希望黑夜赶快来到。

二十三

深夜,师指挥所里举行了师的党委会。到会的人没有一个例外,脸上都是黑黝黝,亮光光的,能刮下一层油来;嘴唇肿胀干裂,起了白花花。用不着照镜子,人们从别人的脸上看得出自己的模样。叶逢春的模样更突出,他的人中烧红了,不时缩着鼻管。

房间里坐了十来个人，差不多转不开身。党委书记韦清泉坐在桌子上方，背靠窗子，脸对房门。党委副书记丁力胜坐在桌子横头，没有戴帽子，额头显得格外突出。桌子斜对角点着两支蜡烛，烛光微微跳动，照亮他俩的脸颊，在颧骨下面的凹处涂上阴影。

韦清泉宣布开会后，先由丁力胜谈了谈部队的处境。他指出目前发现了敌人三个师的番号：第七军的两个师和四十八军的一个师。吸引敌人，拖住敌人的计划已经初步实现。一团的下落至今不明，傍黑时已派侦察参谋去联系。

韦清泉接着说："我们必须再接再厉，继续拖住敌人！怎样坚持下去，就是今天要讨论的中心问题。"

坐在师长床上的叶逢春转动了一下身子，开始发言。他的声音有点沙哑，讲几句吸一下鼻管："我们全团的情绪很高，越打越有信心。原先对坚守不感兴趣的人，也打出了兴趣。自己伤亡小，敌人伤亡大，划算！二连的战士们说：'再不痛快地打一次，以后想打白崇禧，机会也不多。'……"

坐在对面政委床上的二团长插进来说："我们团的战士原来爱说：'拉网捉狐狸，捉来好剥皮。'不知道哪个给加了两句，今天流传开了，'打尽第七军，气死白崇禧！'……"

二团长爱在开会的时候抢话。当别人说到一个问题，启发了他，他就忍不住马上说出自己想说的话。经常出现这种情况：别人的意见说完了，他的意见也说了一大半。

叶逢春习惯了这一点，接着自己的意思说下去："据我看，战斗上问题不大，倒是物质保证上困难太多。插进来以后，差不多每天只吃一顿饭，这两天更糟糕，干柴不够，拣湿柴烧；饭烧不熟，吃夹生饭。有的连队出现了病号，拉肚子……"

"我们团也出现了一些病号。"二团长又插进来说，"他们照样挺着。挺一半天还行，挺久了难啊！"

叶逢春掏出一块发黑的手绢，擦了擦鼻子又说："气候是个原因。山头上冷，被子太薄，有的人半夜里冻醒了，睡不好，妨碍白天修工事；有的人受了凉……"

"半夜放哨的冻得够呛，"二团长第三次插进来，"有件毛衣就好了。"

"老曹，"叶逢春对身边的后勤部长轻声地说，"你的仓库钥匙别攥得那么紧啊！"

师后勤部长没有搭理叶逢春，皱紧眉毛，不停手地在本子上记着，肩膀微微耸起，好像上面压着什么东西，需要用劲才能顶住。他的嘴里叼根纸烟，一直顾不上拿开它，眼看快要烧着嘴唇皮了。

话题自然而然地集中到最迫切的物质保证上，两个团政委的发言里对这点同样特别强调。

等到问题都摊出来了，后勤部长带着痛苦的心情开始发言。他心疼那些日夜苦战的指战员，恨不得平地长出一万套毛衣，几万斤粮食，几十万斤干柴，可是处在目前情况下，心有余而力不足。他的话只有一个内容：困难是事实，除了各单位自己设法解决，没有别的办法。最后他双手一摊说："后勤部手里，不用说一件毛衣，连一双袜子也没有。"

韦清泉始终把胳膊肘支在桌上，叉着手指头，静听每个人的发言。待后勤部长一讲完，他转向身广体胖的二团长说："你们团今天不是都吃上了两顿饭？你说说，你们怎么搞的？"

"就是电话里说过的那些办法。"

"再说一遍怕什么。"韦清泉催促说。

"我们是这么做的：战斗部队一天吃一顿干饭，一顿稀饭；机关人员一天吃两顿稀饭。我们算过这笔账，两顿稀饭等于一顿干饭的米。"

"这很好啊!"韦清泉赞扬地说,"吃起稀饭来蛮痛快,没有菜也不要紧。"

"只要有饭吃,管它菜不菜。"二团长说,"要吃菜,收光全村的菜不够一顿吃。"

韦清泉转向叶逢春说:"你们可以学一学二团,吃两顿总比一顿强。"

叶逢春思索了一下,头一摇说:"这么吃也吃不了两天。机关人员到底是少数。"

"战斗部队吃两顿稀饭也行吧?"韦清泉征询地说,"一打仗就上火,多吃顿稀饭还能清火。肚子可能不大满意,嘴巴子可舒服。"

"战斗人员吃两顿稀饭没问题。我们炮兵营完全做得到。"

吴山还是第一次开口,他一直缩在门角落里,好像怕让别人看到。

韦清泉追着问:"你们这些大高个儿能行吗?"

"行!光听枪声,气也受饱了。喝稀饭还有一条好处,畅心舒气。"

丁力胜严厉地喊了声:"吴山同志!"

吴山的声调平静下来:"我们确实做得到,勒一勒裤带就过去了。依我看,只要保证消灭敌人,不吃饭也可以。"

韦清泉的眼光四处一扫说:"那些大高个儿平时一顿能吃十个馒头。他们做得到,步兵大概更做得到,是不是?"

几个团的干部同时笑起来,叶逢春应声说了个:"是啊!"

后勤部长舒展开眉毛,脸上出现了笑意,感激地望了望政委,转脸对叶逢春说:"我个人还可以节约。这两天愁得水米不沾口了。"

"这又何必。"叶逢春倒过来安慰他说,"再急再忙,饭总归要吃。"

"柴火总比粮食容易解决,动员些人去捡,放在灶前烤。"韦清泉说罢,转向二团长:"你们是不是这样解决的?"

二团长点了点头。

"吃生饭一定要避免。"韦清泉的语气十分肯定,"有病的不要让他们硬撑,要休息,要治。"

"做到后一点可不容易。"叶逢春说罢打了个响亮的喷嚏。

"干部们应该好好检查督促啊!"韦清泉说时盯着叶逢春。

叶逢春赶紧拿开鼻子上的手绢,声明说:"我没有感冒。我的嗓子是喊哑的。"

话题转到军事问题上,叶逢春又打了第一炮。他扯得很宽,谈到敌人进攻的特点有点前紧后松,谈到前面的火力配备要加强,最后谈到修筑工事,他不无得意地说:"我们团是人休息,镐锹不休息。再坚持几天,山头都要挖穿啦。"这期间,二团长免不得又插了几次话。

叶逢春忽觉肩膀上沉重得很,转头一看,后勤部长靠在他身上睡着了,手里依然拿着本子。叶逢春昨夜没有睡觉,他知道打瞌睡是有传染性的,生怕自己受传染,使劲推了后勤部长一把。

后勤部长睁开眼睛,揉了揉眼皮,坐正身子听人们发言。这种姿势没有维持多久,不知不觉地又合上眼睛,倒在叶逢春身上。

机要员送进一份电报,丁力胜和韦清泉看了一遍,韦清泉立刻宣布说:"野战军总部来电报啦!"

会场骚动起来。叶逢春捅了后勤部长一下,后勤部长睁开眼睛茫然四顾。

"你听!"叶逢春向桌子上方抬了抬下巴。

韦清泉正在逐字逐句地宣读电报：

你师对此次战局所负的责任甚大，望坚决大胆作战。我大军能压迫敌人，故不要过分顾虑后方。

叶逢春起身走到政委身边，接过电报来看。这份由野战军首长署名的电报，语短心长，有鼓励，有期望，也有安慰，看得出野战军首长非常了解他们的处境，叶逢春的心里流过一股暖流。

"给我看看。"二团长隔着桌子伸过手，一把拿走电报。

吴山像颗出膛的炮弹，离开门角落，一闪闪到二团长身边。

叶逢春激动地提议说："咱们以师党委的名义，给野战军首长发个电报，说我们决心克服一切困难，坚决完成党和上级交给我们的任务。"

"对对！"二团长接口说，"说我们一定牢牢拖住敌人的辫子。"

这份电报已经落在吴山的手里，他挥着电报纸说："我举双手赞成。"

叶逢春一弯腰，从政委面前拿过一叠信纸，拔出钢笔，两只胳膊沾着桌子边，开始起草电文。

通过这几个党委委员的反应，丁力胜看出他们的决心和对上级的爱戴与信任。一看到电报，他自己内心里就震荡起同样的感觉，觉得信心倍增，因此对这一建议立刻引起了共鸣。他用放光的眼睛望了望政委，见韦清泉抿紧嘴唇，轻抚着鬓发。每逢政委不同意别人的意见，总会出现这种习惯性的动作。这给了他一个启发，他平静下自己，细细考虑了一会儿，突然坚决地说："不要写了。叶逢春同志！"

叶逢春吃惊地抬起头来。

韦清泉从鬓边收回手,环视了一下,朗声地说:"上级相信我们能完成任务,才把这个任务交给我们,用不着三番四次表示决心。首长们的时间宝贵,要是每个师发一通这种电报,会浪费他们多少时间。再说,我们师的责任真的就比别的师重大,值得再表示一下决心?我看不见得。他们这会儿恐怕正在翻山越岭,摸黑赶路呐。"

叶逢春的胳膊肘离开桌子,顺带把那快写完的电稿纸捏成一团。

"党委书记说得对!"丁力胜热情满腔地说,"据我看,时间对野战军首长重要,对我们也重要。现在是大半边天亮,小半边天黑,反动派统治下的人民时刻都在盼望解放军,掐算每一分钟的时间。我们这些负责干部应该冷静谦虚,集中精力,想法打赢这个仗。打好了,不要很久,南方的天空就要明朗,河流变清,树木变绿,人民全能过平安的日子。打不好,南方的人民还要多受一个时期的痛苦。电报要发,不是表示决心,是报告执行的情况,报告我们的胜利消息。"

韦清泉听得出师长的每句话都是从心窝里掏出来的,忍不住提高声音说:"我同意党委副书记的说法,我们要明白这次行动跟未来的关系。我们在争取战争的胜利,也在创造新的生活。让我们用行动来回答野战军首长的期望。"

后勤部长的瞌睡早给赶跑了。他有些思想,常常朦朦胧胧,不能明确地表达出来。往往经师首长一说,他才明确了自己的思想。这一次也是这样,两位党委书记说出来的正是自己的想法。他感到兴奋,不住点头。

人们的话题重新集中到军事问题上,冷静地交换意见,提供办法。吴山也忘掉了因为没有参加战斗而引起的不快,热烈地卷进讨论的漩涡。烟气弥漫了一屋。等到新接上的蜡烛点去了一半，讨论才告结束。

韦清泉作罢简要的总结，拖了一条尾巴："在这种时候，我们每个党委委员是要更辛苦些，可千万不能累倒。累倒了，党同样不允许。现在我离开党委书记的地位，以师政委的名义下个命令：你们回去后都要抽时间睡上一觉，哪怕打个盹儿也好。当然，对师长，我只有建议的权利。"

"我接受你的建议。"丁力胜接口说，"同时在这条命令下面签上我的名字。"

叶逢春推了推后勤部长说："你闯下祸了。"

韦清泉和丁力胜把党委委员们送到门外，人们三三两两地分手了。叶逢春和二团长握别的时候，互相注视着对方，无论在眼神上或是握力上，双方都明白这紧紧的一握包含着鼓励和竞赛的意味。星星闪着寒光，风吹来尖峭逼人。黑夜快要过完，新的考验正在等待着他们。

二十四

叶逢春没有回团部，直接走向前沿阵地。

翻过一道山岗，对面传来一阵脚步声和熟悉的谈话声，声音在夜空中传得很远。他听出谈话的是二连长李腾蛟和指导员林速，便快步迎上去说："你们换下来啦？"

李腾蛟和林速紧走几步，在团长面前站下。他俩的身后，响着战士们的坚实有力的脚步声。听声音,他们不像在火线上坚持了一昼夜,倒像刚刚开赴火线。叶逢春喜欢这种饱满的战斗精神,带着疼爱的心情嘱咐说:"让同志们好好休息休息。"

李腾蛟答应了一声,声音同样坚实有力。

叶逢春继续往前走,跟队伍交臂擦过。战士们的身上都带点硝烟味,有几个脸上扎着绷带。他不禁联想起师首长的话,是这些人在用鲜血为未来的果木园灌溉树苗呵!他真想跟每个战士握一握手,谈几句话,不过他没有这么做,反倒加快了脚步。他急着要去看看刚进入阵地的同志们,看看那些就要进行生死搏斗的战友们。不先看一看他们,躺在弹簧床上也睡不好觉。

前面出现了幢幢人影,传来镐锹挖地抛土的声音。跟白天比,交通壕又往里延伸了一大段。叶逢春跳进冒着新土气息的交通壕,边走边检查工事的质量。一切都合标准,平整整的壕壁上挖了好些方洞,下雨时好安放弹药。一人哼着歌子迎面走来,交臂擦过。

叶逢春拐了个弯,顶头撞上个人,一辨出是何佩蓉,脸一沉说:"你上前面去干什么?"

"我们刚给接防部队演唱来着。"

"不是让你们照顾伤员吗?"

"那些老大娘老大嫂照顾得更周到,我们给淘汰了。"何佩蓉活泼地回答,"演唱完了,得到三营长允许,跟着上前沿阵地看了看。"

"有什么看头!你没有看过打仗?"叶逢春的声音更严厉了。

何佩蓉身后响起章丽梅的声音:"是我要求去看的。要骂,骂我好了。"

"骂你?没有那么多闲工夫!"叶逢春回了章丽梅一句,又对何佩蓉说:"你是老同志啦,下次不许带着人随便乱跑。"

"我们什么也没看见，黑簇簇的一大片。三营长没让我们到最前面去。"

"最前面？哼，倒说得轻松。"叶逢春说完，擦过何佩蓉身边走了。

章丽梅一扭身，脸对壕壁，好像不愿意看到团长。

叶逢春转过头喊："下次再随便乱跑，把你们送回师部！"

章丽梅待团长走远了，挨到何佩蓉身边说："他原来这么厉害。平时一点看不出来。"

"怪我们去了不该去的地方。"

"真倒霉！什么没看到，反挨了一顿训。"

"别瞧他口气挺严，他是出于好意。"

"我可受不了。从来没有人对我这么大声说过话。叫我吃苦，我不怕，就怕受气。"

"这算受气？"何佩蓉的口气变严肃了，"部队可不比学校。革命嘛，能不听人大声说话？要说这厉害，将来少不了还有更厉害的。你可要好好锻炼锻炼，改一改性格脾气。"

章丽梅感到受了委屈，没有作声。

头顶上亮起几颗照明弹，紧跟着响起一阵枪声，章丽梅一下贴紧何佩蓉。

何佩蓉捏住章丽梅的手，倾听枪声。

密集的枪声逐渐转疏，隐约听见有人高喊："担架！担架！"

何佩蓉一撒手，转身跑去。章丽梅觉得待在这儿不如前方安全，追赶何佩蓉去了。

前沿阵地的凹进部里，停着一副担架，旁边有盏三面给遮起来的马灯。借着黯淡的光线，看得出担架上的人脸色惨白，右裤管高高卷起，腿上扎道绷带，上面渗出鲜血。担架四围站着好些人，团长和何佩蓉也在里面。章丽梅紧挨着何佩蓉，心情矛盾，想看伤员又怕看伤员。

叶逢春喊了声:"水!"有个人马上解下水壶,往伤员的嘴里灌了几口。

伤员呻吟了一下,睁开眼睛。叶逢春赶紧蹲下去问:"联系上了没有?"

伤员的脸上显出痛苦的神情,摆了摆头,又合上眼睛。

"常参谋!侦察参谋!"叶逢春连喊几声,没听见答应,头一拧,眼球子一抡,暴躁地说:"围这么多人干什么!快把他送走!一定要救醒他!"

章丽梅赶紧拉起何佩蓉的手,拉着她拔脚就走。

背后追来叶逢春的喊声:"三营长!快打电话报告师部:说常参谋挂了花!"

章丽梅拉着何佩蓉跑出交通壕,喘了口气问:"这个人能不能救活?"

何佩蓉没有回答,她根本没有听见章丽梅的话。根据团长的问话,她猜到侦察参谋是去一团联络的。看他的反应,显然没有联系上。打那一瞬间开始,不安的感觉又爬上心头,遮掩了一切。

同一件事情在人们心上引起不同的反应,叶逢春满怀愤怒,视察了前沿阵地,嘱咐前沿部队一定要无情地打击敌人。他随即又摇电话向团卫生队打听侦察参谋的情况,一听说伤势没有危险,已经根据师长的命令把他抬送师部,立刻放下耳机,赶奔师部。

任大忠站在门口望星星,见叶逢春这么晚匆匆赶来,心里不大乐意,勉强招呼了一声。叶逢春没有理他,一脚跨进门槛。

"怎么样?"叶逢春进门就嚷。

丁力胜中止了跟政委的密谈,转过头来。

"常参谋怎么样？"

"他睡着啦。"丁力胜指了指自己的床铺。

叶逢春走到床边，透过蚊帐一望，见侦察参谋仰躺着，脸上有了一点血色，不似刚才那么难看，一只手伸在被子外面。

"问过他没有？"

"先让他睡一下。"

可能是叶逢春的嗓门太高，侦察参谋翻动了一下，猛地坐起身子。

"睡吧！再睡一会儿！"丁力胜摆了摆手，快步走向床边。

"我睡着啦？该死！"侦察参谋身子一移，碰痛了伤口，忍不住哼了一声。

丁力胜往床沿上一坐，想扶他躺下。

"我好多啦。"侦察参谋急忙说，"师长，我没有完成任务。"

"你回来了，就是好事情。"丁力胜说。

韦清泉走到床边，拉了把竹椅子坐下。

侦察参谋打起精神，开始报告。他的声音微弱，时而停嘴憋气，跟伤口的疼痛做斗争。

侦察参谋带着他的助手，好不容易通过岗哨重重的敌人防线，可是却被一条河流挡住了去路。附近没有桥梁，那个侦察员学过浮水，跳下去了，很快给湍急的河水冲往下游。侦察参谋不会浮水，沿着河边赶过去，眼看那个侦察员给卷进水里，没有冒头。他顺河边走了好久，始终没找到桥梁，只好循原路转回来。离自己的阵地只差十几步，却给敌人发现了。

侦察参谋憋了口气，揩去额上的虚汗，接着说："去的时候我们摸了个哨兵，据他说，三星岭一带有支我们的队伍。"

"三星岭！"丁力胜欢快地说，"怎么一下跑得那么远？"

韦清泉一探身问："那个哨兵怎么说？"

"他是听当官的说的，不一定确实。"侦察参谋含含糊糊地回答。

"当官的怎么说？"

"他说，他说……"侦察参谋忽然睁大眼睛嚷起来："他胡说！"

"到底说了些什么？"韦清泉盯着问。

"他说三星岭那支部队被消灭了。"

"真他妈的胡说！"一直靠在桌边静听的叶逢春猛地捶了下桌子，蜡烛震倒了，呼地熄灭。他急忙掏出火柴点上。

丁力胜静默了一会儿问："你们走的哪条道？"

烛光不驯地来回摆动，侦察参谋望了望对面墙上的地图，代表山川河流的各种标志不住摇晃跳动，互相交叉，互相重叠，整张地图变得模糊一片。他一阵昏晕，身不由己地仰面躺倒，丁力胜一伸手扶住他的腰杆。

丁力胜扶着侦察参谋躺下，揩去他额上的虚汗。侦察参谋睁开眼睛，支撑着又要起身。丁力胜对他摆了摆手，塞好帐子，轻悄悄地来回踱步。他对周围五十里内的地名和地形背得烂熟，不看地图，也知道三星岭离这儿多远。他相信一团可能在三星岭一带，那地方山高岭险，适合防守。可是奇怪，中间怎么会出现一条河流？地图上没有啊！是河流改了道，山沟涨了水？他们在那里的情况到底怎么样？至于敌人军官的话，显然是胡说八道。"胡说八道！"他不禁说出口来。

丁力胜走了几个来回，转向叶逢春说："你们的二连长能不能抽出来？"

"能啊！他们的副连长是员猛将，能顶得住。"

"我决定派二连长去联络。再带个会水的。那个游得挺不错的战士叫什么，沈光禄？"

"对！他的哥哥叫沈光福，在一团当机枪射手。"

"啊！叫他去挺合适。"丁力胜说。

"他在政治上的表现怎么样？"韦清泉问。

"进步挺快。听说迫切要求入党。"叶逢春回答。

丁力胜说："快叫二连长来一趟！"

"他恐怕睡下了。"韦清泉说："让他睡一觉再来。"

"好的。"一件要紧的事情决定了，丁力胜松了口气，随便地问："看到何佩蓉没有？"

"刚见过她。"叶逢春回答，"情绪挺不错，野马似的，居然钻到前沿阵地去了，还有那个南下工作团调来的女同志。"

"哦！胆量倒不小。"丁力胜夸奖地说。

"给我训了一顿。那个章丽梅不大服气。"

"听说那个章丽梅能写诗？"韦清泉问。他闲时爱写写诗词，很关心师里能写写东西的人，从来不放过师报上的诗歌快板。

"我没有注意。"叶逢春淡淡地说，"风啊花啊，诗又打不死敌人。"

"同志，别小看它。写得好，照样能帮助战士打死敌人。"韦清泉说，"要是真能写诗，让她到前面跑跑也好，嗅嗅火药味，了解了解战士们的思想感情，就不会再写风啊花啊了。"

任大忠一见叶逢春进来，就跟到房门口，老等不见叶逢春出来。后来隐约听到风啊花啊，知道正事已经谈完，在扯无关紧要的事了，便走进来盯着叶逢春，那眼光好像在说："你怎么还不走？"叶逢春却一心听着政委的话，没有看见他。

任大忠站了一会儿，忍不住叫了声："首长！"

"干什么？"丁力胜转过脸问。

"鸡快叫啦！"

"哦！"丁力胜猛省地说，"叶团长，快回去睡觉。上午先叫二连长来一下。"

叶逢春出去的时候,带笑瞪了任大忠一眼说:"真厉害,小鬼!"

韦清泉看了看表说:"老丁,我们真该起一点模范作用。咱们轮流睡。"

"我扶常参谋到隔壁去睡。"任大忠说,向师长的床边走去。

"用不着。"丁力胜厉声制止他。

任大忠停住脚步,嘟着嘴站在原地,理直气壮地望着两位首长。

"你先睡。"韦清泉说,"我后睡。后睡睡得香。"

丁力胜没有推让,走到政委床边,脱去鞋子,两腿往床上一伸,放下帐子,和衣躺下。

任大忠关好窗子,轻脚轻步地走出去,顺手带上房门。

二十五

任大忠瞥见马棚里亮着灯光,便向那里走去。

临时搭成的马棚只有个顶盖,四面透风。稻草散了一地,孙永年坐在地铺上,膝盖上搁着旱烟管,手里拿个小布包。

"'马大叔'!起得好早!"任大忠招呼说。

孙永年移了移身子,让任大忠挨着他坐下,随手塞过吊着烟袋的旱烟管。

任大忠装上一袋烟，就着油灯点燃，咝咝地抽了几口。这期间，孙永年打开了小布包，又打开那布包里面的油纸包，那里整整齐齐地放着十来张人民币。

任大忠拿开烟管说："你的私房钱倒不少。"

"历年积下来的津贴费。将来准备娶个媳妇。"孙永年打趣地说，挤了挤眼睛，抽出两张人民币塞进怀里。

"准备请客？"

孙永年带着神秘的意味说："昨天早晨出去遛马，一遛遛出好远，在竹林里看到一所独立房子，门上了锁，往门房里一望，你猜怎么着？屋里堆着好多干柴。房东想必是个打柴的。我马上想到，咱们厨房里尽烧湿柴，买批干柴来多好……"

"何必自己掏腰包，打个借条就行。"

"别打岔，你听我说完。黄昏时分我又去了一趟，嘿，照样是铁将军把门。他躲出去不回来，准是信不过我们，给他借条恐怕不愿意。再说，我这钱又不能带到棺材里去。"

"柴火不少？"

"用你们东北话来话：老鼻子啦。"

"我跟你一路去。"任大忠撂下旱烟管。

孙永年包起钱包，往铺底下一塞说："要走就走。去晚了，恐怕碰不上。"说罢吹熄了油灯。

任大忠打开手电，跟孙永年并排走出马棚，一脚高一脚低地走了一阵，过了个山坳，转入一条小径。两边草深树密，阴森荒凉，寒风吹来，任大忠不禁摸了摸身边的盒子枪。

两个人走进一座竹林，电筒光先落在一堵泥墙上，后落在木板门上，门果然没有上锁。孙永年拍了几下门，没听到应声。任大忠抢上前去，捏紧拳头擂了一通。

"谁啊？"屋里传出个低沉的声音。

"解放军！"任大忠回答。

"麻烦大哥啦。"孙永年心平气和地说，"我们有点小事情跟你商量。"

门缝里漏出灯光，门打开了，门边出现一个中年男人，满头乱发，黑瘦脸上皱纹重重，一身旧青布衫裤破了几处。他端起手里的油灯，怀疑地打量对面的人。

任大忠解释说："我们是解放军，是共产党毛主席的队伍。"

那个人一手遮住摇曳的灯焰，依然细细打量着来人。等他看清楚了帽上的红星和胸章上的字样，喊了声："到底来啦！"眼泪顺脸淌下，双手打抖，差点泼翻了油灯。过了一会儿才说："快进来坐！快进来坐！"

任大忠最后进门，见外屋里堆满柴火，柴堆旁边除了斧头和柴刀，乱七八糟地放着一些农具。里屋同样杂乱，木板床旁边堆着红薯和萝卜，破桌子底下垒一堆白菜，墙脚下摆一列坛坛罐罐，墙上挂张摊开的狼皮和一把生锈的锯子。东西虽多，可只有一张椅子。

房主人搁下油灯，走到床铺跟前，把散乱的被子往里一推，邀请客人们坐下。

孙永年拍了拍身边的床沿说："大哥！你也坐啊！"

房主人好像没有听到，站在孙永年对面，死盯着他的帽徽。

"大哥！你贵姓？"孙永年大声问。

"啊，我叫卢兴东。同志！你们到底攻上来啦？"

"什么攻上来，"任大忠插嘴说，"我们一直守在山上。"

"嘎！我还当守山的是反动派部队。你们怎么来得这样快？"

孙永年见任大忠又要张嘴，急忙抢先回答："这你别问。大哥，我们想买些柴火。"

"有有有！不用买！我给送去！"卢兴东一迭声地说，转身就走。

孙永年一欠身拉住他说:"这哪能啊!大哥,我们给你现钱。"他随即从怀里掏出人民币来。

卢兴东按住他的手说:"同志!不要见外,我也当过红军。"

任大忠惊叫了一声,孙永年却不动声色,眯起眼睛,打量那个中年人。

卢兴东的眼角有点湿润,声音变得低沉了:"长征的时候,走到宜章,打了一仗,我的腿上挂了花,没能跟一起走。"

"你当时在哪个部队?"孙永年问。

"一军团。"

任大忠指了指孙永年:"你知道他是谁?他也参加过长征!"

卢兴东一把抓住孙永年的手说:"同志!你在哪个部队?"

"也在一军团。半道上参加的。"孙永年的口气不大热烈。

"哈哈,卢同志,你比'马大叔'的资格还老!"任大忠兴高采烈地说,"你认识我们的师长不,丁师长?"

孙永年转头瞟了瞟任大忠,咳嗽了一声。任大忠发觉说了不该说的话,闭住了嘴巴。

卢兴东看出孙永年不信任自己,走到外屋,拿来把锄头,移开两个坛子,在墙脚下使劲刨了一阵,刨出个油布包。他掸掉上面的泥土,打开包,拿起包里的东西,往孙永年的手里一塞。

孙永年一见是红军时代的帽徽和胸章,兴奋得双手打抖。翻过胸章,隐约看出了卢兴东的名字,猛一下搂住卢兴东说:"真是老同志!"

"算什么老同志,落后啦。"卢兴东垂下头,露出惭愧的神情,"像没娘的孩子过了十五年"。

任大忠从孙永年手里抢过帽徽和胸章,走到油灯旁边,翻来覆去地细细察看。他还是第一次看到红军时代的东西。

孙永年把卢兴东拖到床边说:"坐下坐下!"

卢兴东没有坐,跷起左腿往床上一搁,撩起裤腿,气愤地说:"都是白军害的!"

任大忠闻声回头,跑过来看。卢兴东的腿肚上有个银圆大的伤疤。

孙永年搀着卢兴东坐下,两个人微微侧着身子,腿靠腿,脸对脸,对看了一会儿,孙永年关切地问:"卢同志,你怎么独自住在山洼洼里?"

卢兴东开始叙述这一段历史,任大忠挨在他身边静听。

卢兴东挂花以后,部队让他寄住在一家贫农家里。反动派搜查很紧,主人千方百计地掩护他,护理他。伤一痊愈,他怕连累好人,把帽徽胸章缝进衣角,在一天早晨离开了那家人。上哪儿去呢?归队吧?红军早已走远。回家吧?听说反动派进了苏区,杀人放火,无恶不作。他开始了流浪生活,打打短工,做做临时活儿。走到这里,一个孤老樵夫收留了他,总算有了歇脚的地方。不几年,老樵夫死了,他继承了全部"家当",砍砍柴,种点地,就这么定居下来。

"听说江西省全解放啦?"卢兴东问,灰色的眼睛里起了闪光。

"原来的中央苏区全解放啦!我们就是从江西过来的。你是哪里人?"

"兴国。我家里有个弟弟,不知道怎么样啰。要是活着,快满三十啦。"

"准保活着。"孙永年宽慰地说,"说不定当了政府干部。"

"但愿这样。近来我心里乱糟糟的,把不定主意。一时盼望你们赶快打来,叫我做什么就做什么;一时又想收拾收拾回江西,看看老家。"卢兴东迟疑了一会儿说:"这会儿又有个新的主意。同志，我要是想参加解放军，你们收不收？"

"我跟上级说说。"孙永年同情地说。

"一见到你们，我就想起了过去。长征只走了一点点路，这回说什么也要跟上走。趁身板还硬实，再给革命出一把力。"

"保险能成。我也给首长说说。"

任大忠一提首长，立刻想起了师长。抬头一望，发现油灯光暗淡多了，窗外透进灰蒙蒙的微光。他生怕首长叫他，站起来说："咱们该走啦。"

"我马上去担柴火！"

卢兴东端着油灯奔向外屋，孙永年和任大忠紧跟着他。卢兴东放下油灯，结结实实地捆了两大捆柴火，拿起扁担挑上。孙永年、任大忠两人各背了一背。

任大忠打头出门。卢兴东吹灭了油灯，门也不锁，跟起孙永年就走。两个人一路上没有断过话，好像一对多年不见的老朋友。

任大忠借着朦胧的晨光越走越快，到后来简直飞奔起来。他跑进村子，跑到厨房门口，卸下柴火，一头冲进师部，见师长已经起身，两张床铺都是空的，师政委和侦察参谋都不在了。

"上哪儿去啦？"丁力胜问。

"背柴火去啦。我们遇见个老红军。"任大忠等不及地谈了谈刚才的遭遇。

"快请他来谈谈！"

任大忠一头奔出门，见孙永年他俩刚走到厨房门口，便挥着手喊："卢同志！首长请你去一下！"

卢兴东放下柴捆，整了整青布衫裤，由任大忠引进师部。一进门，卢兴东挺直身子，手掌略略向外，向丁力胜行了个军礼。

丁力胜急步上前，握住卢兴东的大手，拉着他到桌边坐下。

任大忠倒了两茶缸子开水,在卢兴东面前放了一缸子,同时努了努嘴,使了个眼色,意思是说:"你有什么要求,尽管对首长说吧。"他满心希望卢兴东马上参加解放军。

卢兴东看出面前是位高级首长,感到又兴奋,又有点拘束。丁力胜呢,一见这个年岁相仿的人,触醒了对长征时代的回忆,立刻用谈家常的口吻问起卢兴东的过去。这话题和丁力胜的乡音,使卢兴东感到特别亲切,谈了一会儿,他的拘束劲消失得无影无踪。

谈话中,卢兴东提到原先本连连长的名字,丁力胜马上说:"他是不是脸黄黄的,一对细眯眼,老像睡不醒的样子?打起仗来,像老虎一样?"

"可不是。他的外号就叫卧山虎。"

"对对!卧山虎!"丁力胜哈哈大笑起来,"打山地战的好手!"

"首长知不知道他在什么地方?"卢兴东关切地问。

"刚到陕北,我们还一块打过仗。后来他调到红军大学学习,以后就不知道他的下落了。"

随后,谈起中央苏区和长征初期的生活。当时的斗争,两个人都共同经历过,一个人的谈话引起另一个人的回忆。丁力胜感到愉快,不时纵声大笑。卢兴东也敞开笑脸,待丁力胜问起这十几年的生活过得怎么样,他的脸阴暗下来。

"别提啦,能活下来就不容易。"卢兴东说,"说来奇怪,这些年来的事情,想起来模模糊糊,差不多总是一个样子。可是红军时代的事情,哪天打了哪家地主,哪天打了个什么仗,哪天行军看到了什么,回想起来清清楚楚,近在眼前。"

"听说你保存了红军时代的帽徽胸章,不怕查出来杀头?"

"我舍不得离开它呵!夜深人静,刨出来,打开看看,就像看到了亲人。杀头呢，我倒不怕，就怕糊里糊涂死掉。前年冬天我给反动派抓了壮丁，幸亏路熟，半途跑回来啦。"

"这一带的路你都很熟？"

"方圆百里地内，我哪里没到过！比方背后那座大山吧，看来没有路其实能走。"

"那座大山上有路？"丁力胜注意地问。

"看怎么说。说真有路不对；说没路也不对。我常常翻山到市镇里去卖柴火，一天打一个来回。"

"一天能打一个来回？"

"是啊。比绕大道少走二三十里。"

"能不能走队伍？"

"那要看谁的队伍。要是当年的红军，连人带牲口都过得去。"

"牲口也能过？"

"牲口是跟人走的。管它的人胆量大，再难走的路，它也敢走。"

丁力胜赞同地点点头，他的思想跑到别处去了。部队一安下钉子，他的心里还有个方案：万一情况危急，设法跳出去再往里钻。背后那座大山既可以通过，那么到了紧要关头，往出跳时就能避开敌人，不用花什么代价。他闪烁着眼睛，沉吟了一会儿又问："去三星岭的道你熟不熟？"

"熟！"卢兴东应声说。"那地方柴火砍不完，比这儿还多。"

"去三星岭有几条路？"

"三条。"卢兴东应声回答，"奔山沟那条最近，就是难走些。"

丁力胜的思想又转向别处：情况跟刚安钉子时有了变化，敌人比预想的多，一团已经钻到更里面去了，部队是不是应该转移一下。

卢兴东见丁力胜好久没说话,知道首长在思考问题,生怕自己碍事,往起一站说:"首长!我家里有些红薯蔬菜,我去把它们挑来。"

"嗄,"丁力胜从沉思中醒过来说,"为什么?"

"路上,孙永年同志对我说:部队吃的东西很困难。我决心参加解放军,用不着这些东西。"

丁力胜稍一考虑,恳切地说:"卢同志,挑一部分来也好,千万要留下一部分。你先搬到这儿来住,跟孙永年同志住一块。参军的事以后再谈。"

"首长!现在决定一下吧。我还不满四十,一天走上百儿八十的不算啥,胳膊也好使。掉队掉了十五年,我心里难过。"卢兴东顿了顿,忍住眼泪说:"要是嫌我老,做挑夫也行。"

"卢同志,先回家收拾收拾,"丁力胜温和地说,"我们回头再谈。"

卢兴东见丁力胜没有松口,不便多说,身子一挺,又行了个军礼。

丁力胜又一次使劲握了握他的大手,那只手掌上长着厚厚的茧子。

二十六

卢兴东刚走,李腾蛟雄赳赳地走进来,丁力胜劈头就说:

"李连长，给你一个任务：去跟一团取得联系。"

接到团长要他上师部的电话，李腾蛟知道准有要紧事情，却想不到会给他这个任务。他的血液流动加速了，马上想起一连串问题：应该了解哪些情况，需要做些什么准备……

丁力胜直望着李腾蛟，好像看穿了他的心思，临时把"能不能完成任务"的问话改成"坐下谈谈"。

丁力胜谈了谈情况，讲了几点注意事项，结末说："你打算带几个人去？"

"敌人封锁很严？"李腾蛟反问。

"很严！"

"我一个人去。"

"不，至少带个帮手。两个人更可靠些。"

李腾蛟明白师长后一句话的意思，就是说有一个遇到意外，另一个可以继续完成任务。

"你们连上有没有合适的人？"

既然河深水急，一定要找个水性好的同伴，李腾蛟自然而然地想起沈光禄。沈光禄是南方人，过沟越岭同样没有问题。王海原也合适，可惜手腕子挂了花，不能浸水。他比较了几个人，都不如沈光禄合适，便向师长提出了自己的意见，怕师长不了解这个人，特别加了一句："他在河里抢救过马匹。"

"我知道，我知道。"丁力胜连声说，"就让他跟你去。"

"还有什么指示？"

"我说的敌情是个大概，路上的详细情况，你找侦察参谋好好谈一谈。"

"他在哪里？"李腾蛟迫不及待地问。

"他的大腿里有颗子弹，抬去动手术去了。另外有个老红军，熟悉去三星岭的道路。待会你把沈光禄带来，再找他们两个谈。

从现在开始,连上的事儿,你不用管了。"

"我回去交代一下。"

李腾蛟回到连部,指导员和副连长都参加支部大会去了,他马上赶向开会地点。走到半路,顶头遇见指导员和卫生员巩华,显然会议已经开完了。

"给了我们连什么新任务?"林速着急地问,眼光里充满热切的期望。

"派我去跟一团联络。"

"呵,叫你去搞老行当?"林速的眼光由热望转成惊愕,他原以为师首长可能让本连重上火线。

"老胡呢?"李腾蛟问。

"一开完会,带上他们修工事去了。"

"我交代一下就要走。"

"巩华同志!"林速转头说,"马上请副连长回连部来!"

两位连的领导人跟巩华走往两个方向。林速靠紧连长,心里起伏不安:他担心连上少了个指挥员,担心连长的安全。他两个在一块,一直共同研究工作,共同行军作战,合作得像一个人一样,从来不曾分开过。这第一次分别就不平常,很可能再也见不上面。他竭力不让这个思想抬头,它却不时钻出来捣乱。

李腾蛟东看看,西望望,对那些砍树的战士,扛着树木匆匆走过的战士,在远处挥舞的镐锹和飞散的泥土,感到留恋。他很想接过斧子砍几下树,拿起铲子铲几铲土,为阵地再尽一分力量。不过他克制了自己的欲望,收回眼光说:"你知道老胡的脾气,要让他随时保持镇静。"

林速答应了一声。他想找几句要连长个人注意的紧要话来说,可一时找不到合适的。

李腾蛟又说:"注意爱护弹药,看样子还得坚持几天。"

林速的胳膊往连长的胳膊上靠了靠，表示一切都会留意，一切都会安排好，连长尽可以放心。

"会开得怎么样？"

"不错。都认为一天吃一顿稀饭也行，保证克服一切物质上的困难。五个新党员全通过了。"

他俩走到连部门口，见何佩蓉和章丽梅坐在草棚子里，林速先钻进门去招呼："你们好啊！"

何佩蓉站起来说："听说你们昨天打退九次进攻？"

"总算没有丢人。"

"我们想先跟你们聊聊。"

"好嘛好嘛。"林速热情地回答。

李腾蛟皱着眉头说："可惜你们来得不巧。"

"你们连有新任务？"何佩蓉问。

林速知道连长急着要跟自己谈谈，时间确实宝贵，便带着歉意解释说："我们连倒没有别的事，连长要去跟一团联系。"

章丽梅高兴地对何佩蓉说："请李连长捎封信去多好！"

李腾蛟和何佩蓉的眼光同时向她射去，章丽梅看出眼光里带着责备，不觉脸一红，低下了头。

"那就不打扰你们啦。丽梅，咱们走吧。"何佩蓉走到门口，回头对李腾蛟说："李连长，祝你胜利完成任务！"

"再见。"李腾蛟只说了两个字，没有往外送。

林速把她俩送到草棚子外面说："先跟战士们聊聊，过一会儿再来。"

章丽梅走了几步，不满地说："这个李连长总是那么冷。"

"你也不看看是什么时候！居然要他捎信。"

"带一封信有多重？"章丽梅不大服气。

"他的任务不简单。必要的时候，要把命令往肚子里吞。还能叫他捎信!"

　　章丽梅的眼前猛地出现大腿流血的侦察参谋,不禁打了个寒战,觉得事情真的严重。转瞬间,侦察参谋的形象变成了李腾蛟。她摇了摇头,想赶走那个幻象。幻象消失了,新的幻象跟踪前来:黑夜、山壁、枪声和无底的深谷。她一阵心跳,替这个高个子连长担起心来。转头一望,见李腾蛟面对棚门,在跟指导员交头密谈,神情十分严肃。她挨紧何佩蓉问:"他能不能找到那个地方?"

　　何佩蓉刚要回答,见副连长胡安平迎面奔来,后面紧跟着卫生员巩华。

　　胡安平哑着嗓子向她俩打个招呼,一径奔进草棚,关切地注视着连长。

　　李腾蛟向胡安平交代了几个具体问题,嘱咐说:"老胡,我不在家期间,有事多跟指导员商量研究。"

　　胡安平有点心不在焉的样子,等连长一讲完,紧接着问:"你一个人去?"

　　"带沈光禄去。"李腾蛟转向林速说:"你看营党委会不会批准他入党?"

　　"我看这几个新党员都没有问题。我待会就把材料转上去。营党委准备今天抽时间讨论。"

　　李腾蛟看了看表,打发人去叫沈光禄。

　　林速打开自己的背包,取出一件毛背心,塞给连长。

　　李腾蛟摇头不接。

　　"夜间山沟沟里冷呵!"

　　"你的身个,我能穿得上?"

　　一句话提醒了指导员,他随手把毛衣扔在草铺上。

　　这边,胡安平拿起自己的背包,翻了个个儿,从背带里抽下一双有带子的布鞋，递给连长，满有信心地说："这双鞋包你合脚。"

"你穿什么？"

胡安平脚一翘说："我这双草鞋挺舒服。"

"我的草鞋也挺舒服。"

"小心扎上刺。"胡安平坚持说，"我反正不走路，你穿上试试。"

李腾蛟试了试，果然合脚，便换上布鞋，结紧了鞋带子。

指导员想起了什么，喊了声："卫生员！"

巩华应声出现，塞给连长两个小包：一个是急救包，另一个不知道装的什么。

李腾蛟打开一看，里面杂乱得很，止痛药膏、消炎粉、八卦丹，应有尽有。他包好纸包，揣进怀里说："你的手脚好快。"

巩华建议说："连长，最好带上点烧酒，能喝能擦，去寒活血。"

"你倒想得周到。"胡安平说，"连长能带你去就好了。"

沈光禄全副武装走进草棚，李腾蛟一见，立刻对巩华说："再去准备一份。"

巩华没有马上走开，望着李腾蛟的脸庞说："连长，抽空再睡上一觉。"

"睡了三个钟头还少？"李腾蛟撇下卫生员，走上去迎接沈光禄。

沈光禄一听连长交代的任务，有点不相信自己的耳朵。待连长问了句："有什么意见？"急忙立正回答："党相信我，我一定尽力完成任务！"

"沈光禄同志！"林速严肃地说，"这是党对你的一次考验！"

"我知道。"沈光禄用坚定的眼光迎接指导员射来的眼光。

林速拿起毛背心,塞给沈光禄说:"拿上!夜间冷。"

沈光禄惶惑地推开指导员的手:"你自己穿吧。"

"咱俩的个子差不多,你穿正合适。我们人多,挤一挤就暖和了。"

"不不,"沈光禄连声说,"我走路暖和,留给放哨的同志穿吧。"

"老林,就留给放哨的同志穿吧。我们走啦。"

一离开连部,李腾蛟的思想也离开连队,一心想着未来。沈光禄紧跟在连长身后,迎着早晨的阳光,感到全身温暖,他的心上也有个太阳。

李腾蛟带领沈光禄到了师部,先后找到侦察参谋和卢兴东,向他们了解了详细情况。从卢兴东嘴里,知道那条河流是前两年才改道的,每逢上游下雨,河水特别湍急。它是去三星岭一定要经过的地方。要是走大道,有桥可通;走山沟近道,附近却没有桥梁。

根据师长的指令,李腾蛟和沈光禄美美地睡了一觉。醒来时,太阳快要下山了。他俩在激烈的枪炮声中吃了顿饱饭,装束停当,李腾蛟便到师部去拿命令,听取师首长的最后指示。

师长正在跟政委低声交谈,李腾蛟没敢惊动他们,远远地站在门边。一个机要员匆匆进来,三脚两步跨到桌边,交给师长一份电报。

丁力胜看了两句,猛地捶了下桌子。这是野战军总部发来的特急电报,下面确实写着惊人的情况:敌人全线撤退!

敌人果然刁滑,它一发觉我西线主力迂回部队的目的,嗅到了危险临头,又夹起尾巴逃跑了。丁力胜觉得浑身发烧,眼前发黑,难道这一次又落空了?艰苦的连续行军,挨饿受冻,两昼夜的苦战,难道这一切都落空了?可是枪炮声还在震响,敌人的疯狂进攻并没有减弱啊！他静了静心，往下细看，暗淡的眼光转亮了：眼前被拖住的敌人几个师的撤退行动已经迟滞，野战军总部命令本师在明天十二点钟以前赶到铁道线附近，机动果断，断敌退路！

不，不，没有落空！一定要及时赶到目的地！丁力胜跟韦清泉商量了片刻，决定让部队通过背后大山，取捷径前进，避开敌人，争取时间。

情况变化，时机紧迫，一团也必须尽快赶到那里。丁力胜重新写了个详细命令，向李腾蛟作了口头交代，打发他俩断黑就走。

韦清泉只向李腾蛟说了一句话："不管怎么样都要完成任务！"

二十七

李腾蛟拨开石岩缝里挂下来的藤萝，扳开勾住衣服的荆枝，在阴森森的山沟里摸索前进。地势上下起伏，地上石块散乱，一不小心，脚尖子会踢着一块石头。他含着一小片八封丹，防止咳嗽，集中全部注意力，分辨轻微的音响和动静。远处偶尔传来喝问口令的声音，听来距离很远。他曾两次停步偷听，总是听不清楚。

他走的是侦察参谋走过的那条道路，也是卢兴东认为最隐僻的一条近道。侦察参谋详细介绍过到达河边的敌情：哪段道附近有敌人，哪段没有；哪段路好走，哪段不好走，这给了他很大的帮助。当通过有敌情的地段时特别小心，遇到好走的地段就走快一些。不管走慢走快，总能听到背后沈光禄的均匀的呼吸声。肩上的冲锋枪十分听话，没有碰出一点声音；插在绑腿布里的匕首也没有妨碍行动。看来一切顺利。

走着走着，山崖上响起轻微的声音，他赶紧往山壁上一贴，沈光禄跟着闪到他的身边。轻微的音响逐渐转重，变成了杂沓的脚步声，响过头顶，慢慢地远去。八成是敌人的巡逻队。

等到四围静寂下来，李腾蛟附着沈光禄的耳朵说："命令在我的左边衣口袋里。要是我碰到意外，不要管我，拿起命令就走。知道吗？"

沈光禄不大愿意地唔了一声，算作回答。他认为这是多余话。他信任连长，跟着连长走，绝不会遇到危险。

两个人继续走了一段路，远处传来尖锐的哨音，拖长尾声，在夜空中显得特别刺耳。集合？集合干什么？准备撤退？李腾蛟的心情矛盾起来：一方面觉得可能减少前进路上的困难，另一方面又害怕自己到晚了误事。他加快了脚步，背后仍然响着轻微而均匀的呼吸声。沈光禄像要用这种声音来宽慰连长："你尽管快点走好了，我不会掉队。"

地势慢慢升高，两边的山崖逐渐低矮，形成了坡度不陡的山坡。山坡上显出一棵大树的轮廓，树干的下半部特别粗。李腾蛟警惕地扑倒在地，爬了几步，看清楚树干上靠着个哨兵。他四处凝望了一转，看不出附近有别的敌人，便向卧在身边的沈光禄耳语几句，打侧面爬了过去。

剩下沈光禄一个人，他感到有点紧张。连长的影子不久就消失了，他瞪眼盯住哨兵，细听动静。时间过得特别慢，他感到腿肚子麻木起来。猛地,连长爬去的方向发出石块滚下去的声音。哨兵喝了声:"谁!"拉了拉枪栓。

那个哨兵等待了一会儿,又喝问了一声,持着枪,走向发出响声的地方。

沈光禄擎起枪,枪口对准哨兵移动。

哨兵没有发现什么,咕哝着走回原地。转眼间,沈光禄见哨兵扭动开身子,赶紧跳起来飞冲上去,见连长一手勒紧哨兵的脖子,一手箍住哨兵的双臂,便一把夺过枪,取出手帕,塞进哨兵的嘴里。

"跟我走!"李腾蛟低声吆喝,"要不,崩了你!"

沈光禄用枪口对准哨兵的背脊,押着他走下山沟。李腾蛟拿出他嘴里的手帕问:"说!我们有个部队在什么地方?"

"在,在三星岭。昨天……"

"真在三星岭?"李腾蛟打断他说。

"错不了。昨天连长还说:'人家已经消灭了三星岭上的解放军,咱们……'"

"别说啦!"李腾蛟睁圆眼睛吆喝,"我问你,吹哨干什么?"

"撤退。咱们连是掩护部队。"哨兵的惊慌过去了,一对眼睛东张西望。

沈光禄喝了声:"放老实些!"

哨兵已经定了神,看到眼前只有两个人,推开沈光禄的枪,撒腿就跑。

沈光禄扔下枪,拔出匕首,一个箭步赶上去,一手抓住哨兵的衣领,一匕首攮进他的背心。哨兵哼了一声,扑面倒下。

李腾蛟赶上来说:"干得好!"

"这小子好顽固,准是个老兵油子。"沈光禄气愤愤地说,把匕首插回绑腿布里。

沈光禄捡起枪,望了望山坡说:"咱们快走。敌人来换哨就不好办了。"

"不会来换哨的。没听说他们要撤退?"李腾蛟说,同时举起脚步。一团在三星岭已经肯定无疑,接下来的问题是及时赶到那里。

两个人又在山沟里走了好久,其间,李腾蛟只停下一次脚步:一棵独立树欺骗了他的眼睛,使他贴紧山壁观察了好一会儿。头顶上星光闪烁,风吹来增加了寒意。他们跨过山泉流成的一个水洼,拐了个弯,隐约听到潺潺的流水声。

出了沟口,一条黑黝黝的河流挡住去路。河上游耸立着高巍巍的山峰,河水穿过山峡,奔腾倾泻。流速湍急,发出吵嚷的声音,盖没了别的音响。

说不定哪座山头上隐藏着敌人的哨兵,子弹随时可能飞来。李腾蛟爬到河边,细细观察了一会儿,叫沈光禄留下监视敌人,自己脱光身子,只穿一件衬裤,手托武器衣服,纵身下河,双脚打水,游向对岸。水流凶猛地冲来,在他的身边打旋,拼命想把他推往下游。他顺着水势侧身斜游,尽量不发出一点声音。等他登上对岸,已经被冲到下游离渡河处几十米远的地方。他四围察看了一下,没听见什么动静,撮嘴发出几声枭鸣。

听到规定信号,沈光禄赶紧下河,踩着水,不慌不忙地游过来。

沈光禄浑身水湿,跑到连长身边,检查了武器弹药,开始穿衣服。

"冷不冷?"

"心里头发烧,洗个冷水澡,舒服多啦。"沈光禄飞快地打着绑腿。

李腾蛟望着沈光禄的背脊,禁不住想:"营党委大概批下来了。"

沈光禄穿扎停当，披挂好武器弹药，轻松地说："不到一半路了吧？"

这问话使李腾蛟感到沉重。平安无事地过了河，算是过了一道关，可前面的敌情完全不知道。尽管卢兴东说那一段路同样隐僻，此刻却很难说，任何时候都可能遇见敌人。

根据卢兴东的指点，李腾蛟走进一条沟口长棵大榕树的山沟。沟里野草没膝，岩缝里突出斜生的树木，有段路上铺着一层腐烂的落叶，踩下去软软的，没有声音。这一带听不到喝问口令声，四围沉寂，可能是两股敌人之间的真空地带。

李腾蛟走得挺快。背后，沈光禄的呼吸仍然十分均匀。

山沟慢慢开阔，隐约听到说话的声音，李腾蛟刚刚停步，前面不远的山坡上射下一道手电筒光，他急忙往山壁上一靠，屏住呼吸。

电筒光照亮一棵松树，一转眼，射来另一道手电筒光，划着弧线，搜索松树下的地面。李腾蛟取下冲锋枪，趴到地上。

"这里有路。"一个声音说。

"下去看看。"另一个声音说。

好几支电筒光一齐闪亮，一小群敌人下了山坡，迎面走来，脚步声中夹着咒骂，电筒光四处乱晃。

一道电筒光照亮李腾蛟紧上面的山壁，另一道照亮对面的山壁，脚步声临近了。

李腾蛟贴紧地面，进不能进，退不能退，附近没有可隐蔽的地方，即便有也无法转移，一动就会暴露自己。看情形一场战斗很难避免，先下手为强，他迅速下了决心。当一道手电筒光刚落在身上，他立刻对着手电筒光扫了一梭子。电筒光霎时熄灭，惊叫声里飞来一串子弹，撞上山壁，打出点点火星。

沈光禄记得出发时连长的叮咛：千万不能随便打枪。这会儿连长开头打开了枪，证明到了非打不可的地步。敌人距离不远，人数多过好几倍，眼看子弹纷纷飞向连长卧着的地方，他感到焦急。要是连长遇到意外……不，绝不能让连长遇到意外！他来不及细想，匆忙地打了一枪，马上抽出一颗手榴弹，扔向敌人，同时往前一蹿，蹿到连长身边，拔出第二颗手榴弹。他猛觉胸口一凉，身不由己地倒下。有股凉气穿透全身，好像掉进河里。他咬紧牙关，使劲扔出第二颗手榴弹。他隐约听到接连的爆炸声和几声惨叫，失去了知觉。

爆炸过后，李腾蛟听到前方只留下一声声呻吟，他随声扫射了一梭子，于是什么声音都听不见了。他推了推身边的沈光禄，没有得到反应，只觉手掌上沾了些湿黏黏的东西。他又听了听动静，大着胆子打开手电，见三十来步开外散躺着好些敌人，看样子没有留下一个活的。他急忙打开水壶，把半壶水浇到沈光禄的头上。

沈光禄睁开眼睛，目光闪闪地问："敌人消灭啦？"

"全消灭啦！你怎么样？"

"你怎么样，连长？"沈光禄问。

"我很好。"

"好！"沈光禄舒了口气。

"你伤在哪？"李腾蛟着急地问，一边摸索沈光禄的周身。

"别管我。快走！"沈光禄抬起一只手挥了挥，软弱地拖到地上。

李腾蛟摸到沈光禄的胸膛上，触到一股暖热的东西，飞快掏出了急救包。

沈光禄吃力地抬起手，按住连长的手说："我的上衣口袋里有用剩的津贴费，全部算作党费，尽管我不是党员……"

"你是党员啦!"李腾蛟激动地说。

沈光禄的眼睛里射出异样的光彩,脸上显出笑容,按住连长的那只手颤动了一下,静止不动了。

"沈光禄!沈光禄同志!"李腾蛟喊,捏紧那只冷下去的手。

"快走!连长!"沈光禄挣扎出这几个音节,头一侧,靠在连长的腿上。

李腾蛟摸了摸沈光禄的心脏,心里涌起巨大的悲痛,他抽动脸颊,盯住沈光禄的脸孔。那张脸孔上聚起一道笑容,嘴角微微张开,好像有许多话要说。他竭力克制住感情,用手帕盖住沈光禄的脸,打开沈光禄的染血的上衣口袋,取出津贴费,站起身,坚决地奔向前去。悲痛从内部啃噬他,危险在四处窥伺他。他跨过敌人的尸体,没进深深的黑暗。

二十八

凭着微弱的星光,队伍在大山上蠕动。每个人的胳膊上缚条白毛巾,好让后面的人跟上。道路高低不平,白毛巾时起时落。周围的景色变化不大,除了半人来高的草丛,就是疏密不等的树林。每逢通过古木参天的森林,气候简直冷了一个季节。被工兵砍掉的树枝杈不甘心死亡,有时还会钩住某一个人的衣服,继续起它的挡路作用。

丁力胜和三团长叶逢春紧跟前卫营,听着背后的马蹄声,谁都没有说话。师长要说的话出发前说过了：用最快速度前进！三团长很怕说话，脸色跟黑夜一样阴沉，因为部队走得不快。

战士们的心情相差不多，师长前面的夏午阳咕哝开了："这算行军？简直是游山逛景。"

陈金川回过头说："小心！石头！"

夏午阳大跨一步，跳过一块半伸出地面的石头，继续自言自语，声音很响，好像故意要让师长听到："多冤！想游山逛景也不成。黑咕隆咚的，啥都看不清。"

丁力胜跳过石头，打开电筒，照了照手表，转头对叶逢春说："不能走快一点？"

叶逢春本知道师长不会说出别的话来，不过队伍走快走慢，处在目前情况中，主要由道路的好坏和开道的工兵来决定。他犹豫了一会儿，简短地发出一声命令。

"往前传：走快一点！"夏午阳快乐地嚷。

"尽量走快一点！"叶逢春纠正他说。

"尽量走快一点！"

命令一直往前传下去，过了好久，速度总算加快了一点。速度就是胜利！即使只加快了一点点，丁力胜也感到满意。

队伍上了一层山，又上一层山。等到丁力胜爬上一道斜坡，后面却传来了："走慢一点！炮兵掉队啦！"

这两句话传到叶逢春那里停止了，他忧郁地望了望师长。丁力胜早听见了，皱起眉头，照了照手表。分针跟行军速度相反，跑得特别快。时间在飞快地消逝，速度却远不合自己的预想。电筒光一灭，浓重的黑暗立刻包围了他，渗进他的心头。他估计后卫部队已经远离开敌人，举起胳膊往下一劈，断然地喊："往后传，往前传：点起火把赶路！"

不一会儿，前前后后，先后燃起了点点火光，黑黝黝的山岭慢慢发亮，黑森森的树林化为一株株或绿或紫的树木，深草丛索索发响，隐伏在附近的野兽纷纷惊起，逃进黑暗的深处。

一只黄褐色的小兽穿过夏午阳脚边，惊惶地隐入密林。夏午阳劈手夺过陈金川刚燃着的一支火把，欢呼大嚷："快走！掏狐狸窝去！"

"别太高兴了，当心摔进沟去！"陈金川说。

"有这个还能摔下去？"夏午阳举了举火把。

"给我！"陈金川一伸手说。

夏午阳的胳膊往回一缩，火把发出哔剥的爆响。

任大忠身后的枣红马吃了一惊，站住四蹄。

"给你照路还不高兴？快走！"任大忠抚慰地说。

火把逐渐增多，点点星星的火光联成一串，成了一条无穷无尽长的火龙，映红树林，映红天空，整个山岭好像燃烧起来。有人拉长嗓子叫唤："啊——"有人高喊："快走！"有人欢唱高歌，欢乐的声音激荡回旋，跟火光扭在一起。树林里的宿鸟惊醒了，扑棱着翅膀，发出惊恐的鸣叫。黑暗害怕了，悄悄退走。

脚底下的道路显露出来，每一个凹处，每一块石头，每一条裂缝都逃不过战士们的眼睛，人们加快了脚步。

叶逢春的脸色随着开朗，心里亮堂堂的，好像也燃着一支火把。他挨紧师长，很想谈一谈话，倾吐一下心里的欢快。可师长仍旧凝望前方，专心一致地赶路。他忍不住想谈话的渴望，冲着夏午阳说："小夏！现在可以游山逛景啦！"

"啊呀团长！"夏午阳一转脸说，"游山逛景可不是时候。"

"那你刚才嚷什么？"

"刚才是刚才，现在是现在。"夏午阳一本正经地回答，情况变啦。

旧的火把烧完，新的火把燃起，人们的脚步越走越快，走过一段段起伏不平的山径，抛落一座座奇形怪状的树林，追赶着前面的人。前面猛地传来一阵欢叫："下山啰！下山啰！"

喊声春雷般地滚过来，滚过去，缭绕在山岭上空。那条长龙的全身欢腾起来，龙头猛一下往下扎去。

前面的火把散乱了，有什么人打头滑下乱草丛生的山坡，飞上来隐隐的喊声："滑吧，软溜溜的。"后面的人跟着往下滑，喊叫声此起彼落。陈金川刚滑下去，夏午阳立刻往坡边一坐。

"当心衣服。"叶逢春叮咛说。

"衣服破了再补，仗错过了可补不上。"夏午阳一手擎着火把，刷溜溜地滑下去，不一会儿就传来他的喊声："同志们！坐飞机好舒服啊！"

叶逢春受到眼前情景的感染，心痒痒的，很想照样滑下去。可是师长就在身边，他生怕师长也来这么一下子。"坐飞机"快是快，终究不大保险。

幸亏师长没有往下滑的表示，只见他打开电筒，跨开大步，甩动胳膊紧走快赶，看样子想补上空出来的一大段距离。叶逢春紧撑上去。当他们绕下一段曲折的山道，发现自己插在二营中间，后续部队仍在不断地往下滑，前一个不管后一个撞痛他的背脊，起身就走。

"你瞧，咱们落后啦。没有法子，骨头硬啰。"一听师长的口气，叶逢春知道他的心情愉快。

上山时爬一层，高一层；下山时是走一层，低一层。只要能滑，战士们不肯放过机会。丁力胜和叶逢春几个人不得不经常紧走快赶。当他们到了山脚底下，已经掉在前卫团的最后面。跟在他们紧后面的几匹牲口，累得不住喘气。

山脚下没有道路，面前展开一片田野，一条条田埂纵横交叉。这一带气候大概比较暖和，稻子已经收割，田里留着发青的稻茬子。平时行军，先头部队下得山来，总要减低速度，好让后续部队不用跑步就跟上。这一次却不同，人们一下山，立刻踩进湿漉漉的稻田，以急行军速度卷向前去。火把逐渐熄灭，胳膊上的白毛巾重新显出作用。

到了平地，随时可能遭遇敌人。叶逢春望了望面前的人流，翻身上马，准备到前面掌握队伍。丁力胜嘱咐他说："遇到小股敌人，千万别贪小便宜。赶路要紧，珍惜每一分钟时间！"

叶逢春两腿一夹，身下的黑马打稻田里奔驰过去，很快跟黑暗融成一片。

师直属队的行列纷纷经过丁力胜身边，他一眼从人丛里找到了政委。

韦清泉拿着一根树枝，跑得气喘吁吁，他是一个冲锋冲下来的。孙永年牵着白雪，紧紧地跟在后面。

丁力胜靠上去说："到底翻过来啦。多少轻松了一点。"

韦清泉依旧迈着大步："敌人大概也在赶路。"

当他俩并肩走着的时候，火龙对会见白雪也感到高兴，发出一声得意的嘶叫，一伸头，把头搁到白雪的背上，轻轻摩擦。

"骑马走吧。"丁力胜说。

"索性再走一阵，缓一口气。"韦清泉急急地向前走去。

丁力胜担心炮兵在下山这阵子跟不上，一转头，见吴山披着风衣大步走来。

"吴营长！炮兵没掉队吧？"

"没掉队也不成队伍啦。"吴山停住脚步。

"怎么？"丁力胜吃惊地追问。

"给滑下来的二团战士冲乱啦。不快走，可能当收容队。"

说话间，几个高卷袖口的炮手簇拥着一匹牲口擦过身边。那匹牲口长嘶一声，好像明白此刻到了安全地点，没有什么危险，急于用欢乐的声音告诉后面的同伴。

炮兵队伍源源滚来，中间果然夹着一部分二团战士，他们自动分开，另外排成个行列。这样就形成一种局面：田埂这一边是炮兵，田埂那一边是步兵，竞赛般地平行前进。

吴山指了指飞速前进的步兵说："后浪推前浪，不快走不成。"

炮手们簇拥着驮炮驮弹药箱的牲口，飞快掠过，黑暗里不时传来哑声的叫唤："快走！快走！"

"有人发牢骚没有？"丁力胜问。

"前进还发什么牢骚！"吴山眨了眨眼睛，试探地说："希望倒是有的。"

"什么希望？"

"希望大炮发言！在山沟里听了两三天枪炮声，心里都憋得慌。"

"腿长，不掉队，总有你们打的。照顾部队去吧。"

吴山离开师长，大步赶向前去，在一匹牲口的屁股上捶了一拳，抢到前面，精力充沛地吆喝着什么，没进黑暗。

丁力胜望了一会儿滚过去的洪流，转头对任大忠说："再不走，轮到咱们当收容队啦。"

任大忠塞给师长一根缰绳。

火龙早等得不耐烦了，待丁力胜跨上鞍子，立刻走开快步，霎时间转成小跑。

炮手们一见师长驰过，把这当作就要打仗的征兆，更快地挪动脚步，想用两条腿跟火龙竞赛。

丁力胜赶过炮兵队伍，见吴山又走在最前头，跨着大步。高大的身体像是一根标杆，给队伍标出行军的速度。

驰到政委身边，丁力胜招呼他说："该让牲口活动活动啰。"

韦清泉翻身上马,两个人并肩疾驰了一阵,直到赶上前卫营才放松缰绳。这时候前卫营已经踏上一条石铺道。

第一个村庄横在眼前,村里没有一丝灯光,没有一点声音,死气沉沉,简直跟画在地图上的村庄一样。

马蹄踏在村道上,橐橐的声音特别响亮。有只狗短促地叫了一声,立刻噤住声音,显然,身边的主人及时制止了它。

出了村子,眼前出现一片广漠的原野。韦清泉身子一侧,靠近师长,低声地说:"我就怕敌人也在急行军。"

政委的担心是有根据的。白匪军的最高行军速度一天能走一百多里,比蒋介石的嫡系部队快得多。撤退的敌人急于回归老巢,也有可能用最快速度前进。一切要从最坏的方面去考虑,准备应付最坏的情况。尽管此刻的行军速度挺快,丁力胜还是一探身,响亮地说:"往前传:再快一点!"

二十九

李腾蛟一边走,一边倾听周围的声音,似觉沈光禄仍然紧随在后,发出均匀的呼吸。山沟里的寒气逐渐加深,他不时举起手掌去暖热脸颊,发胀的手掌上还留着沈光禄的鲜血。

前面传来一阵窸窸窣窣的声音,李腾蛟往山壁上一靠,眼光刺穿黑暗,望见不远处仿佛有棵独立树,两条树枝在激烈晃动。风不大,树枝怎么晃得这么厉害?他悄悄往前挪了几步,隐约辨出树底下有个人，晃动的原来是两只胳膊。那人也很警觉，身子一闪，移到同一边石崖底下，贴紧山壁不动弹了。

"这是谁？他在干什么？"李腾蛟紧张起视觉和听觉，想弄清楚那人是不是还有同伴。他凝视、倾听了片刻，没有发现别的可疑的痕迹。看来对方跟自己一样，也是单身一人。

那人贴紧山壁一动不动，成了山壁的一部分。是敌人的侦察员？不像！敌人在自己防区里用不着那么躲躲闪闪。难道是一团派出的侦察员？这个可能性倒更大些。李腾蛟心跳了一下，但他立刻压制住兴奋，不，不应该往好的方面去想，一定要把他当成敌人！不能老待在这里浪费时间。他下定决心，悄没声儿地摘下冲锋枪，挪了几步，枪口一指，用那人刚能听见的声音吆喝："举起手来！"

那人惊叫一声，立刻半途收口，举起双手，身子离开山壁。

"背转身去！"

那人顺从地背转身去。

李腾蛟擎着枪走近那人，见他头戴军便帽，穿件紧身衫裤，吓得全身打抖，看样子是个逃兵。

"身上带武器没有？"

"没带。步枪撂在地上了。"那人用湖南口音结结巴巴地说，"好兄弟，你，你家里也有父母妻子，开开恩，放，放我走吧。"

"往树底下走！"

那人脚步踉跄地走到树底下，李腾蛟跟着走过去，见地上堆着脱下来的军衣钢盔和武器弹药。他随手捡起一条绑腿布，反剪起那人的双手。随后捡起另一条绑腿布，命令那人转过身来，把他紧紧地捆在树身上。

李腾蛟转到他的跟前说："不用害怕。对我实话实说，对你有好处。"

吓慌了的敌人逃兵辨出面前是个解放军，反倒定下心来，庆幸地喘了口气说："我知道的准说。长官，你问吧。"

"我们有个部队在三星岭不是？"

"是是，就在三星岭。"逃兵回答，"真厉害，我们攻了两三天没攻下。"

李腾蛟完全安心了。如果说以前知道一团准在坚持是出于信心，现在却得到了事实上的证明。

"你们有多少队伍？"

"一个师加一个团。"逃兵回答，"夜间开拨啦，说是回广西。我是半途跑掉的。我们湖南人受排挤，不吃香，再卖力气，当个班长就到头了……"

李腾蛟截断他的话问："你们的队伍在哪？"

"正在大道上过呐。"逃兵一转头，抬了抬下巴。

李腾蛟掏出手帕，团成一团，塞进逃兵的嘴巴："委屈你几个钟头，天一亮会有人放你的。"说罢急急地走向前去。

走不多久，隐约听见杂沓的脚步声、马蹄声和吆喝声。拐了个小弯，离沟口不远了，大道上人影幢幢，偶尔有手电筒光一闪。他隐约辨出敌人的队伍排成双行，头戴钢盔，走得挺快。通往三星岭的小径就在斜对面不远，眼前那条大道是他必经之路。他屏住呼吸，等待了一会儿，队伍还在流动，听声音，后面的队伍长着哪，等敌人过完再走会误事的。他的脑子一转，跌跌撞撞地往回跑去。

李腾蛟回到杨树下，拿掉逃兵嘴里的手帕。逃兵当作是来释放他的，高兴地说："长官，我回了家，一定给你老人家烧香磕头。"

李腾蛟连问了几个问题，逃兵照实说出自己的名字、部队的番号和班排连营长的名字。

李腾蛟重新塞住逃兵的嘴巴,换了副绑腿布捆上,顺手摘下他的军帽,捡起地上的军衣,穿扎停当,扣上钢盔,换上武器,走出沟口,按着肚子,闪进敌人的队伍。

"猪肉吃多啦?"身边一个士兵嘲笑他说。

"真倒霉!拉了两天肚子。"李腾蛟打着湖南腔说。

那个士兵打量李腾蛟一眼说:"别是想开小差吧。你们湖南人打仗是脓包,开小差倒是好手。"

"要开小差,我还跑回来干啥嗬。"

那个士兵仔细瞅了瞅李腾蛟:"你在哪个部分?"

李腾蛟说出逃兵告诉他的番号,心里有点焦急。据卢兴东说,路对面那条山沟离这边山沟不远,走过了头可不好办。

那个广西籍士兵冷笑一声说:"老弟,你在大便的地方睡觉了吧?一营三连过去大半个钟头啦。"

李腾蛟心里一愣,猛地捂住肚子,长哟一声。

广西士兵身边的一个士兵问:"肚子痛啦?"听腔调是个湖南人。

李腾蛟连忙接口说:"可不是。走一段,拉一回,没有个完。啊呀!"

广西士兵又开腔了:"你们的营长叫什么名字?"

李腾蛟说了个名字,反问说:"你认识他?"

广西士兵大概去除了疑心,似笑非笑地说:"你们的营长真是个饭桶,攻了一天也没攻上去。"

"你叫什么名字?"李腾蛟突然气势汹汹地问。

"我?"广西士兵发觉自己说漏了话,支支吾吾地说:"你管不着。"

"我管不了你,我们的营长总管得了你。"

广西士兵有点害怕,解释说:"你们湖南人心眼真死,说句笑话就当真。"

李腾蛟知道已经制住了对方，趁这个机会哒了一声，一手捂住肚子，擦过他的身边，三脚两步跑到大道另一边，弯腰走了几步，一闪，闪进了一条山沟，听着身后的动静。除了杂沓的脚步声，听不见别的声音，显然没有人注意他。他回望了一下，加快脚步，向山沟深处走去。

背后的脚步声模糊不清，听不见了。他脱掉那套外衣，扔掉钢盔和帽子，从怀里掏出自己的军帽戴上。这时候静下心来，分析了一下情况，肯定过河后遇见的那股敌人准是追寻逃兵的队伍。

山沟转了方向，倒折回去，跟大道成了斜角，这正是卢兴东说的那条山沟，没有错儿。紧张一过去，他感觉有点头昏，脚一滑，绊着一块石头，身不由己地倒在地上。他赶紧跳起来，只觉右手心上有点痛，一摸，湿黏黏的，想是给什么东西扎破了。他没有停步包扎，在痛处吮吸了一下，继续赶路。敌人已经撤退，自己是不是来晚了？这个忧虑压倒了一切。

这条宁静的山沟好像没有尽头，他走了好久才转出沟口，眼前矗立着一座黑黝黝的山峰。

啊！到了！三星岭！他奔跑起来，时不时踢着子弹壳，当他跑到一棵独立杉树附近，身边落下一串机枪子弹，他急忙窜到树背后趴下。

三星岭就在眼前，危险并没有结束，岭上的战友们把自己当敌人看待了；要是敌人的掩护部队没撤走，身后也会飞来子弹。再前进不可能，停止却等于时间的消失。他顾不得背后是不是还有敌人，仰头高喊："别打枪！我是来联络的！"

"——络的！"山壁上发出空洞的回声。

李腾蛟等待了一会儿，没得到应声。战友们没听到喊声还是听到了不相信？他圈着嘴又喊："我是三团二连长！来联络的！"

"——络的！"山壁上又发出空洞的回声。

回声消失，一片静寂，山上好像没有人，背后也没有动静。

李腾蛟重复喊了一遍。

"到底是谁？"山上终于飘来熟悉的声音。

这声音多么动听，多么诱人啊！李腾蛟的心里漾起一股强烈的亲切感。他跳起身来，提名道姓地回答："老郑！是我！李腾蛟！"

"老李啊！"山上飘下来的声音充满喜悦。"快上来！快！"

李腾蛟离开树身，奔向声音发出来的方向。他一股劲跑到山脚下，头顶上响起指引的声音："这里！这里！"他攀缘树枝，登上岩石，飞快地往上爬，沙土从脚底下唰唰滑落，时而踢响一只钢盔。"这里！这里！"头顶上的声音越来越近。当他爬上一块岩石，上面突然伸出两只热腾腾的手，把他拖进掩体。没等他看一眼周围情况，有个人使劲搂住了他，一股发热的气息吹在脸上。

"到底来啦！来啦！"那人喃喃地说。

李腾蛟也用胳膊箍住郑德彪，像要证明自己确实来了。他感到郑德彪的手上、嘴里和胸口上都冒着热气。掩体里温暖舒适，他顿觉浑身发软，渴望躺下来休息休息。

"老李！你的命真大！"郑德彪拍了拍李腾蛟的脊梁说，"敌人居然没有打你！"

"敌人退啦！"

"退啦？"郑德彪惊讶地放松了手。

"要不，还能那么客气？"

"怪不得那么久没有动静。"郑德彪说，放心大胆地打开电筒，照了照李腾蛟。

李腾蛟一见郑德彪身边的一个人，不禁叫出声来："沈光禄!"

"你怎么啦,沈光禄会跑到这里来?他是沈光福。"

趁这个机会,沈光福有点不好意思地说:"李连长,叫你受虚惊啦。"

郑德彪拍了拍沈光福面前的机枪说:"你瞧,我们的机枪阵地筑到最前面来了。老伙计,我们九连这回算是打过了瘾……"

李腾蛟打断他说:"团长在哪儿?"

"不远。"郑德彪的电筒光在李腾蛟的身上转了一大圈,一把抓住他的右手说:"好长一道伤口,我给你包扎一下。"

"不用。快派人领我见团长去!"

"到了家还急什么。你们在什么地方?把团长都愁老啦。"

李腾蛟知道郑德彪的兴奋不下于自己,急着想跟自己谈谈心里话。可现在不是时候,便放大声音说:"我带着紧急命令!"

一听这话,郑德彪连忙说:"走!我领你去!"

郑德彪纵身跳出掩体,李腾蛟发现他的上衣下摆烧掉了一块。

两个人打亮手电,踏着高低不平的山坡上了山头。山头上响着镐锹的声音,人影来回晃动。他俩放开大步走不多远,望见前面亮着一点火光。

"那边就是团部。"郑德彪指了指火光说。

李腾蛟两步抢到郑德彪头前,像颗刚出膛的子弹似的飞奔过去。周围的景象全部消失,他的眼睛里只有那点火光。

三十

李腾蛟跑近火光,忽见它后面升起十几道新的火光,摇晃闪烁,火光处隐约传来嘈杂的人声。他稍一犹豫,郑德彪快步赶到,扯住他的胳膊说:"当心摔倒。"

"那是什么?"李腾蛟指了指那片火光。

"准是居民们送东西来了。"

李腾蛟放下心,重新迈步飞跑。

团指挥所的掩蔽部低矮简陋,没有桌椅板凳,一盏马灯压住地图角,放射出淡淡的光焰,照亮了坐在稻草堆上的沙浩。

李腾蛟刚喊了声:"报告!"沙浩蹦起身子,几步抢到他跟前,握紧他的手连摇几摇,上下打量他一阵,欢快地说:"李连长!看到你,好像看到了整个部队!你们都好?"

"都好。"

"师首长都好?"

"都好。"李腾蛟用左手掏出一封信:"师首长的命令!"

沙浩松开手,接过命令,走到马灯旁边,贪婪地看起来。几天来,他多么渴望收到上级的命令啊!每个字都在他的眼前闪闪发光。

李腾蛟在一旁细细打量着一团长,只见他的脸油光闪亮,双颊微凹,唇下长出细黑的胡子,眼皮子底下发青,眼眶里络满红丝，一对黑眼珠子却亮得出奇。

沙浩逐字逐句地看着熟悉的笔迹，长久的悬念消失了。从字里行间，他好像看到了师长和政委的面容，听到了他们的声音。看到后来，他的兴奋的脸色转成严肃。师首长要求他们团迅速赶奔目的地，必须机动灵活，听到枪声后自动投入战斗。这就是说，尽管跟师的领导上取得了联系，刚卸下一副重担，又压下另一副重担：师首长把主动权完全交给了自己，部队还得继续独立作战，来完成新的战斗任务。

李腾蛟等一团长看罢命令，简要地作了口头报告，最后蹲下身子，手指在地图上划动，准确地指出碰到敌人的地点和时间。

郑德彪带着恼怒和自责的口气插进来说："敌人的行动真鬼，我们居然看不出一点撤退的痕迹。"

任务紧急，时间有限，沙浩没有理会九连长，叫来一个参谋，命令他说："把这份命令带给政委，他在后面跟送粮的老乡讲话，请他马上回来。你顺便找上几个熟悉道路的老乡，准备带路。"

参谋刚走，沙浩拿起电话耳机，命令各营营长立刻跑步上团指挥所开会。他接连下着命令，语句简单，态度平静，最后也没有忘记叫给李腾蛟拿些现成的吃食。

沙浩下达了必要的命令，拿起红蓝铅笔，专心研究地图，不时用铅笔比画着，测量距离。他的太阳穴上涨起一道紫血管，频频跳动。刚见到李腾蛟时的感情火花熄灭了，未来的行动完全抓住了他的注意力。

"敌人的行军速度快不快？"

"不慢。"李腾蛟应声回答，"每小时八九里光景。"

沙浩放下铅笔又问："你走的时候，我们的部队出发没有？"

"没有。"

"现在恐怕走出好远啰。"沙浩第一次转向郑德彪说,"咱们非得加把劲不可。"

郑德彪明白团长指的是什么,精神地应了一声,心里痒痒的,有点坐立不安了。

通信员端进一小盆温稀饭,一盘蒸红薯,搁在地上。

沙浩把盘子往李腾蛟身边一推说:"这东西吃倒好吃,就是容易饿。多吃几个。"

李腾蛟真的感到饿了,拿起一个大个儿的,剥去皮,咬了一大口。

"岭背后有个村子,第一天没有动静,第二天弄清了我们是解放军,当夜打起灯笼火把,送来好多大米红薯。刚才不知道又送什么来了。没有他们,部队就要挨饿。"

沙浩随即简短地谈了谈本团情况。

一团那天遭到敌人的侧击,收发报机一开始就给炮火打坏。部队且战且进,占领了三星岭一带的有利地形。当夜,他派了几个侦察员到大部队预定的宿营地点联络,碰到了大批敌人,打了一家伙,只跑出一个侦察员,钻了一天山沟,半夜才回来。

"要行动啦?"随着喊声,进来个粗壮的人。李腾蛟认出他是一营营长。

"我们跟师部取得了联系。"沙浩说,"这是来联络的三团二连连长。"

"啊!"一营长欢叫一声,见李腾蛟要站起来,急忙按住他说:"你吃你吃!"

沙浩中断了跟李腾蛟的谈话,马上跟一营长头碰头地交谈。

李腾蛟匆匆忙忙吞下个红薯,生怕自己碍事,抹了抹嘴说:"我出去一下。"

沙浩抬起头说:"上哪儿?在这里歇歇。"

"我上九连歇去。"

郑德彪一听，扯起李腾蛟就走。

沙浩也不挽留，嘱咐郑德彪说："九连长！好好招待招待。"

"别的没有，白开水管饱。"郑德彪说着弯身捡了个大红薯，塞进李腾蛟的口袋，挽着他的胳膊走了。

李腾蛟出门不远，见二营长迎面跑来。为了避免不必要的寒暄，他往郑德彪的身后一闪。他知道时间宝贵，自己要是跟来开会的人都谈上几句，说不定就会误事。

命令虽然送到，误事这个忧虑始终像蛀虫似的啃着他的心。等二营长过了身，他在郑德彪身边机械地移动脚步，一边回想路上的经过，检查自己有没有耽误时间的地方。

郑德彪问了他一句话，没有听到回答，用胳膊撞了他一下说："怎么，想娘家啦？"

"什么？"

"我问你：你们连打得怎么样？"

李腾蛟说了句"打了一整天"，拾起中断的思索。

郑德彪原以为李腾蛟还要说下去，尖起耳朵，走了十来步，没等到下文，又撞了他一下说："魂给野鬼摄去了？我问你到底打得怎么样？"

李腾蛟的答复仍旧简简单单："总算赚了十来倍。有些战士还嫌赚得闷气。"

"闷气！对啊！"郑德彪拍了拍手掌，对后一句话表示同情。"眼看敌人攻一次又一次，你只好蹲在工事里还手，真能气炸心肝。"

"你们呢？"李腾蛟问。

郑德彪打开了话匣子，谈起白天的战斗：全连打退了十一次冲锋，战士们一个个打红了眼睛。他自己从这个阵地跑到那个阵地，又指挥又打枪，捞不到一点儿休息时间。要是称一称，一天少说掉了三斤肉。

"战士们刚发现你的时候，你猜我在干什么？"郑德彪神秘地问，接着自个儿说下去："我在交通壕里走着走着，不知道怎么一来，歪在壕壁上睡着了。是枪声把我惊醒的。"

斜刺里过来一簇黑影，郑德彪打开电筒一照，见两个战士扛着根粗树杆子，他喊了个名字，前面那个战士停住脚步。

"咱们连换下来啦？"

"刚换下来。"那个战士回答。

"怎么不休息？"

"活动活动，出出火。"

"不用扛啦。快回去！"郑德彪大声说。

那两个战士放下树干，莫名其妙地望了望连长，隐入前面的黑暗。

郑德彪猛想起一个问题："老李！你一个人来的？"

"两个。"

"那一个呢？"

李腾蛟用牙齿啃着嘴唇皮。

郑德彪猜到是怎么回事，放慢步子，同情地问："是个侦察员？"

"沈光禄！"

"沈光禄？"郑德彪睁圆了豹眼。

李腾蛟忍不住叙述了一下沈光禄的牺牲经过。

"有种！"郑德彪嚷起来，"他们弟兄俩都不孬，沈光福的手掌给机枪烫肿啦。"

"你不用告诉沈光福。"李腾蛟叮咛说，"免得他难过。"

说话间走进九连的驻区，刚换下来的战士们头顶星星，东一堆、西一堆地坐着，人堆里闪烁着卷烟的火光。

人堆里站起个黑影，扔掉手里的烟头，晃到他俩跟前，喊了声："李连长！"

李腾蛟猛一愣，从声音相貌上，他又一次看到了沈光禄。

"我的弟弟表现得好不好？"沈光福关切地问。

一阵激动穿透李腾蛟的周身，他沉默了一会儿，抑制住感情平静地说："很好。"

郑德彪忽地插进来说："沈光福同志！你的弟弟牺牲了！"

沈光福一下怔在原地，抬起眼睛盯住李腾蛟，眼光里满含希望，期待从他的嘴里得到否定的回答。

李腾蛟转脸避开那副期待的眼光。

沈光福明白连长讲的是真话，他的头部轻微地颤动了一下。

"你的弟弟牺牲得很光荣！"郑德彪随即带着强烈的感情转述了李腾蛟的话。

沈光福听着听着，他的悲痛逐渐转为亢奋。听到末后，点了点头，一句话也不说，攥紧拳头，一转身，大步走了回去。

李腾蛟责怪地说："你告诉他干什么？"

"瞒他有什么好处？"郑德彪的声气不壮，他本来也不想告诉沈光福，是一时憋不住冲口说出来的。

"告诉他有什么好处？"

郑德彪望着沈光福的背影，硬着嘴说："他不会掉眼泪。准是擦枪去的！"

李腾蛟停立不动，竭力想用外界印象来冲淡被勾起来的感情。前面不远处传来砍树和挖土的声音，偶尔有手电筒光一闪，光影里显出扛在肩上的木头或是一双移动的腿。这种紧张忙碌的情景，使他想起自己的连队。他回过头，望到了团部的那点火光。此刻，在那里，紧张的会议正在进行，一个新的行动马上就要开始。突然间,那恼人的忧虑又悄悄地爬上来,代替了对自己连队的怀念。似乎为了增加他的忧虑,从岭后什么地方,响起了第一声鸡叫。

三十一

白天来到了。这天是十月十日,太阳没有露脸,天空阴沉,秋风习习,驱赶着低压在头顶上的云层。气候凉爽,正是赶路的好时光。丁、韦师越过绿色的山岗,跨过收割了的田亩,踏上坚硬的石子路,抛落村庄树林,向西南方飞速前进。

"前侧发现敌人!"

一听到尖兵连的报告,丁力胜立刻跟韦清泉策马驰向前去,见叶逢春等在山坡下,一齐翻身下马,跟着叶逢春爬上山顶,卧下来观察情况。

山底下展开一道平川,田野上点缀着松林竹丛、村落庙院。往左望,平川入口处对峙着两座大山,从那里开始,两边的山头逐渐退开,逐渐低矮。敌人通过两山间的窄口,源源不断地往里流。队伍排成双行,头戴钢盔,武装整齐,中间夹杂着马匹和挑夫。挑夫们肩挑重担,走得筋疲力尽,勉强拖着步子,因此队列拉得老长。往右望,川阔山低,房屋比较密集,最先头的队伍还在视距以内,可见敌人进川不久。

丁力胜神速地把这一切收进眼里,看来敌人是支大部队!自己的队伍处在敌人的侧背，形势是有利的。不过，这里离铁路线还有一大段路。怎么办？打？不打？向野战军总部请示来不及，详细讨论不可能，要查明敌情没有时间。敌人走得不慢，时机不可失，绝不能放它过去。自己要对党和上级负责，对战局负责，稍一犹豫，许会造成难以弥补的损失。他的庄严的责任感转化为一个简单的字眼："打！"

"对！马上就打！"韦清泉的口气同样坚决，同样干脆。

两个人不约而同地对看了一眼，这是一种决断的、清澈的眼光，没有犹豫，没有个人的成败得失。上级既然派自己师深入敌后，独立作战，作为师的领导人，应该审时度势，抓住有利的形势，当机立断，创造胜利的条件。从对方的眼光中，双方都看到了同样的思想，得到支持的力量。

地图在山坡上摊开，用石头压住四角，一等二团长喘吁吁地赶到，几个师、团干部的头马上攒在一起。丁力胜在地图上斜劈着手掌，划分了作战区域，分配了战斗任务。他的话干净利落，没有一个多余的字眼。他命令三团以连为单位，分股猛冲，冲乱和消灭川里的敌人。命令二团占领入口处的两座大山，坚决卡死山口，切断敌人。他知道，敌人的数量远远超过自己，要是让敌人大部队进入川里，它可能借着数量上的优势，打开封锁，夺路逃跑。他特别嘱咐：动作要快！要保持肃静！要坚决勇敢！

韦清泉用激奋的口吻说："让全体指战员明白：打好这一仗，庆祝新中国成立的最后时刻来到了！"

两个团长聚精会神地接受了任务，没有说一句话，飞奔下山。二团长跨上喘息未定的青儿马，在马屁股上狠命搔了几拳，疾驰而去。

丁力胜眼望着流动的敌人，发下一个个新的命令：

"叫炮兵营长马上带炮上来！"

"叫警卫连做好战斗准备!"

"把非战斗人员组织起来!抬运伤员!"

敌人的最先头部队已经走远,川口涌进一群马队。

山背后,静止待命的部队开始活动,三团的队伍就地卸下背包,以连为单位迅速散开,不声不响地先后爬上山坡。二团的队伍跑步跨过稻田坟丘,分成好几股向大山方向运动。

山前面,长长的石板道上,敌人快速地列队前进。管押行李的官兵,不时挥动枪刺和拳头,驱赶走不动的挑夫。马队近了,马蹄子敲打石板,发出嘈杂的声音。马上骑着头戴大檐帽的军官,在空中挥动鞭子。乘马后面走着一群驮马,背上满载箱笼包捆,走得十分吃力。马队前后,簇拥着身背卡宾枪的队伍。

信号枪响了!山顶上紧接着响起一阵阵急骤的冲锋号声,一支支队伍冒出山头,瀑布似的急冲飞泻。密集的机枪子弹狂欢叫,争抢在冲锋队伍前面,飞向敌群。二连副连长胡安平带领全连战士冲过师长身边,闪电般地扑下山坡。

行进中的敌人队伍散乱了,受惊的马群蹦跳奔突,互相碰撞,有的踏过卧倒的步兵,有的拖着滚下来的鞍子乱窜。马上的人纷纷跳下,混进散乱的人群,涌向对山,奔进松林竹丛。一分钟前外表威武的队伍,成溃决的长堤,转眼间倒坍、消融,石板路上只留下被挑夫们遗弃的行李包裹。

丁力胜眼见二连冲下山坡,分成好几个小股,冲过留着青色稻茬子的田地,以乱对乱,追逐敌人。

二团作战区域里也响起激烈的枪声,丁力胜拿起望远镜,见这边大山上出现一大队战士,抢占了有利地形,射击川口内外的敌人。另一大群战士飞冲下山,横过道路,占领了川口那一边的大山。

丁力胜放下望远镜,长喘了一口气说:"唔,鹿门封上了!"

在地图上，川口一带标志着一个雅致的名字：鹿门前。现在，鹿门封死，把敌人的后续部队关在门外，可以专心对付川里的敌人了。

一直注视着战斗发展的韦清泉轻声地说："敌人不简单哪。"

是的，关进川里的敌人不是驯鹿，他们在突然打击下震昏了片刻，开头的混乱一过去，被切成许多截的零散队伍很快组织起来，退集到对山山脚下，钻进树林子，涌进孤庙，爬上山腿的梯田和石崖，占据各种可以利用的地形，由零散的盲射变成有组织的还击。原先居高临下，占着有利地势的我方突袭部队，到了平川上，有些反而处在不利的地势中。这里，那里，到处进行着混战。

吴山满脸通红跑上山来，帽子推在脑后，皮带拿在手里。他三脚两步跑到师长身边，朗声报告："炮上来啦！"

"你带个连队上来，配合三团。"丁力胜说，"另一个连队去配合二团。二团在鹿门前一带。这回好好显一显威风！"

吴山兴奋地搓了搓手。好像这么一搓，炮弹就会脱手飞去。

"敌人顽强得很，"韦清泉说，"马上把大炮拉上来，压它一压。"

吴山望了望烟火滚滚的战场，转身就跑。不一会儿，山后传来吆喝牲口的声音，吴山带领一群手拿镐锹的炮手，重新冒出山头。他向师长领受了具体任务，选择好阵地，迫不及待地脱掉上衣，卷起袖管，拿起一把铁铲，跟炮手们一起，穷挖猛干，构筑阵地。

整个部队投入了紧张的战斗活动：电话员在山头上架设电话线；报务员在师指挥所后面架起天线；勤杂人员组成的抢救队飞奔下山。

第一批俘虏带上来了，经过审问，知道当前敌人正是号称钢军的第七军军部和它的主力师七十二师。七十二师师部和两个团被挡在鹿门外面；军部五个直属营和七十二师一个团关在川里；那些骑马的家伙都是军部的高级军官。

"哈！到底抓住了大头！"丁力胜说，同时举目寻找，那些戴大檐帽的家伙早没有踪影，田野上躺着几匹死马，一匹脱缰马拖着鞍子乱跑。

韦清泉说了声"怪不得"，翻过皮挎包，当作桌子，亲自写下了发给野战军总部和军部的电稿，报告在何时何地抓住了什么样的敌人。

战斗趋向激烈，被分割的敌人开始用火力互相支援，有的地方，小股敌人汇合起来，加强了抵抗。

丁力胜要叶逢春暂时看守住大股敌人，尽力先消灭小股的，抵消敌人数量上的优势。送命令的刚走，斜对面的松树里蹿出大群敌人，气势汹汹地向我一个排反击。

战斗部队全部撒出去了，丁力胜手里只有一支唯一的后备力量：警卫连。不能让敌人恢复元气，他立刻命令警卫连投入战斗，攻击反击的敌人。

警卫连的战士们生龙活虎般冲奔过去，击溃了反击的敌人，肃清了松林，又去寻找新的敌人。

丁力胜松了口气，视线第一次离开战场，这才发现卢兴东伏在附近。

丁力胜走到卢兴东身边，见他以一个老战士的姿态趴伏着，下巴支在地面上，睁大眼睛，凝神观望山下的战斗。他的衣服破了好几处，想必是行军期间挂破的。丁力胜轻轻地趴伏下来，拍了拍他的肩胛骨说："卢同志！怎么不下去休息？"

卢兴东见是师长，手一支要起来。丁力胜伸手环住他的背脊，不让他起身。

"首长！我真想有一支枪啊！"卢兴东的声音里满含希望。

"你给我们带路，及时抓住了敌人，比亲手打死一百个敌人还强。"不轻易夸奖人的丁力胜，此刻不由得冲出这些话来。

卢兴东惶惑地摇了摇头，叹了口气说："我恨归队归晚啰。"

"卢同志！快到后面去躺一会儿。"

"同志们在打敌人，我能睡大觉？这帮小伙子不比红军差啊！"卢兴东说时向前面指了一指。

他这么一指的时候，正好有个战士倒下了，不禁啊了一声。转眼间，见那个战士纵身跃起，持着冲锋枪冲向竹林。他扬手喊了声："好啊！"露出微笑。一打响第一枪，他已经经历了好多次同样的惋惜和欢乐、担心和激动。

丁力胜拿起望远镜，看清楚那个持冲锋枪的人是一班长王海。他一边奔跑，一边向竹林倾射子弹，身后跟着一小群战士。

嘘溜！头顶上飞过呼啸的声音，卢兴东惊了一下。

"不要紧。我们的大炮！"

接着丁力胜的话尾，斜对面山脚下腾起一股烟柱，一簇火光。

"我们的大炮？"卢兴东怀疑地问。

"我们的！"

头顶上又掠过一声呼啸，对山山脚下腾起新的烟柱，中间夹着一顶旋转的钢盔。

第三颗炮弹呼啸着飞过头顶。

卢兴东亮着眼睛，狂喜地说："我们的！我们的！多好听啊！我当了两年多红军，还没听见过我们的大炮声呢。"

丁力胜又一次拿起望远镜，镜圈里已经看不见王海和战士们的踪影。竹子在激烈地晃动，几片竹叶子飘落下来，看样子，竹林里正在进行肉搏战斗。

三十二

第一班肃清了竹林里的小股敌人,王海判断出此刻枪声比较集中,决定向连排靠拢。他四围一望,见巩华背负伤员,顺着田埂边快步走来,便迎上去打听情况。

巩华没有停步,头部往左后方一指:"副连长带着三排在进攻孤庙。"

王海急忙带领全班扑奔孤庙。

胡安平趴在一条田埂后面,瞪眼盯住庙门,趴着的姿势好像一只怒蛙,准备随时跳出去。一开头发展顺利,接连消灭了两小股敌人。打到这里,却碰上个硬钉子,排里有了部分的伤亡,这使他气愤暴怒。对于王海的报到,他只粗声粗气地"唔"了一声。

王海在副连长身边趴下,开始观察那座孤庙。赭红色的围墙上开了好些枪眼,庙门紧闭,门侧枪眼里闪着轻机枪的暗光。墙里突出几棵松柏的青顶和几排瓦屋顶。根据屋脊的位置来判断,庙里除了前后大殿,还有侧殿。孤庙两侧,展开收割过的田亩。

陈金川拉了拉王海的衣袖,对班长使了个眼色,向庙侧抬了抬下巴。

王海领会陈金川的意思,向副连长要求说:"让我们班辽回过去,攻打侧面。"

"侧面的火力也不弱。"胡安平的口气不大耐烦,"你们先休息一下。"

王海听出副连长的心境不好,不再作声。

陈金川伸出指头,在田埂下面掏了个洞,卷了根卷烟衔上,塞进洞里,点着火,连吸了几口,擦熄烟头,把烟子全部吞进肚里。

庙里一枪不发,没有一点动静。

林速手拿驳壳枪,率领二排同志赶上来。他的帽檐下露出一绺湿头发,带着一身汗气,挨紧胡安平躺下。

胡安平眼睛一亮说:"来得正好!这下可要敌人的好看了!"

"情况怎么样?"林速沉住气问。

"庙里大约有一个连。我原想趁它还没站稳脚跟,一鼓作气冲进去,没承想敌人的火力挺强,没有冲动。"胡安平说到最后,肩膀一抬,像要马上跳起来再往前冲。

"大约一个连?"林速沉吟了一下说,"人数不少。"

"不算多。"

"不少。"林速又一次肯定说,"咱们需要充分准备一下。"

"越拖越不好办。"胡安平气冲冲地说,"瞧,又是一个枪眼。"

围墙上掉下几块砖头和一大撮泥灰,出现一个新的枪眼。

林速瞥了一眼说:"它准备它的,咱们准备咱们的。不管它。"

林速问了问敌人的火力配置情况,开始观察地形。孤庙的地势较高,四围开阔,进攻队伍没有良好的掩蔽。他跟胡安平商量了一会儿,决定三排攻正面,自己率领二排攻右翼,王海班进攻火力较弱的左翼。

队伍迅速分散。王海班沿着田埂,贴地爬行,绕到孤庙左侧，敌人的一挺机枪首先扫射起来，子弹掘起田埂上的泥土。

王海命令一个组集中射击机枪枪眼。趁机枪暂时停息的时间，他带着两个组一个猛冲，冲到围墙跟前，往墙里扔了好几个手榴弹。

爆炸声里，王海向身边的陈金川做了个手势。陈金川理解班长的意思，用骑马式蹲下身子。王海一步跨上陈金川的大腿，再一步跨上他的肩头。陈金川使劲往起一站。

王海一伸手，没攀到墙头。他毫不迟疑，一脚踹上陈金川的头顶，抓住墙头，脚一蹬，猛一使劲，登上了墙头，见敌人正在烟雾里窜奔，急忙摘下冲锋式扫了一梭子，往下一跳，趴伏在一具尸体后面猛烈扫射。

对面墙上也跳进好几个战士，射击院子里的敌人，把敌人赶进大殿。夏午阳跟着跳下墙头，随手捡了支自动枪，封锁大殿。

陈金川翻过墙头，直奔大门，拨开了门闩，三排同志一涌进来。

三股队伍汇合一起，连打带喊话，逼着大殿和偏殿里的敌人先后缴枪。

后殿里的敌人关起殿门，顽强抵抗。密集的子弹飞出门窗，撞上前殿的后墙，刺进后院的柏树。战士们趴卧在台阶下面，一边回击，一边喊话，没起什么作用，胡安平气得直跺脚。

紧贴住前殿台阶边的林速，一仰头，发现后殿顶上有个给手榴弹炸开的窟窿，脑子一转，对趴在身边的王海吩咐了几句话。

王海冒着弹雨，猫腰抢到后殿侧面，闪近一棵缠着枯藤的柏树，踩着枯藤，猫一样地爬了上去。爬到比屋顶高一点的地方，他估摸了一下，使劲一纵，跳上相隔几尺远的屋顶，冲了几步才站定脚跟。

瓦片的碎裂声惊动了敌人，子弹穿过屋顶，穿过窟窿，飞向天空。王海毫不犹豫，摇摇晃晃走近窟窿，连续投进了两颗手榴弹。

爆炸声盖住了惊叫声，后殿的窗口里冒出烟气。

林速喊了声："冲！"战士们腾地跳起，撞开殿门，冲进宽敞的后殿。

激战声诱惑了王海，他顾不得屋顶离地一丈多高，走到屋檐边沿，纵身跳下，抢进门去。

后殿里枪声刚停，胡安平提着冲锋枪走进来，向俘虏们吼："出去站队！"

啪！迎面打来一枪，胡安平颠踬了两步，扑面倒下，额头在供桌角上碰了一下。差不多跟枪响同时，王海举起冲锋式，对准佛龛，扫了一梭子，佛龛里传出一声哼叫。

王海跳上佛龛，掀开黄幔帐，见如来佛像背后躺着个敌人军官，身边有支短枪。他揣起短枪，拖起两条僵直的腿往下一摔，把那个军官扔在地上。

一个俘虏失声惊叫："营长！"

夏午阳气冲冲地赶上来，在那个营长的腿上狠踹了一脚。

陈金川背起副连长就走。

"走！同志们！为副连长报仇！"林速咬着牙说，带领战士们冲出孤庙，奔向枪声密集的地方。

王海奔跑时回望一眼，没有看到陈金川，他的视线被一长串俘虏挡住了。

陈金川背着副连长越过几道田埂，顶头遇见了巩华。

巩华一见陈金川背上的人，心一紧，抢上去说："快给我！"

"他昏过去了。"陈金川交代一句，轻轻地把副连长移到巩华的背上，转身去追赶队伍。

巩华满怀焦急，大步奔向前面的松林。这一路并不安静，头上常有流弹飞过。他尽量低下身子，减低目标。他没有听到副连长发出任何声音，只感觉到副连长的头部不时撞着肩膀，背上的重量逐渐增加。松林慢慢近来，流弹减少了，眼看快要离开危险区域，前面炸开一颗敌人的六〇炮弹。他来不及卧倒，只觉肚子一凉，窜进一股冷气。他知道不妙，但他竭力不看自己的伤口，紧抓住连长的胳膊，咬牙急走。

这一炮震醒了胡安平，他发现自己躺在别人的背上，立刻张口大叫："放下！放下！"

巩华知道副连长的脾性，没有搭理。他只觉肚子麻酥酥的，一阵阵冷气往上直蹿，呼吸困难，眼睛昏花，两腿不听使唤。他支撑着跑了十几步，跟跟跄跄地冲进松林，眼前一黑，脚一软，扑面倒下。

"绊着什么啦？"胡安平问，坐了起来。

巩华咬牙挺过了一阵剧痛，把红十字包移到肚子上，翻身坐起，定了定神，睁着昏花的眼睛，察看副连长的伤势。

胡安平的额角上破了一道口子；上衣左边红了一大块，血从肩膀上渗出来。巩华打开红十字包，取出剪子，剪开胡安平的衣服，发现肩膀上给子弹犁出一道深槽，幸好没伤着骨头。巩华放宽了心，惨白的脸上掠过一丝微笑。他忍住剧痛，用极大的强制力抵抗衰弱的袭击，迫使双手上药裹伤。

激烈的枪声一径吸引着胡安平，他的视线穿过松林，寻找自己的部队，一边连声催促："快点！快点！"后来发觉巩华的手有点发抖，他一转脸说："你的手怎么啦？"

现在两个人脸对着脸，胡安平才看出巩华的脸煞白，额上冒出豆大的汗珠，心痛地说："累了吧？"

"没有。"巩华强打起精神说。一开口，不禁磕碰开牙齿。他包扎好副连长肩上的伤口，又动手包扎额角。

胡安平感到一阵头晕，嘴里直冒清水，他知道自己饿狠了。昨晚上出发以后，一直没有吃饭。打仗的时候不觉得，一静下来，肚子就作怪了。他由己度人，以为巩华也是这个原因，带着同情和安慰的口气说："饿了吧？忍一忍！"

"不饿。"巩华缠着绷带说，同时猜到副连长昏晕的原因，"我的干粮袋里还有炒米，待会吃上一点。"

"我的伤不要紧吧？"

"要休息。要不，伤口会发炎。"巩华使出最后的力量，结好绷带结子，眼前一阵黑，双手一松，仰面栽倒。

胡安平跳起来，摇着巩华的身子喊："卫生员！你怎么啦？"

经胡安平一摇，红十字皮包从巩华的肚子上滑下，胡安平看到了一大团鲜血。他气红了眼，心里烧起一股烈火，好容易控制住自己，弯下腰，脸贴上巩华的脸，感到巩华的鼻孔里还在出气，便喊着名字摇他："巩华同志！巩华同志！"

巩华震醒了，一见副连长干裂的嘴唇，声音微弱地说："水壶里有水……"

"我抱你走！"胡安平欣喜地喊，一手扶起巩华的后颈，一手插进他的腿弯。

巩华摇了摇头说："副连长，我没有完成任务……"合上了眼睛。

胡安平想抱起巩华，一使劲，眼前金星乱迸，差点倒在巩华的身上。他抽出手，解开巩华的干粮袋，吞下几把炒米。随后解下巩华的水壶，喝了几口水，精神开始恢复，不觉得心虚头昏了。他放下水壶，左右四顾，没见到一副担架。

"担架！担架！都死绝了？"

何佩蓉快步走进松林。

"何同志！你来得正好！快把巩华同志弄走！兴许还有救。"

"先扶你走！"何佩蓉说，竭力不看巩华。

传来一阵急骤的机枪声，胡安平眼睛一亮说："快把他弄走！"

胡安耳捞起地上的帽子，随便扣在头上，转身奔向战场。

何佩蓉蹲下来，连喊了几声"巩同志"，没听到应声。她卸下巩华肩上的红十字皮包，把他反背在身上，走向营包扎所。

营包扎所设在松林背后不远的山岗上。战斗一打响，何佩蓉就到那里帮助工作，接运伤员。不久前，她还在这座松树林里，从巩华手里接过一个伤员。刚才下岗的时候，透过树丛，还见到巩华在给副连长包伤，没想到他自己的伤势这么重！是什么力量支持着他呢？何佩蓉猛觉自己走得太慢，开始大步急走。汗珠沁出额头，一颗颗滴在走过的路上。

何佩蓉上了山坡，背上的重量增加了，走几步颠踬一下，感到喘不过气来。歇一歇吧。不，不！一定要坚持到底，用最快速度把他背到目的地，差一秒钟也许有关这个人的生死！她支撑着一步一步往上走，脸孔差点贴着地面。一爬上山岗，顾不得眼花心跳，一口气奔到营包扎所。

放下巩华，何佩蓉真想躺在草地上舒一舒身子。她关切地盯着失去知觉的巩华，眼看医生给他包扎好伤口，给他换上一件新军衣。那件脱下来的旧军衣上，染着巩华自己的血，也染着多少战友们的血啊！

何佩蓉眼看巩华被抬上担架运走，走到医生身边打问他的伤势。

医生没有露出任何表情，转过身，蹲到脸盆跟前洗手。何佩蓉敏感地觉得医生的背脊在轻微颤动。

何佩蓉的眼前出现了鲜明的场景，她记得巩华每次交代伤员时总要叮嘱她几句要紧话，然后匆匆奔向战场。她由回忆转入沉思，如果说战士们在战斗间隙还可以喘口气，这个平时不声不响的卫生员却没有休息过一秒钟，始终在枪林弹雨中来来往往，冒着生命的危险去抢救别人的生命。虽然自己经常上二连，可始终没有好好注意过他。想到这里，她感到分外难过。

机枪声响得更激烈了，何佩蓉把一绺散下来的前发塞进帽檐，快步离开营包扎所，冲下山岗。

在何佩蓉原先接伤员的松树林里，几滴晶莹的鲜血旁边放着红十字皮包。何佩蓉收拾起地上的剪子和药瓶，背上皮包，冲出松林，奔向枪声密集的地方。

何佩蓉跑进炮烟弥漫的危险区域，没有放慢脚步，锐利的眼光四处搜索，寻找伤员。

"回来！何佩蓉同志！"

背后传来叶逢春团长的喊叫。何佩蓉没有回头，弯着腰向前跑去。她要继续做巩华所做的事情，不让一个重伤员得不到及时的救治。

呼啸着穿过头顶的子弹跟团长的喊声一样，止不住何佩蓉的脚步。

三十三

丁力胜和韦清泉坐在匆匆挖成的工事里，各自掌握一架电话机子，观察着战斗的进展。一大股敌人占据一座山崖，躲在枣树林里，凭借优势地形激烈抵抗。他们掩蔽得很好，远远望去，只能看到密密的树叶和成熟的枣子。叶逢春亲自在指挥部队进攻。突击部队冲到半坡，给猛烈的火力打退下来。

丁力胜拿起身边通向三团的电话机子，叫叶逢春听电话。

等待了一会儿，耳机里传来叶逢春的声音："坡太陡，敌人的火力挺强，有好几挺重机枪。我们准备再组织一次进攻。"

"几挺重机枪？"

"五至六挺。"

"暂时叫部队撤远些！让炮兵给你们开路。"

丁力胜放下耳机，把吴山叫到跟前，指着那座山崖说："给你一注买卖。看到斜对面山崖上的枣树林子没有？"

吴山解开围在脖子上的毛巾，揩了揩汗湿的眼角，举起手掌，遮住眉毛，目测距离。不到喝一杯水的时间，他放下手掌问："什么时候开始？"

"马上开始！"

丁力胜又摇了个电话给叶逢春，规定好联络信号，跟着吴山走向附近的炮兵阵地。

吴山校准了距离，炮口迅速地对准那座山崖，炮手们站好了位置。

一见步兵攻击部队发出的联络信号，吴山嘶声喊叫："目标：右前方！一千七百！放！"抬起胳膊，使劲往下一按。

一颗炮弹飞出炮口，在石崖紧下面爆炸。

大炮一门接一门地欢唱，一溜溜烟柱火光包围了山崖，成熟的枣子纷纷震落。

有颗炮弹落在崖下的路上，吴山的眼睛离开剪形观察镜，转过头嚷："不要打近弹！小心打着自己人！"其实，这一炮离待命冲锋的步兵还远着哪。

吴山观察着弹落点，及时纠正着偏差，眼看炮弹都落在山崖上，命令炮手们快射。

炮手们加快动作，炮队的合唱加快了速度。

吴山雕像似的站在大炮前侧，挥动一只胳膊，发出简单的口令。炮弹随着他的口令落到要落的地方。在任大忠看来，炮兵营长比任何时候都显得威武。有时，吴山特别向某一个排长喊了句什么，任大忠完全听不懂。这越发增强了他的钦佩，也增强了炮兵的神秘性，强烈地刺激起他的好奇心。

打着打着，有门炮的填弹手突然脸色发白，勉强把手里的炮弹塞进炮膛，口吐白沫，摇晃着倒了下去。

任大忠赶紧抢过去，说了声"我来"，接过一发擦得铮亮的炮弹。那门炮的排长推开他，接过那发炮弹填进炮膛，喊了声："放！"等炮弹飞出炮口，才叫擦炮弹的候补炮手来递补。任大忠感到受了委屈，嘟着嘴走开。

几个弹药手运来了炮弹，遵照师长的命令，抬走了地上的填弹手。丁力胜看出那个填弹手没有受伤，是饿昏了。

"为了胜利，紧一紧裤带，坚决地轰啊！"

丁力胜喊罢，快步走到启开的炮弹箱旁边，动手搬运炮弹。

师长的行动鼓励了炮手，他们的手移动得更快，炮弹接二连三飞上山崖。敌人受不住了，跳出工事，拱腰乱窜，徒然地寻找安全的地方。有几个家伙吓昏了头，倒窜下山，立刻受到机枪的射击，滚下山坡。

任大忠跟着师长运送炮弹，时而望一望枣树林。只见树枝打折，树叶震落，树林子变疏，奔窜的敌人完全暴露出来。每一炮爆炸过后，敌人倒的倒，逃的逃，钢盔和帽子飞得老高。心想："当炮兵真不错，一炮好几个。"止不住对这个工作岗位感到眼红。

步兵发出了攻击信号,吴山下了延伸射击的口令,炮弹飞向山崖深处,猛地传来一声震耳的巨响,树林深处冲起一大股火光,大概打着了弹药箱子。在响声火光中,突击部队冲上山崖。

炮击停止,炮手们开始擦炮。丁力胜拿起望远镜,凝神瞭望。镜圈里不住擦过战士们的身形。战斗很快结束,俘虏们的脸上还留着丧魂失魄的神情。

丁力胜走近吴山,拍了拍他的厚肩膀说:"打得好!你瞧!"

吴山早在观察镜中望见了,他扯下毛巾,擦罢额角又擦胸口,一边愉快地舒气。

炮手们擦完炮膛,互相传递水壶,大口喝水。有一个打开米袋子,往手掌上倒了一小把生米,塞进嘴里,嚼了几嚼就吞下去了。这行动具有感染性,别的炮手先后打开米袋子,津津有味地吞嚼生米。

丁力胜看见了只当没有看见,吃生米固然不好,暂时总能填一填肚子呵。

任大忠也学起样来。他吞下一小把生米,眯细眼睛嚷:"挺甜哪。"

"让我尝尝。"吴山伸出手掌,从一个炮手的手里要过一把生米,嚼也不嚼,吞了下去,咂了咂嘴说,"味道不错。"

丁力胜瞟了他一眼,半警告半开玩笑地说:"当心拉肚子。"

"不要紧。这会儿心里热得冒烟,生米也能煮成熟饭!"

炮手们都哄笑起来。

吴山说的是真情实感。一打响第一炮,他的心里就像烧起一盆火,觉得浑身热乎乎的。潜伏多天的夙愿到底实现了,他兴奋昂扬,沉醉在战斗的欢乐当中。此刻,又一次得到了战斗的满足,心里的火焰燃烧得更旺了。

丁力胜心境开朗,走回师指挥部,韦清泉正在用严肃的声调对着话筒讲话："……不对，苏团长！你们的任务重要得很！一个团对两个团加一个师部，还不光荣！一定要专心竭力，顶住敌人！"

"老苏叫苦了吧？"丁力胜说，在政委对面盘腿坐下。

"叫苦倒没有叫。"韦清泉放下耳机，随手指了指胸窝："这里恐怕有点不舒畅。他挺羡慕三团。"

"有什么好眼红的。三团也是打的硬仗。"

"设身处地想一想，难怪他有气。"韦清泉说，"挨了两三天打，好容易截住了敌人，还得挨打。他们又打退了一次进攻。敌人豁出了老本钱，什么迫击炮、火箭炮、枪榴弹，新老武器统统搬出来了。"

这原是意料中的事情：军部和师的一部分部队给关在川里，敌人的师长哪肯善罢甘休。川外的敌人居然能在短时间内组织了两次规模不小的进攻，看来战斗力确实不弱。丁力胜闪忽着大眼睛说："他没有要求派人？"

"没有。再困难他也不会提。"

"我们的炮兵怎么没有动静？"

"那里山陡。拨给他们的炮兵连上山不久，正在挖阵地。"

丁力胜明白二团的处境。当面的敌人好像被围困的老虎，准有非生即死的思想，冲开峡口就是生路。加上那个师从没受过大挫折，还有一股锐气。对于这样的敌人需要加意提防。他知道二团需要人，可是自己身边只留下一个通讯班，再也派不出预备队。搏斗趋向高潮，情况并不乐观。就在这会儿，鹿门前方向又响起激烈的枪炮声。

丁力胜决断地说："把这个炮兵连也拨给他们，压一压敌人的锐气。"

"要得！"韦清泉听着枪声说，"让吴山好好出一口气。"

丁力胜又把吴山叫到跟前。

"刚才打得不坏。想奖励你们一下,派你们配属二团作战,跟敌人主力师打打交道。"

吴山眯细眼睛,那样子好像熊瞧见了蜜糖。

韦清泉接着说:"那边山陡,路不大好走。可要走快一点!"

吴山应声说:"保证尽快赶到!""到"字没说完,转身就走。

不久,师指挥所背后响起炮车轮子滚动的声音。

二团方向的枪声减弱了一些,政委面前那架电话机子响了起来。

韦清泉抓起耳机,听了一会儿说:"好嘛,告诉战士们:挡住敌人就是大功劳。挡住了它,不怕消灭不了它。想办法给战士们做顿饱饭吃。粮食吃光了不要紧,说不定明天要吃猪肉!什么?三团的战绩?"韦清泉溜了师长一眼,按紧话筒说,"他不大死心。"

"我跟他说几句。"丁力胜说。

"等一等,由师长给你谈吧。"韦清泉说罢把耳机塞给丁力胜。

丁力胜接过耳机,急快地说:"老苏!我叫吴山带个炮兵连支援你们来了。欢迎?当然要欢迎啊!炮多一点,声音更好听一点。你管着他一点,别让他乱打。三团嘛,打得不错。执行任务很坚决!对对!执行任务很坚决!"

丁力胜故意不说三团的具体战绩,他认为说了没有多大好处。他特别强调最后这一句话,而且重复了一遍。他知道二团长理解这句话的意义。

韦清泉捶了捶腿,仰头观望天空。头顶上乌云密布,灰烟般的轻云在铅色的重云下奔过,一只老鹰翅膀擦着云层,打着旋转。身边,两棵相对的松树顶微微晃动,松针摩擦作响。

"瞧！群众支援我们来了！"丁力胜的喊声把政委的视线引向川里。

山坡上涌下一群农民，一个个身穿青布衫裤，卷起裤腿袖子，有的肩扛门板，有的身背竹榻，有的手拿绳子扁担，蜂拥前进。韦清泉举起望远镜，看出打头的两个人，一个是民运干事，另一个是孙永年。孙永年的袖子卷在肘弯上，指挥员似的向后挥手。

"哈！老孙同志也出马了！"韦清泉说。

这时候有个青年农民走到孙永年身边。孙永年指手画脚，向那个青年人说着什么，看样子，像在解释战场上的注意事项。

"政治部的工作不错。"丁力胜高兴地说，"这一下可以腾出一些人手。"

"首先是让炊事员同志做饭。"韦清泉说，又一次仰望天空，关切的视线转向遥远的天边，"要是一团及时赶到就好了。"

二团方向的枪炮声骤然转剧，简直分不清点。韦清泉舔着干裂的嘴唇静听了一会儿，往起一站说："攻得好凶。我去二团看看。"

"你在这里坐镇。我去！"丁力胜一跳起身，甩着胳膊走了。

任大忠紧跟在后。

鹿门前一带的天空中火光闪闪，此刻，人手显得多么重要。丁力胜很快赶过了炮兵连，心里重复着政委的话："要是一团及时赶到就好了。"

三十四

一团长沙浩扎紧绑腿，束紧皮带，健步走在尖兵连和机炮连中间。隐约的炮声使他兴奋，解除了他的疑虑：敌人就在相离不远的地方。越来越浓的乌云却使他产生新的不安，要是下一场大雨，延长了行军时间，说不定会耽误战机。尽管部队出发后一直没有休息，他还是毅然下了命令：

"快走！咱们要跟龙王爷竞赛，抢在它的面前！"

紧跟着沙浩的李腾蛟也嫌部队走得太慢，不过他另有一种心情。一听到炮声，他的心就越过高山重岭，飞向自己的部队。他急于看到自己的战士，渴望立刻跟他们共同作战。

尖兵连加快了速度，穿过山谷，穿过林莽，向前急进。道路窄狭不平，有的林间小径只能侧身通过一个人，蔓藤和带刺的小树不时捣乱，挂住武器，钩住衣服，不让人们快走。疲乏追逐着部队，有的战士走着走着合上了眼睛，但双腿仍旧机械地移动，只在绊着石头或是撞上树身的时候，才猛然惊醒。

李腾蛟从逐渐清晰的炮声中辨出另一种声音，欢叫了一声：

"机枪！"

是的，机枪声！沙浩也听见了。他一边走一边辨听，枪声轻微，好像从天上飞来。

机枪声一时听不见，一时听得见，一时弱，一时强，终于，沙浩肯定敌人就在左侧一道绵长的山岭后面。时机！掌握时机！他问了问向导，决定抄近路翻山过去！

尖兵连九连转了方向，离开小径，踏进没膝的草丛，为后续部队踏出一条新的道路。

走到野草丛生的岭脚下，沙浩仰头一望，见陡峭的山坡上树木纵横，乱石重叠，石缝中杂色斑驳。一片乌云隔断岭峰，挡住视线，看不清岭上的动静。他吩咐九连长郑德彪要连队保持肃静，不许弄出一点声音。

刮来一阵风，带来了清晰的机枪声。沙浩听了听，一扭头说："李连长，你留下来跟后卫营行动。"

李腾蛟的心陡地一沉，猜到一团长把他当成客人看待，连忙请求说："沙团长，我到了这里，就是这个团的战斗员。派我上前卫营哪个连都行，我不能在后面观战。"

"是这个团的战斗员，就要服从指挥！"沙浩斩钉截铁地说，"需要的时候，让你参加战斗。"

李腾蛟听出一团长的语气坚决，知道这时候不该打扰指挥员，便退在一旁，让机炮连的战士擦身走过，眼望着一团长攀藤附葛，紧跟尖兵连爬上山去。他没有移动，脑子里可静不下来。一团长的最后一句话听来不是应付话，上火线还有希望。细一想，又打消了这个希望。看情况，临到他参加战斗，需要有个同样职位的指挥员的伤亡。

机炮连的战士不断擦过，他的眼前闪过武器的暗光，鼻子里灌进一阵阵暖热的气息。

李腾蛟驱逐了杂乱的思想，把希望寄托在这些战友们的身上。赶快突破敌人的阵线，跟自己的团会师吧。他使自己平静下来，仰起头，专心瞭望。他的视线越过一团长，见郑德彪抓住树枝，抓住岩石的边缘，抢过好些战士，飞升直上，不久，就没进了乌云堆里。随后，杂在战士群里的一团长也接近云层。一刹那间，李腾蛟忘记了自己，担心着他们的安危，竭力想用目光刺透云层，看看岭峰上是不是埋伏着敌人。他忍不住移动脚步，跟着部队上山，决定在山上等候后卫营。

沙浩飞快地往上爬，风加紧了，轻烟般的云雾扑面飞过。快到岭峰，郑德彪派人来报告：山岭前面发现敌人。

"不许惊动敌人！"沙浩命令说，一口气爬上岭峰，弯腰冲到岭边，趴下来向下瞭望。

脚下的云层刚刚吹散，居高临下，看得十分清楚：岭下山峦重叠，正前方，隔着个帽形的山头，敌人在连山上构筑工事。帽形山正下面的那座山头，样子像副马鞍，中间凹，两头翘，翘起的一头连着帽形山腰。凹地中间，一股敌人坐在地上休息，树底下散拴着十几匹牲口，有两处冒起炊烟，炊事兵在烧水煮饭。看来，那是敌人的后方。帽形山上没有部队，山顶上只有个哨兵。

郑德彪伏在沙浩身边，握紧冲锋枪，死盯着鞍形山上的敌人，恨不得把他们一口吞下。他的两条腿不安分地上下弹动，单等一声令下，马上跳出去冲锋。他转脸望了两次团长，见团长迟迟不开口，头一伸说："冲吧？"

"等机炮连上来后再说。"沙浩轻声回答。在他的脑子里，一个战斗计划已经形成。

沈光福趴在郑德彪的另一边，不时用期待的眼光探望连长，到后来眼光变了样子，转成了焦急，好像在说："为什么不动作？"出发以后，他始终没有跟谁说过一句话，一径闷着头赶路。眼皮子底下的敌人煽旺了仇恨，他掀动鼻翼，不断地喘着粗气。

特异的呼吸引起了郑德彪的注意，他转头望了沈光福一眼说："你打算怎样给弟弟报仇？"

"一个还十个！"沈光福说出自己的心愿。

"太少！你是机枪射手。"

沈光福听了连长的话，一点没感到不好意思，反觉得连长更可爱了。他咬了咬嘴唇，摊开一只手掌，在上面吹了口气。

"一定要机智沉着，不要盲打硬拼，"郑德彪提醒他说，"好好给步兵开路。"

机炮连的战士先后爬上山岭，迅速分散，占领了有利地形。

沙浩等重火器布置好了，跟郑德彪说了几句话，最后说出一个动听的字眼。

"冲！"郑德彪跳起身喊。

九连战士们一跃起身，迎风冲下陡峭的山岭，冲向连着帽形山的崚嶒。

帽形山上的敌人哨兵一发现情况，啪啪打了两枪，飞奔下山。

在鞍形山上休息的那股队伍，听到报警的枪声，一哄起身，冲向帽形山。修筑工事的士兵也放下镐锹，拿起武器集结，队形还没有排好，六〇炮弹和重机枪弹就飞过来了。队伍一下惊散，但在敌人军官指挥下，迅速集结成几个小队，窜过火网，奔向帽形山。

郑德彪见敌人来抢山，喝了声："快跑！"一口气冲下崚嶒。

战士们跟随连长冲下崚嶒，借着那股冲劲，冲上帽形山的山腿。

沈光福扛着机枪，弯下腰，冲开半人多高的丛草荆棘，跨上活动的乱石，往上猛冲。一只鞋子的布带绷断了，鞋子嵌进了石头缝，他顾不上拾它，光着一只脚往上冲。荆棘刺痛脚背，石头扎着脚掌，他没有停步，拖着流血的脚往上冲。他只有一个念头，一个希望：赶快抢上山去！等他冲上山头，山头另一边正好爬上几个敌人。他飞快扑倒在地上，支起脚架，扫开了机枪。草深地不平,枪打不准,又有几个敌人冒出山头。局势紧急,他搂着机枪,跳起身来,用胸口抵住枪底板,眯着一只眼睛,憋紧气,狠命扫射。爬上山头的敌人跌倒的跌倒,卧倒的卧倒。战士们端着步枪,闪过他的身边,恶狠狠地扑奔过去,占领了山头。

沈光福飞步抢到山头另一边,卧倒猛射,扇形的弹雨往下直泻,阻挡住后续的敌人。

郑德彪一个箭步蹿到沈光福身边,端起冲锋枪猛扫一阵,一见敌人后退,向后一挥手,夹在战士当中飞冲下去。沈光福抢在连长前面。

九连的冲击来得太突然太猛烈了,溃退到鞍形山上的敌人来不及重新组织,零散然而顽强地进行抵抗。

沈光福冲到鞍形山上,眼快脚快,占领了一个现成的阵地,利用它掩蔽自己,追逐敌人。机枪打红了,他顺手捡起敌人丢下的水壶,揭开盖子,往枪身上一浇,枪筒子发出咝咝的声音,冒起一股轻烟。

郑德彪跳进掩体,热乎乎的脸凑近沈光福嚷:"机枪怎么不叫了?"

沈光福扔掉水壶,一手钩住扳机。

郑德彪放下心,亲切地问:"计划完成了没有?"

"没有。"沈光福说,一勾扳机,扫出一梭子弹。

他说没有,一则他把计划提高了两倍,因为冲下帽形山的时候,他眼见倒下两个战友。再则他根本没有时间计算自己打倒的敌人。

郑德彪猛一伸手,向右侧方一指说:"打那个戴大檐帽的!"

沈光福顺着连长的指头望去,见一个单人壕里伸出个戴大檐帽的头在那里嘶声叫喊:"抵住!抵住有赏!"沈光福转移了枪口,刚要搂火,那个头缩进去了。

"狗崽子!"郑德彪气狠狠地骂。

沈光福手勾扳机,死盯住那个方向,一动不动。一分钟后,那个头又伸出单人壕。没等他张嘴,沈光福一搂扳机,那个军官往前一扑,头垂在壕沿上,大檐帽滚下来,滚了大半转,倒在地上。

"你们的指挥官完蛋啦,快缴枪!"郑德彪喊,纵身跳出掩体,冲奔前去。

这会儿,沙浩带着机炮连冲下山岭,占领了帽形山,命令七、八连向左右的连山进击,扩展阵地。他的要求归纳成为两个字:快!猛!

两支灰色的巨浪向左右流去。枪声中夹着叫喊,手榴弹的烟雾中闪耀着刺刀的闪光,新的战场上展开了新的激战。

沙浩在帽形山上安下指挥所,注视着战斗的进展。他看出鞍形山前面山上的敌人正在集结,有回援的模样,立刻命令刚赶到的二营出击前山,同时命令机炮连轰击集结的敌人。

二营的队伍纷纷赶奔前面的连山。沙浩的视线越过前山,想望见隔别已久的战友,然而前山上炮烟弥漫,风势加大了,卷起漫天砂石,没有望到什么。耳边响起急促的呼吸声,他一转头,见李腾蛟站在紧背后。"嘎!你在这里!暂时用不上你。先歇一歇。"

李腾蛟在山头上眼看四处激战,求战欲望一时强过一时,紧紧抓住了他,使他抢在一营长前面,冲下山岭。听了一团长的话,他没有作声,也没有移动,抓住枪皮带的手有点发抖。

沙浩理解李腾蛟的心情,安慰他说:"待会儿帮助我审问审问俘虏,天黑让你回去。"

李腾蛟看了看表,离天黑还早。他漫然应了一声。有什么办法?既然不能参加战斗,又无法飞回自己的连队,从俘虏的嘴里了解一下情况也好。他瞪眼望着一串走近山脚的俘虏,好像此刻不能去作战,正是那些俘虏害了他似的。

各处的战斗十分激烈,沙浩的注意力又集中到战斗上,完全忘记了身边的李腾蛟。敌人抵抗顽强,要站稳脚跟,扩大战果,还有一系列工作要做。几个通信员很快被打发走了,带走了他的命令:一定要有进无退,猛打猛冲,消灭当前的敌人。当一营长带着队伍一赶到,他毫不犹豫地命令他们投入战斗。

三十五

一听到背后传来敌人的枪炮声,丁力胜止不住喊:"他们来了!"他随即克制住激情,思索怎样动用兵力,夹击敌人。

二团长满脸喜色,凑过身子说:"马上冲下去!啊?"

丁力胜摆了摆手。

电话铃响了,丁力胜知道是谁打来的,拿起耳机就说:"他们来了!是他们!这里听得清清楚楚:一个机炮连的火力。准是他们!"

对方安心地嘘了口气,耳机里传来熟悉的声音:"老丁,我有个意见:趁热打铁,狠狠地给敌人来一下子。不过,一定要准备妥当!"从声音和语气里,丁力胜猜得出政委的表情。

"是啊是啊,我就打算这么办。"

"川里的事你不必考虑,由我完全负责!"韦清泉像是不愿意多占师长的时间,讲完这两句马上挂断电话。

吴山张开两臂,鸟一般地飞进掩蔽部,喘息着说:"苏团长!快给我们任务!"他跑得上气不接下气,胸膛湿了一大片。

二团前方指挥所设在川口大山上,可以清楚地瞭望到鹿门前外面的情景。右边有条石子路通向川口,敌人就是从这条路过来的。另外有条黄土道接着石子路,经过山下,通向西方。山对面连山重叠,高低不一,敌人在上面构筑了工事。右边三里地外一条山沟里,敌人集中了大量兵力,这从几次进攻中暴露出来。二团长在师长打电话期间,针对敌情,考虑了几个问题。他没有特别招呼吴山,转向师长,交谈了意见,便命令炮兵集中轰击那条山沟,打击敌人的大部队,抽一门炮封锁敌人的退路。吴山看了看地形,又像鸟一般地飞出掩蔽部,去招呼刚刚赶到的炮兵连。

二团长开始跟师长研究下一步的行动。听枪声,一团的位置是在西北方向,因此决定二团分成几股,从此刻据守的东南方向冲下去,把敌人卷在中间。

团指挥所忙碌起来,发下一道道命令。时间在紧张中消逝,蕴藏的岩浆就要迸发。

炮兵首先动手,成了火山的第一股岩浆,炮弹呼啸着飞进山沟,飞上沟边的山坡,无情地喷射赤热的火焰。沟里的敌人开头还沉住气,没有动静,企图硬着头皮挺过去,好让炮火转移。可是炮弹更加固执,一点不肯放松。敌人终于挺不过去,三五成群地窜出山沟,寻找安全的地方。

西北方向的枪声扩大范围,逐渐近来。通往各营的电话机子叮当不断,营长们先后报告说:部队都准备好了。

时机到了!丁力胜轻微地点了点头,二团长发出了攻击命令。

忍受了多次攻击的队伍分路冲下,带着巨大的愤怒,气势磅礴地卷了过去。轻重机枪争先开口，为他们开辟道路。

冲锋的队伍进展迅速，分头冲上敌人的阵地。敌人的抵抗远不如进攻时那么强烈。显然，来自背后的枪声和猛烈的炮击打乱了他们的神经。

一支支队伍冲上连山，飞速地向纵深和横里发展，把敌人切成几截，漫长的连山上腾起一股股烈火硝烟。

炮弹转移了方向，封锁敌人的来路，防止敌人回窜。

火山全部爆发，岩浆到处喷涌，敌人的脚底下没有一块安全的地方。

仿佛是火山爆发的回音，远处什么地方传来闷沉沉的大炮声。丁力胜猛一把抓住二团长的胳膊："听！兄弟部队的炮声！他们也抓住了敌人！"

在另一个方向更遥远的地方，也响起了隐约的炮声。

"呵呵！"丁力胜捏紧二团长的胳膊，一时说不出话来，他的欢欣达到了极点。

二团长不大相信自己的耳朵，抬头一望，天空中乌云已散，白云的缝隙中露出西坠的太阳。不，那不是雷声。他听着遥远的炮声，振奋昂扬，尽管自己的部队进展神速，他仍嫌动作不快。

西北方向的枪声更近了，丁力胜拿起望远镜，看到一团的战士从一道山岗背后冒出来，飞扑敌人，九连长郑德彪也在里面。看到一团的人，他感到特别亲切，激情地说："瞧这员猛将！"

二团长一见一团的指战员，又兴奋，又不安，转向师长，急促地说："我下去掌握队伍！"

丁力胜手一挥说："好啊！你这个稳健派今天可变了样儿。"

二团长笑了笑，跳出掩体，冲下山去，有点发胖的身体并没有妨碍行动。

丁力胜注视着战局的发展，他的视线跟着一支冲锋队伍接近山沟，猛见山沟里涌出一大批人马，乱哄哄地涌过来。他们一边跑，一边甩掉背包，扔掉米袋子，尽量减轻身上的重量，有的连武器也扔掉了。他们互相碰撞，互相推挤，踏过摔倒的人，跨过散乱的背包，往前直闯。有个下级军官模样的人扳上一匹无鞍马，抱住马颈，擂着马屁股，往人丛里乱闯。近旁一个士兵举起步枪，往马身上打了一枪，马上的人随着马侧身摔倒，后面的人毫不在意地踩过他们。两边山头上的敌人受了影响，不断跳出工事，冲下来加进行列。

这股慌乱的人流不敢回窜，冲上石子路，循着山脚，冲上黄土道，向西涌去。他们完全失去了抵抗力，一个个争先逃跑。他们听不见头顶上的枪声，看不见周围情况，侥幸躲过了二团的火力，又遇上一团的火力。有几个比较清醒，一见面前的人中弹倒下，惊叫着扔掉武器，举起双手，收住脚步。然而后面的人不容他们停留，潮水般地推涌过来，他们只好举着手奔跑。这是一种疯狂的绝望的奔跑，是初次感到绝对恐惧的人们的奔跑。他们跑过的路上散满背包、子弹带、步枪、帽子、包裹……道路完全被各种东西盖没了。

冲锋的部队占领了全部阵地，紧跟在敌人屁股后面撵上去。

炮兵停止了射击，吴山穿着一件衬衣，挨到师长身边请求："让我们也下去吧。"

"不用你们凑热闹。打这么久还不满意？"

吴山继续请求："人心总是不知足。炮手们都有这个要求。"

"给你们一个任务：休息！"

吴山望了望敌人跑去的方向，无可奈何地走开。

枪声逐渐离远，远处互相呼应的隆隆炮声听起来更清楚了。

过不多久，吴山折回来说："师长！你听！"

"早听见啦。"

"人家打得多美!"

"啊呀,你这个人!只许你们唱歌,不许人家也唱唱歌。"

"人家打得多美,现在还在打!"吴山特别强调"现在"这个词儿。

"你们打的时候,人家可没有动手啊。"丁力胜口气一转说,"部队休息了没有?"

"休息是休息了,心里头大概休息不下来。"

任大忠一直探出半个身子,往看不见敌人的路上张望,这会儿猛地喊了一声:"二连长!"

丁力胜闻声转身,见路上远远过来两个人,打头的那个真是李腾蛟,后跟着个一团参谋。

"小任!带他们上来!快!"

任大忠跳出掩体,冲下山去。瞧他的神情姿态,即使让他到战场上空转一趟,他也认为比在工事里强过十倍。

"这里!李连长!这里!"任大忠一边跑,一边挥手高喊。他跑下山,在被遗弃的杂货堆上蹦跳着,向李腾蛟奔去。

任大忠回来的时候,肩上背了五支卡宾枪,仍然走得挺快。

李腾蛟刚跳进掩体,丁力胜没等他敬礼张口,紧握住他的手摇了几下,举起另一只手,拂去他肩上的尘沙。李腾蛟从这些动作中感到了师长要说的话。

一团联络参谋跟着跳进掩体,交给师长一封信。

丁力胜瞥了眼信封上的潦草的字迹,握住参谋的手说:"你们怎么样?"

"不错。"参谋简短地回答,"我们团伤亡不大,俘虏不少。"

"你们的团首长都好?"

"都好。"

这简短的回答使李腾蛟受到深深的感触。他在路上遇见了不少二团的指战员,却没有遇见本团的人。他们怎么样,团首长怎么样?他忍不住插进来问:"我们团在什么地方?"

"在川里。他们打得很好。你们连也打得很好。你听!"丁力胜跷起拇指往后一指,那里响着枪声,"他们正在进攻。"

李腾蛟一转身,踮起脚尖瞭望,可是视线给山坡挡住,望不见川里的情景,只听见枪声和手榴弹爆炸声回旋震响。战斗的声音诱惑着他,向他召唤。他飞快转过身,双脚一并说:"我可以走了吗?"

"歇一会儿再走。"

"我在一团歇够了。"

"急什么。反正到了家,还怕没有你打的。"

给师长一说穿,李腾蛟不好意思再要求了。

丁力胜转向任大忠说:"水壶里有水没有?"

任大忠正在摆弄地上的卡宾枪,一听师长的话,解下水壶,递给李腾蛟。

李腾蛟把水壶转递给一团参谋。两个人谦让起来。

"快喝吧!"丁力胜催促说,"客气什么,瞧你们的嘴唇。"

一团参谋喝了几口,把水壶交给李腾蛟。李腾蛟知道暂时脱不了身,接过水壶就喝。

丁力胜拆开信封,在暮色中细看沙浩的报告。趁这个机会,吴山凑到一团参谋身边,打听一团的详细战况。

任大忠在衣袋里掏出只精致的小木盒子,抽出盒板,皱紧了眉头。跟着又掏出个乌木盒子,打开一看,呸了一声说:"什么玩意儿!"

丁力胜刚看完信,听见任大忠在自言自语,望了他一眼说:"你拿的什么?"

"喏!"任大忠塞过手里的东西。"刚才捡的。外表倒好看,尽盛的这个。"

别人也凑过来看，原来里面盛着两副骰子，吴山先自哈哈大笑起来。

"小任，你这个洋捞可没有捡对。"

任大忠嘟囔着说："我还当是官印呢！"

丁力胜掂了掂这两副骰子，有一副比较重，大概骰子里面灌了铅。他在鼻子管里哼了一声说："这有几两重？他们要是保得住头，恐怕胳膊也舍得丢。"说罢把两副骰子扔进草丛。

川外的枪声离更远了，丁力胜往西一望，天边上抹上一道暗红色的晚霞，他突然想起了什么，关切地问："今天吃饭了没有？"

李腾蛟和一团参谋对看了一眼。

"吃了饭再走也不迟。"丁力胜说，"走！一块找政委去谈谈。"

三十六

李腾蛟回归二连，已经天黑多时。他的脚刚跨进连部，林速和胡安平一齐奔到门边，拉住他拼命摇晃。李腾蛟感到这两个人的接触和呼吸，这低矮的房子，蜡烛的光辉，挂在墙上的枪支和毛巾，都散发出一股温暖的气息。高度的兴奋窒息了他，他只觉头晕心热，一句话也说不出来。

"快给连长打盆洗脸水！"胡安平向门外高喊。

李腾蛟头一刹那的兴奋一过去，才发觉胡安平头上的绷带，吃惊地问："怎么啦？"

"如来佛怪我吵扰了他，让我在供桌上碰了一下。"胡安平回答。

"要紧不要紧？"李腾蛟急着追问。

"要紧就躺医院了。当时倒有点吓人，听说指导员还要给我报仇。"

"刚背下他不久，他又莽头莽脑冲上来，把我吓了一跳。这家伙！"林速说罢拖住李腾蛟往里走，一边嚷着，"躺下谈！躺下谈！"

屋里铺着三张床，李腾蛟认出一张床上铺着自己的被单，挂着自己的黄蚊帐，被子叠得方方正正，好像他的战友们准知道他要回来。他走到自己床前，趁势拉住眼前两个人，一齐贴身坐下。他瞧瞧这个，又瞧瞧那个，突然张开胳膊，使劲拥住两个战友的肩膀说："我真想念你们啊！"

胡安平啊哟了一声。

"怎么？"李腾蛟放开手问。

"没什么。"胡安平说时向指导员睒了睒眼睛。

通信员端进一盆洗脸水，从木楔上扯下一条干毛巾，撂在盆里说："连长！洗脸！"

李腾蛟没有起身，用急切的口气问："咱们连打得怎么样？"

林速起身走到桌边，拿起两张统计表递给李腾蛟，把蜡烛移到桌子边上，好让连长看得更清楚些。当李腾蛟埋头细看的时候，他上下打量连长，摘去沾在裤腿上的一个小刺球。

李腾蛟先看伤亡统计表，表后附着烈士的名单。看着一个个熟悉的名字，眼前鲜明地现出他们的音容笑貌。他咬着下唇，心上涌起巨大的仇恨。他拔出钢笔,旋开笔帽,在末尾加了个名字。

"他不在啦?"胡安平像给蝎子扎了一下。

李腾蛟转向指导员问:"他的党籍批准了没有?"。

"昨天出发前批下来啦。"

"我知道会批下来的。他死得光荣,也很愉快。"李腾蛟简述了一下经过,掏出几张人民币,交给指导员,"这是他交的党费!"

林速接过沈光禄的党费,紧捏在手掌心里。

李腾蛟一看第二张统计表,悲愤冲淡了,胡子蓬生的脸上现出笑容。

"俘获不少啊!"

"这统计不完全。"林速的神色由肃穆转成活泼。"一开头,根本抽不出人送俘房,让他们自动去报到。当时也来不及数,这一部分没统计上。"

等连长看完统计表,胡安平立刻发问:"一团九连怎么样?"

"俘获很大。"

"比我们怎么样?"

"比我们多。"

"嘎!他们打的怕是便宜仗吧?"

"不,打得很凶!昨天打退了十一次冲锋。今天他们打头阵。"

"难道我们比输啦?"

"什么?"

"咱们不是跟他们在竞赛?"

李腾蛟"啊"了一声。多少天来,他一直处在过度紧张的情况中,早已忘记了这一点。经胡安平一提醒,才记起有那么回事。

"你是听谁说的？"胡安平追问说，"不大可靠吧？"

李腾蛟的眼前闪过不久前看到的景象，由衷地说："我亲眼看见他们冲下山头，那股劲真猛，队伍冲得那么快，我还是第一次看到。"

"第一次看到？"胡安平受屈地嚷，"连长，你可没有看到咱们连是怎么冲的！战士们越过稻田，简直跟走平地一样。不信，你问指导员。"

林速很满意自己的连队。队伍冲下山的时候，他在后尾，战士们的动作看得清清楚楚，速度确实挺快。他认为副连长的话不过分，不过他怕一附和，可能使副连长产生自满，便露出牙齿笑了笑，没有作声。

"他们全连动作合拍，一个连好像一个人。"李腾蛟带着回忆的神情说，"平时训练不好，战时到不了这个程度。看来，我这个连长不如老郑。"

胡安平睁大眼睛吼吼喘气。他素来不相信别的连队能赶上自己的连队。他一参军就到二连，由战士当起，一直当到副连长，他深爱这个连队。要是让他承认有个连队比自己的连队强，那就损害了他的感情。他也深爱自己的连长，认为比哪个连长都好。现在，连长居然自认不如别的连长，这同样损害他的感情。

胡安平的思想感情总是显露在脸上的。李腾蛟一见他的表情，知道他不服气。李腾蛟摸熟了他的脾性，知道他对没有亲眼见过的事，不容易相信，别人很难说服他。因此不再多说，打问起本连的战斗详情。

胡安平东一段、西一段地叙述起来。他的话是即兴式的，形象多于逻辑，提到某一个突出的战士，可以讲上一大段，具体到啰唆的程度。林速不时插进来，适当地补充几句，阐明要点，扣紧环节。

通过指导员和副连长的叙述,李腾蛟知道本团面对的敌人目前只剩下三大坨,分别被包围在三个村子里。战士们刚下火线不久,吃罢饭就睡觉了,准备下半夜去接替别的连队。

"你们怎么不睡?"李腾蛟接着问。

"叫他睡,他不听。"林速说。

"他们都睡下了?"

"睡下了。"

李腾蛟站起身,走向门口。

"你上哪?"林速扯住他问。

"到班上去看看。"

胡安平赶上去,使劲把连长拉回床边说:"你歇歇。我原本打算查铺回来就睡觉。"说罢,走到自己的床跟前,拿起电筒就走。

胡安平刚到房门口,见门外有个人影子一晃,便喝问:"谁?"

经胡安平一吆喝,那个人背着大枪,索性噔噔地走进来,欢欢喜喜地喊了声:"连长!"

"小夏,你来干什么?"胡安平问。

"我刚下哨。"夏午阳确实刚从后山上换哨下来。他经过连部的窗下,听见连长的说话声,顺便拐进来了。

"赶快回去。让连长歇歇。"林速说。

夏午阳的眼光四处一转,停在连长的脸上:"沈光禄呢?"

"走走!叫你走就走!"胡安平气汹汹地嚷。

夏午阳的眼光不离连长,紧跟着问:"回班去啦?"

"他牺牲啦!"胡安平嚷了一句,捏亮电筒冲出去。

"老胡,等一等!我们一块走!"李腾蛟喊,冲过夏午阳身边，高大的身形很快消失。

夏午阳一下呆在原地。他跟沈光禄的关系，表面上看来并不好，常常互相抬杠，内心里，他却挺喜欢沈光禄，因为他俩都爱热闹。一打完仗，他马上想起了沈光禄，如像身边缺少了什么，感到冷清。他一听到连长的说话声，原以为沈光禄也在里面。后来向连长发问，原以为连长会说"他回班啦"，便马上转身想跑回去跟沈光禄好好唠一唠。不料听到的竟是意外的消息，真像头上劈下一个响雷。

林速见夏午阳那种样子，走到他的身边，一手搭上他的肩膀说："回去睡吧。明天还要打仗。"

夏午阳转身走了，步态跟进来时完全不一样，腿上仿佛缚了沙袋。

月光铺在村道上。夏午阳慢吞吞地拖着脚步，脑子麻木，心烦意乱，给夜风一吹，逐渐清醒过来，回想起跟沈光禄的关系。沈光禄恼过他好几次，当时蛮不在意，此刻细细一想，差不多总是自己说话尖刻引起来的。他越想越难过，觉得对不起沈光禄，很想痛哭一场。

夏午阳挨近本班的住房，眼前电筒一亮，见连长和副连长正好一块出门，悄声说着什么。他赶紧往门对面柳树后一闪，不让副连长看见。他知道副连长的心里也不好过。等到他俩走进邻班的住房，才悄悄地走进屋里。

月光透过窗子，照满外屋。一班人挤在草堆上，一个个睡得呼呼的。夏午阳架好枪，走到自己的铺位上坐下。看到紧挨身边的沈光禄的背包，他情不自禁地伸手提过来，往膝盖上一放。背包挺轻，扎得紧腾腾的，扎带里塞着一双新草鞋。他翻来覆去看了一阵，眼前出现了沈光禄的椭圆脸、剑眉和灵活的眼睛。他上身一扑，脸埋在背包上。恍惚间，觉得这样会引起沈光禄的不高兴，便把背包放回原处。

夏午阳放下帐子，和衣躺下，心里上下翻腾，老睡不着。一侧身，见月光正射在班长的脸上。他憋不住想跟谁谈谈自己的心情，隔着帐子，推了推班长的肩膀。

王海翻身坐起，警觉地四顾，一碰上夏午阳的眼光，急问有什么事儿。

"连长回来啦！"夏午阳大声说。

睡在沈光禄背包那一边的陈金川停止打鼾，翻了个身。

"轻一点！"王海轻声地问，"连长真回来了？"

"我刚见过他。"夏午阳的脸贴近帐子，声音仍然很大。"沈光禄可……可……"

"他怎么样？"王海的脸往前一冲，两张脸差点碰在一起。

"他……"夏午阳说不下去，流下两颗亮晶晶的眼泪。

王海明白了，脸猛地一缩，抿紧嘴唇，眼里爆出火花，一股仇气胀满全身。见夏午阳还在流泪，拳头一捏说："为革命牺牲是光荣的。有什么好哭的！"

"我对不起他啊。"夏午阳抽咽着说，"我跟他吵过嘴，心里难过。"

王海定定地望着夏午阳的脸，抑制住自己的感情，放平声气说："难过也来不及了。今后多管住些舌头。"

"我本性对他没有恶意。"

"我知道。他不会记恨你的。"

"他真不会？班长？"夏午阳愉快起来。

陈金川的床铺上响动了一下，王海连忙向夏午阳摆了摆手，示意不让他说话。

夏午阳没有理会班长的手势，朗声说："班长！我一定要替沈光禄报仇！"

"这才对啊！明天再狠狠地揍敌人一顿！"

夏午阳擦去脸上的眼泪，仰身躺下，他的心里舒畅多了。开头，他睁大眼睛，想着明天的战斗，盼望天亮，不一会儿就合上眼皮，打起了呼噜。

王海却翻来覆去睡不着了。这在他是少有的事。他披上叠在身边的衣服，轻脚轻步走到每个战士的铺位旁边，察看一过。他觉得这些战友，比任何时候更加可爱，更加亲近。夏午阳的圆脸映在月光里，脸上现出坚毅的线纹，平时的孩子气消失了，仿佛一下子老成了几岁。他轻轻地给他盖上被子。

走到陈金川床边，见帐子开了一条缝，刚伸手去拉严，忽然有只手抓住他的手说："班长！你睡吧！"

"我把你吵醒了？"王海的声调里带着歉意。

"是小夏把我吵醒的。"陈金川一骨碌坐起来说，"你们的谈话我都听见了。"

"嘎！"王海吃惊地说。

陈金川的眼睛亮得出奇，向两边望了望，上身一俯，附着王海的耳朵说："班长！咱们再要求一次突击班任务。"

王海迅速地点了点头。

陈金川放开班长的手，压低声音，似督促又似自勉地说："咱们都睡吧，恢复体力要紧。"

王海捏了一把陈金川的手，塞严帐子，快步走回自己的铺位。

三十七

在同一个时候,叶逢春闯进师部。房间里烛光闪闪,空无一人。他走到桌边,拿起招待烟,抽出一支,就着烛火点上,往竹椅上一坐,靠紧椅背,贪婪地连吸了好几口。一天没顾得上抽烟,抽起来特别香。他合上眼睛,晃着双腿,伸了几下胳膊,舒服地伸了个长长的懒腰。他又抽了几口烟,全身浮起懒洋洋的感觉,他怕就此睡着,一使劲,睁开沉重的眼皮,见师长含笑站在对面。

丁力胜眯细眼睛问:"还剩下三坨?"

"三坨。"叶逢春回答,"敌人火力挺强,白天没啃动。"

"那就让它多活一夜。你们明天打算怎么进攻?"

"敌人在村边筑了工事。我想请炮兵支援一下。"

丁力胜轻微地摇了摇头。

叶逢春不再抽烟,紧张地望着师长。

丁力胜平心静气地说:"你想请炮兵支援,炮兵也希望支援你们。可是敌人不让。"

叶逢春显出惊讶的神情。

"敌人不放村里的居民出来。"丁力胜继续说,"他们跟居民们混在一起,每所房屋都成了他们的据点。要是用炮一轰。居民们的生命财产要受损失。枣子打掉了明年还长,人死了活不转来。炮弹不认人,炮兵打得再准,难免打着居民。"

叶逢春睒着浮肿的眼皮,没有说话。部队打了大半天,实在打苦了。他只想尽量减少战士们的伤亡,却没有考虑到这一层。

"要不要别的部队支援你们?"

"不要,不要。"叶逢春连声拒绝,"我们包打!"

"我的意思,不包打好。"丁力胜说。

"豁出一个营打一个据点,还怕打不下来?"叶逢春的语气蛮有把握。

"我们决定让二团打一坨,你们打两坨。"

师长的话出乎叶逢春的意外,他扔掉快烧着手指头的烟,带着希望问:"已经决定啦?"

"已经决定啦!"丁力胜肯定回答,特别强调"已经"这个字眼,然后解释说:"二团差不多一径钉在山头上,让他们明天进攻进攻,平一平气。要没有他们卡住山口,你们今天不会这么顺手。"

叶逢春大度地挥了挥手,表示服从了决定。

"垂死的老虎不能轻视。"丁力胜叮咛说,"要提高警惕,防备他们突围。"

"部队看得紧紧的,不怕它突围。我们团的指战员都没有松劲。"

"明天还要多加一把劲。这回出发没带多少炸药,要好好使用爆破筒。"

门外传来脚步声,沙浩大步走了进来。叶逢春欢叫一声,跳起身子,冲了几步,一把抱住沙浩,在他的背上擂了一拳:"啊呀!你还没有死!"

"我死不了!"沙浩笑呵呵地说。

"我当你们掉到山沟缝缝里去了。"

"掉进去还得了，这个仗就打不成啦。"

"我想死你们了！"叶逢春嚷着，两臂一使劲，狠夹了沙浩一把。

"你的嗓子没喊哑？我猜想你准在用手势指挥。"

"还不到这种程度。不过团指挥所老搬家，腿累得够呛。说正经的，你们的战绩怎么样？"

"我们团俘虏了这么多。"沙浩伸出两个指头。

"两千？好家伙！"叶逢春喊着，又在沙浩的背上擂了一拳。

丁力胜笑盈盈地站在一旁打量沙浩，见那张熟悉的脸上黑里泛红，欢快和兴奋掩不住过度的疲惫。军衣撕破了几处，身上留着硝烟味，可以看出白天战斗激烈的程度。他等到两位团长的高兴劲消退了一些，才上去握紧沙浩的双手。

"我们是不是到晚了？"沙浩担心地问。

"不晚。也不早。刚好。"丁力胜拉着沙浩的手走到竹榻边一起坐下。

"战士们睡下没有？"

"除了搜索部队，都睡下啦。"

"你们算是完成了任务，我们还没有完成。"叶逢春不无感慨地插嘴说。

"我看都没有完成任务。"

两个团长的视线同时转向师长。

"敌人一个军部加一个整师，一万四五千人。到现在为止，我们全师杀伤和俘虏的敌人，合起来不满六千。就算最后那三坨还有一千五，另外一半人上哪儿去了？俘虏当中只有一名团长，一名副团长。他们的军长、副军长呢，师长、副师长呢，别的团长、副团长呢？他们不会掉进山沟缝里，大概都藏到山沟缝里去啰！政委不放心，亲自清查俘虏去了，估计不一定会查出多大名堂。"

叶逢春本来很满意本团的战绩,听罢师长的话,感到有点惶惑。

"你们太疲倦了,"丁力胜对沙浩说,"今晚上让战士们睡一个饱,好好补一补。明天一早开始搜山,把藏在山沟缝里的敌人统统用钳子夹出来。特别是那些将官校官,让他跑掉一个就是个祸害。"

沙浩绞着双手,望了望窗外的黑暗,显出坐不住的样子。

丁力胜看出他的不安,安慰地说:"目前战士们迫切需要休息,着急也是空的。"

任大忠端着个红漆茶盘在门口出现,一见房里有客人,犹犹豫豫不想进来。

"进来啊!"丁力胜招了招手,"再去拿两副碗筷!"

"我吃过了。"沙浩说。

"我也吃过了。"叶逢春跟着说。

"再吃一顿怕什么。"丁力胜说,"反正乱套啰,再吃一顿刚够数。"

任大忠走到桌边,放下茶盘里的饭菜碗筷,转身就走。

菜是两个打开的罐头,一个圆,一个扁。丁力胜起身走到桌前,逐一拿起来瞧了瞧说:"老相识了。看样子,美帝国主义送给白崇禧的物资也不少。"

两个团长微微一笑,他们都一眼认出了扁的是咸牛肉,圆的是猪肉青豆。

任大忠又拿来两副碗筷,丁力胜拖拢几张竹椅子,坐下来说:"来来!再吃一点。不领这个情,杜鲁门会不高兴的。"

沙浩和叶逢春含笑走到桌边,坐在两侧。丁力胜头一抬问:"卢兴东同志呢?"

"睡下啦。"任大忠回答。

"可惜。真该叫他尝尝这些罐头。"

"他不见得喜欢吃。肉没肉味,鱼没鱼味,油不唧唧的,腻人!"

"你都吃厌啦?"叶逢春逗他说。

"谈不上吃厌,压根儿不想吃。"任大忠一本正经地回答。

丁力胜扑哧一笑,拿起筷子,说了声"咱们吃吧",忽然举起筷子向门口招呼:"老孙同志!来来!快来一块吃!"

孙永年手里提个有耳朵的瓦罐子,径直走到桌前,放下罐子,揭开盖子,顿时冒出一股诱人的香味。坐着的人都露出疑惑的眼光,唯独任大忠毫不在意,跟孙永年交换了一下默契的眼光,飞跑出门。看来,他准知道是怎么回事。

"嚯,雾腾腾的,什么家伙?"叶逢春问。

"瓦罐鸡。"孙永年说,"我原本给师长政委准备的,你们来了更好。"

"哪来的?"丁力胜的口气挺严。

"我买的。这儿的老母鸡真肥,价钱不贵。"

"别把你的家底子弄光啰。"

"钱嘛,这种时候不花,什么时候花?首长们尝一尝,看烂不烂。"

"老孙同志,你留着自己吃吧。"丁力胜说,"拿来做什么。"

"我没有打仗,没有费脑筋,只动员了几个老乡,不够资格。"孙永年说顺了嘴,话就多了。"说起来,这鸡倒是从这上头来的。有个姓黄的老乡,过去参加过我们领导的农民协会,听说我当过红军,硬要送我一只鸡,再三推脱不了。我念头一转,决定买下。这回他可不让了,给他讲了好些话,后来搬出了军队纪律,他才收下钱。这鸡是他的儿媳妇炖的……"

"好啦好啦，快坐下来一块吃。"丁力胜打断他说。

孙永年也不推辞，拖了把椅子，在师长对面坐下。

"老卢同志睡啦？"丁力胜问。

"睡得呼呼的，睡着还笑呢。我俩谈得挺投缘。他一心一意想参军，说是叫他烧饭喂马都行。"

任大忠拿来一把大汤匙，一叠空碗。

"坐下吃一点。别张罗啦。"丁力胜说。

"我不饿。"任大忠转身要走。

叶逢春一把抓住他说："罐头不吃，鸡也不吃？"

"对！我给政委留一份。"任大忠站住说。

"我来。"孙永年拿起个空碗，往里夹了一只鸡腿，舀了些汤。往另一个空碗里也夹了只鸡腿，端给师长。给两个团长各分了一个鸡翅膀，自己夹了个鸡头说："我这个人脑筋不好，补一补脑子。小任，你吃个鸡心。"

任大忠溜走了。

人们围着桌子吃起来。叶逢春用鸡汤泡了半碗饭，吃了几口，抬头对沙浩说："告诉你一件事情：你那口子对我有了意见。"

"什么？"沙浩茫然问。

"我说，何佩蓉同志对我有了意见。"

沙浩放下饭碗，紧张地望着叶逢春问："她出了什么事儿？"

"她居然跑到火线上抢救伤员。我叫她回去，她理也不理，不是对我有了意见？老沙，你的话比我顶事，别让她到危险地点乱跑。"

沙浩听出是怎么回事，担心的神色转成欣慰。她表现勇敢，这正是他期望的。他笑了笑说："她在你的团里，你管不了，我能管得了？"

"啊呀！你管不了？那谁能管得了！"

孙永年听着两位团长的说笑，瞟了沙浩一眼，冲口说："沙团长，依我看，你们该了了这件事啰。"

"什么事？"叶逢春故意歪着头问。

"养儿育女的大事啊！"

叶逢春隔着桌子打了一下沙浩的手腕子说："听见没有？"

沙浩没有说话，眼前晃动着何佩蓉的影子。她大概瘦多了。这几天居然没有想到她，他觉得有点过意不去。

机要员送来一份电报。丁力胜看了看，往起一站说："好极啦！"

两个团长同时走到师长身边。

"你们看：兄弟部队抓住了敌人三个主力师！"

叶逢春抢过电报，看着看着念出声来："'正在围歼中！'好啊！"

丁力胜端起蜡烛，走到墙边去看地图，两个团长紧跟上去。

丁力胜把几面小红旗的位置移动了一下，好像想到了什么，冲着叶逢春说："快打个电话，叫何佩蓉同志上这儿来！"

沙浩赶紧接口："叫她来干什么？"

"有任务给她。"

叶逢春打罢电话，四个人又围起来吃饭，话题集中到战斗上，孙永年插不上话。

任大忠刚收拾干净桌子，何佩蓉匆匆跨进房门，一见沙浩，又惊又喜地停在门口。沙浩快步走过去，伸出一只结实的手。

何佩蓉的手在沙浩的手掌里微微抖颤，泄露了她的想念和喜悦。她本来奇怪师长为什么这时候叫她，此刻她猜到了师长的用意。她仔细打量沙浩的周身，一时说不出话来。

沙浩也定睛望着何佩蓉。他看出何佩蓉的脸庞消瘦了一些，眼皮子上肿下青，嘴角多了个豆粒大的红点，不知道是血还是红汞，身上散发出硫酸的气息。一种敬爱的感情刺激着他，他使劲捏了捏那只暖热的手，冲口说了句："我们的战士打得真勇敢啊！"

一直注视着他俩的叶逢春抛过一句话来："你不能说些别的话？"

听到叶逢春的声音，何佩蓉才醒悟到还有别人在场。她松开手，轻捷地走向师长。

孙永年原先站在墙边一动不动，生怕惊动他俩。这时候才举步出门。

没等何佩蓉走到跟前，丁力胜就问："你知道不知道五星国旗的做法？"

两个团长的眼睛倏地发亮，屏住呼吸，静待何佩蓉的回答。

"知道。师报介绍过。"何佩蓉回答。

"给你一个任务：明天中午以前做好一面五星国旗！"丁力胜瞟了瞟叶逢春说，"把新的国旗插上这个新解放地区！"

叶逢春明白后一句话的意思，就是说要在明天中午以前解决战斗，歼灭全部敌人。

"叶团长，我把她调回来了，还有南下工作团来的，会写诗的那一个。"

"章丽梅。"何佩蓉说。

"对对，章丽梅。叫她当你的助手。你们女同志手巧心细，拿出全部本领来做。一定要做好！要合标准！"

何佩蓉答应了一声，同时涌起一种庄严的伟大的感情。

"你回去吧。"丁力胜的眼光离开何佩蓉，迅速地转向沙浩，"你先出去一会儿，过半个钟头再来，我要跟叶团长单独谈一谈。"

何佩蓉走向门口,沙浩还不想动步,叶逢春推了推他说:"走走!我们有事。"

　　沙浩和何佩蓉同时走了,丁力胜亲切地目送他俩出门。

　　门外,风像个顽皮的孩子,放肆地奔跑欢叫。

三十八

　　风息天亮,这是个晴朗的清晨。李腾蛟从工事里望出去,前面的景象看得清清楚楚。正前方散着个村庄,房屋或连或散,参差不齐。村沿有两所房屋,一高一矮,高房的围墙上开了一溜枪眼;矮房的砖墙平整整的,一扇小小的后窗口给堵住了一大半,上面伸出黑枪口。两所房屋之间堆着树干、麻袋包、门板和横倒的桌子,筑成了防寨,挡住进村的道路。敌我阵地中间展开一片广阔的田亩,地形宽阔暴露,只有两条田埂可以隐蔽。昨天,敌人在这个方向配置了三挺机枪,冲锋部队要越过这片开阔地并不容易。

　　李腾蛟的眼光由远而近,抓住了紧前面的战士。他们精神抖擞,微微昂起头,一手持枪,一手抓住掩体的边沿,好像一群伏在起点上的竞赛运动员,一心等待信号枪的响声。他知道村庄另一边,还有个连队需要同时进攻。发动信号的权利,掌握在营长手上。他对目前处境感到满意。本连攻击的方向虽不是主攻方向,自己到底及时回归了部队,又要跟同志们并肩作战了。副连长趴在前面,指导员紧挨身边,使他感到安慰。

时间慢慢消逝,村庄里始终静悄悄的,狗不叫,烟不冒,枪也不响,仿佛没有一个生物,然而根据昨夜偷跑出来的两个居民的报告,村里盘踞着四五百个敌人,村道上到处筑了工事。看来,敌人相当沉着,不因攻击的临近透出惊慌。这种沉寂是讨厌的,令人不安。李腾蛟见指导员不时摸摸腰间的短枪,听见他的呼吸转为粗重,猜到他准跟自己一样,感觉到了这一层。

攻击的信号终于发出,李腾蛟命令机枪开火。他辨出别的地方同时响起密集的枪声,包围另外两个村庄的部队也开始了进攻。显然,掌握进攻信号的人不是营长,甚至也不是团长。

枪弹子弹飞向敌人的工事,围墙上溅起点点火星。突击班跳出掩体,冲向村庄。

突击班顺利地冲过第一道田埂,那座矮房的墙脚下同时掉落好些砖块,转眼间出现几个枪眼,射出了机枪火力。它们来得那么突然,那么猛烈,有两个战士被打倒了,别的战士不得不趴伏下来。李腾蛟急忙命令抽一部分火力去对付它们。趁我们的部分机枪转移射向的时机,高房的围墙里吐出几条机枪的火力。

胡安平冲到第一道田埂后面,向突击班挥手喊叫。突击班起身又冲。敌人的机枪组成了交叉火力网,不断地射击。有个战士仰面跌倒,别的人冲近第二道田埂,再一次被迫趴下。李腾蛟咬着嘴唇,一手按住工事的边缘,恨不得跳出去加入冲锋。

"敌人的火力太猛,暂时把突击班撤下来吧。"林速急快地说。

李腾蛟转头一望,遇见了两道坚决的眼光。他从激动中清醒过来,理智迅速占了上风,仰头高喊:"把突击班撤下来!"

听到连长的命令,胡安平喊了句什么。在一阵火力掩护下,剩下一半人的突击班离开暴露的地形,撤回冲锋出发地。

村庄另一边的枪声也逐渐减弱,另外两个村庄周围的枪声听起来更加响亮了。

胡安平匍匐着过来,跳进掩体,气冲冲地嚷:"用炮轰他娘的!"

胡安平眼红气粗,这神情触动了李腾蛟,刚平复的激情重新冒头。他咽了口唾沫,压制住内心的火焰说:"商量一下再攻。"一边暗暗地警惕自己,"冷静!冷静!"

胡安平用手背抹了抹下巴说:"再上去一个班,我不信拼不过他们!"他蹲下身子,两手捧住膝盖,尖起耳朵听枪声。

不远处的枪声确实有种诱人的力量,李腾蛟竭力避免听它,集中精神思索对策。

林速见胡安平不住探头张望,轻轻拉了他一把说:"坐下!蹲着不怕腿酸。"

胡安平一屁股坐下,两手支地,准备随时跳起身来。

三个连的干部正在研究,叶逢春匆匆赶来,跳进掩体说:"怎么回事,李连长?"

"情况有了变化。"李腾蛟回答。

"什么变化?"

"敌人增加了火力。"

"嘎!两边都加强了火力。"

"那边也加强了?"

叶逢春点了点头。阴着脸,走近胸墙。李腾蛟跟上去,指了指那座不显目的矮房说:"那几个枪眼都是新出现的,有两挺机枪。"

"昨天敌人没有使用全部火器,"叶逢春的胸脯急剧地起伏一下,"企图麻痹我们,来一个突然杀伤。"

"攻击以前那里并没有枪眼。"李腾蛟说,"敌人事先掩蔽得挺巧妙，看不出来。"

"他总不能掩蔽一辈子。"叶逢春盯着那座矮房说，"你们打算怎么进攻？"

"还没有最后决定。"

"有困难没有？"

"没有。"胡安平接口说，"瓮里的甲鱼，不怕捉不到手。"

"有一挺重机枪就好了。"李腾蛟说。

"等重机枪要到什么时候？"胡安平喃喃地说。

"村子那边，敌人摆了两挺重机枪。"

李腾蛟听出团长的意思，这就是说营的重机枪陷在主攻方向，抽不出来。

火线上一片宁静，村庄涂上一层早晨的阳光，敌人仍旧一枪不发。叶逢春观察了一会儿，决断地说："我决定调两挺重机枪配合你们。"

叶逢春随即跟李腾蛟做了研究，决定分两路进攻，加强突击力量，分散敌人火力，尽量发挥近武器的作用，消灭敌人的火力点。干部重新分工：由李腾蛟带领一排跟三排同时分路进攻，林速掌握二梯队和掩护火力。叶逢春临走前，特别嘱咐不要小看敌人，一定要把敌人当老虎打，而且要当作有狐狸性格的老虎打。

胡安平回到三排，一排的班排长被叫进连指挥所，分头作了传达布置。太阳逐步升高，两挺重机枪终于调来。机枪手个个汗流满面，显然刚从别的战场上转移过来，证明别处的攻击得手，已经用不着他们。

王海班掩蔽在一座坟后，王海回归本班，劈头就说："同志们，我们成了突击班啦！"

"好啊！"夏午阳一个翻身，一张笑脸对着班长。

"我们班的任务是消灭矮房里的火力点，攻破敌人的防寨……"

班长一宣布任务,全班战士的兴奋立刻为严肃所代替。陈金川掂了掂手里的爆破筒,探头望了望矮房墙脚下的枪眼。

"我们动作要猛!"王海继续说,"使敌人顾东顾不了西。要坚决顽强,一下子突破敌人的防线!"

陈金川轻微地点了点头。他知道,一次攻击的失败,不但影响攻击者的情绪,也会助长敌人的气焰,往往带来更大的伤亡。

王海一讲完,陈金川转了转栗色的眼珠子说:"防寨后面的敌人挺讨厌,刚才没露火力,先给他们一顿手榴弹。"

别的战士也先后提供了打法,一牵涉到具体的战斗部署,夏午阳没话说了,闪动着发亮的眼睛,只希望马上行动。

王海敏捷地作了布置,迅速隐蔽地把队伍带到冲锋出发地。

新的攻击开始了。

轻重机枪一齐欢唱,子弹飞进防寨,飞向两所房屋的墙头,撕下枪眼。两个突击班中间的大片地段,成了弹雨的狂潮。敌人的火力被压住了,射出来的火力既不猛烈,也不准确。

王海率领全班越过第一道田埂,冲近第二道田埂,防寨后面射出自动步枪的子弹,投出手榴弹。

陈金川擎着爆破筒,窜过烟雾火光,跨过田埂。矮房的墙上突然出现个新枪眼,一挺机枪凶恶地吼叫起来。陈金川冲了几步,仆面倒下,爆破筒摔出老远。后面的夏午阳一惊,刚要扑向爆破筒,只见陈金川一纵起身,飞跑几步,捡起爆破筒,往前冲去,子弹围着他打转,在他的脚下掘起一撮撮泥土。

陈金川奔近矮屋,只觉头顶上一凉,腿一软,他晃了晃倒下了。血流下额角,遮住一只眼睛。机枪在附近得意地吼叫,阻挡后面的人。这声音激怒了他,他聚集起全部力量,跳起身奔到墙边,贴紧墙壁,弯下腰,把爆破筒狠命往机枪枪眼里一塞,感到腿软力乏，又一次倒在地上。墙里的机枪停止了叫吼，有人惊喊了一声，爆破筒随即被推了出来。

一见眼前的爆破筒，陈金川猛地来了力量，他跪起身子，闪电似的抓住爆破筒，送进枪眼，一侧身，用背脊抵住枪眼。他似觉有人抓住那一头往外推，一使劲，脚跟抵住地面，让背脊跟墙壁粘在一起。

防寨后面飞出一颗手榴弹，落在陈金川身边，一边打转，一边冒烟。夏午阳两步窜上去，捞起手榴弹，扔回防寨。

陈金川感觉背后的推力加强了，背脊摇动起来。他两手贴胸，咬紧牙齿，把全身力量使在背上，让豆大的汗珠跟鲜血顺脸流下。墙里的机枪又开口了，他只觉胸口一阵麻木，恍惚间听到巨大的爆炸声，他的身体震跳了一下，斜斜地滑倒地上。他看到战友们飞奔过来，看到夏午阳闪过身边，随后这些人飞快旋转，融成一团，升向天空。天空在旋转，太阳也在旋转，洒下万道金光。金光变成闪电，猛闪了一下顿时消失，大地压了上来，他闻到一股强烈的土地的香味……

王海带着全班，用手榴弹炸惨防寨里的敌人，跨过树干麻包，冲进村里。李腾蛟带领两个班跟踪进村，一阵猛打，消灭了村沿的敌人，跟胡安平领导的三排依旧兵分两路，向纵深发展，逐房逐屋地攻击战斗。

林速看到了全部的攻击情景，率领二梯队冲到村边，见陈金川的身体平卧地上，眉毛微皱，睁着水晶般的眼睛仰望天空，那神情好像在问："我们进去了没有？"

"我们进去了！"林速轻声地说，擎起拖着红缨的驳壳枪，跨过横倒的树干，冲进村去。他的脸上布满杀气，如果章丽梅此刻遇见了他，一定不相信是他。

进攻另一方向的连队也进入村子，到处响起战斗的声音。

王海班冲近一所建筑在突出的崖底下的瓦房，遇到强烈的抵抗，等李腾蛟带着队伍赶到，才用猛烈的火力制服敌人，冲进瓦房。

夏午阳首先冲进后院的一座偏屋，偏屋后有后墙，倚山壁筑成，下面露出个黑黝黝的山洞。他感到蹊跷，贴墙挨壁，移到山洞边上，刚喊了声："快出来！"山洞里飞出几发子弹，落在对面的墙脚下。他一冒火，掏出颗手榴弹就要拉火。

王海刚好进门，赶紧向夏午阳一摆手，闪到他身边，贴着洞边喊："抵抗就是死路！快缴枪！"随手端起冲锋枪，向山洞上方威胁地扫了一梭子。

山洞深处起了窃窃私语，跟着扔出几支连发手枪、一把佩刀，钻出几个面容苍白、装束不同的人。

"还有没有？"王海连喊两声，没听见洞里应声，便向夏午阳做了个手势。

夏午阳搜了搜俘虏，从一个年轻俘虏身上摸出个手电筒，往洞里一照，照不见底。他弓腰进去，开始搜索。洞里潮湿阴凉，地上铺着稻草，稻草堆中间铺条黄呢美国毯子，毯子上放着纸烟火柴，一个罐头上粘着半支蜡烛。他点上蜡烛，发现洞底有个地方，稻草乱蓬蓬的，高起了一块。他伸手一摸，摸出几个文件夹子，便夹着夹子走出山洞。

李腾蛟同时进屋，威严的眼光向俘虏群一扫，厉声地说："哪一个是军参谋长？赶快站出来！你们的士兵已经供认了，躲不过去。"

五个俘虏互相望了望，谁也不出声，一个胖俘虏的脸腮抖动了一下。

夏午阳走近连长，交上文件夹子。

李腾蛟翻开第一个夹子，里面夹着敌军司令部和警卫营的花名册，一束电报当中有白崇禧发来的电报。他扬了扬夹子，冷笑一声说："人证物证都在。七军参谋长，快站出来！"

那个四十多岁的胖俘虏往出走了两步，勉强装出一副笑容，喃喃地说："兄弟就是。你们真是神兵天降啊！"

李腾蛟没有睬他，继续喊："哪个是警卫营长？"

"我！"一个精悍的小个子气哼哼地回答，同时打了个立正。

另外三个是军部参谋、副官和勤务兵。

叶逢春急步进来，对李腾蛟说："都抓到了？"

"跟俘虏说的一样。"李腾蛟回答。

"喂！听一听！还有枪声没有？你们的部队全完蛋啰！"叶逢春对着俘虏说。

敌人军参谋长的身份一经暴露，慌张的神色反倒消失。他看出叶逢春不是普通干部，似辩白又似解释说："兄弟早不想打啦，也是出于不得已。兄弟名为军参谋长，实则毫无兵权，不过是个傀儡罢了。辛参谋随我多年，可作证明。"

敌警卫营长听出话里的意思，尖着嗓子叫唤："是谁命令我坚决抵抗的？辛参谋，凭良心说，你给参谋长传过多少道命令？"

被叫作辛参谋的大脑袋俘虏赶忙摇了摇头："不要乱咬，我根本没有出过这个山洞，传过什么命令。长官不信，尽可以问问朱副官。"

一直在瑟瑟发抖的瘦子副官，一听这话，双手在头顶上乱晃，带着哭声说："别问我。我什么也不知道，什么也不知道！"

敌警卫营长的气仍旧没有消，喷溅着唾沫说："'绝不是正规共军，他们没长翅膀！''坚守坚守！我们的援军一定会来，守不住杀头！'这些话是谁说的？要是依我的意思，早点冲出去，说不定早上了火车。"

敌军参谋长的脸色发白，一对小眼睛死盯住敌警卫营长，露出狠毒的闪光。

"你们的军长呢?"叶逢春问。

"打散啦。"敌军参谋长回答,随后好像溺水的人抓到一根草,喘了口气说:"昨天枪声一响,军长就命令我们坚决抵抗,等待援军。兄弟是受命行事,被逼无奈。"

"你们的军长到底在哪里?"

"确实打散啦。要是查出来兄弟说话不实,任凭处置。"

"军参谋长抓到没有?"随着喊声,胡安平一阵风地刮进来。

"这一个。"李腾蛟嫌恶地伸手一指。

几天来,胡安平眼看好些战友陆续倒下,肚子里憋着一股仇气。他根本没有注意团长在场,抡起眼睛,盯住那张抖动的胖脸,三脚两步冲过去,吓得敌军参谋长倒退两步,撞在发抖的副官身上。

胡安平逼进一步,直着嗓子嚷:"你们围攻了我们三天,想不到也有今天!"

"你们就是单独插进来的那个师?"敌军参谋长愣了愣说:"不,不,不可能!"

"不可能?哼!你大概认为当俘虏也不可能吧?"

敌军参谋长垂下脑袋,露出绝望的神情。

叶逢春忍住气愤,吩咐李腾蛟说:"马上送他们到师政治部去!"

王海和夏午阳押着那群俘虏走出村子,不约而同地望了望陈金川倒下的地方。那里只留下一摊鲜血,映在阳光里,红宝石似的闪光。夏午阳禁不住咬牙切齿说:"战犯!都是战犯!"

前面,敌军参谋长的背脊猛地打抖,样子像片落叶。

三十九

何佩蓉和章丽梅整夜没有睡觉，一块设计、染布、染线、烘烤、剪五角星。最后缝星的时候，章丽梅缝了几针，针脚不匀，自己看了也脸红，只好撒手，让给何佩蓉独力完成。她往床上一斜，转眼间合上眼睛。

此刻，阳光洒满一屋，何佩蓉缝着最后一个黄五星，一边哼着歌子。她缝一针，检查一遍，发现哪一针针脚不匀，立刻拆掉重缝。缝好了最后一针，仔细检查一遍，听枪声已经静息，生怕误事，顾不及叫醒章丽梅，叠好国旗，奔向师部。

师长和政委都不在，何佩蓉把国旗交给值班参谋，跑回住处，见章丽梅脸朝外侧卧着，脸色绯红，睡得正香。她轻步走到外屋，端来一脸盆冷水，洗了把脸，痛痛快快地冲洗头发，房子里响着柔和的水声。

章丽梅忽然惊叫一声，翻身坐起。何佩蓉转过湿淋淋的头说："战斗结束了，你还做梦。做什么梦来着？"

章丽梅跳下床说："国旗呢？"

"刚送走。你瞧瞧太阳，快正午啦。"

"啊哟，我睡得真死。"

何佩蓉拧干头发，从上衣口袋里掏出半截梳子梳了梳说："外面可热闹啦。"

章丽梅奔过来抓住何佩蓉的胳膊说："快走！咱们出去看看。"

"瞧你蓬头散发的样子。快整理整理。"何佩蓉说，随手拉起章丽梅的一条辫子，辫梢上的绳结已经脱落。

章丽梅回到床边，拿起散落的辫绳，急忙结好辫子，掏出手绢，随便擦了擦眼角。不等何佩蓉晾干头发，拉起她的手快步出门。

两个人跑出村口，跑向战场。

十月的阳光照亮平川，照亮打扫战场的人们。战士们身穿灰军衣和白衬衫，有的背麻袋，有的抬箱子，有的扛武器，来往不绝，吆喝声中夹着欢笑。一副副担架上面，堆着卸掉枪栓的枪、没有炮盘的六〇炮筒、小丘般的钢盔和子弹带。数不清的人，数不清的战利品，组成了欢乐的场景，使章丽梅眼花缭乱，感情汹涌。她掏出个小本子，飞快地写了几行。

一路上，何佩蓉不断跟遇到的战士们打招呼，后来，章丽梅也主动招呼开了，战士们同样愉快地回报她俩。开头，她俩走在石板路上，因为经常要让路，干脆跳进稻田行走，即使这样，有时候还要让路。

迎面过来两个抬着箱子的战士，章丽梅觉得面熟，像是二连的战士。她触景生情，问何佩蓉说："你说二连长回来了，怎么没见他？"

何佩蓉招呼打头的战士："小夏！抬的什么？"

"白洋！"夏午阳回喊，"上个月的军饷，说是到了广西就发，手段真辣。"

"你怎么知道？"

"我在政治部刚听了三堂会审。那个俘虏军参谋长把他们的军长骂得狗血喷头。"

"哦。你们的连长在哪儿?"

"那边!"夏午阳回头指了个方向,擦过何佩蓉身边,"那边东西不少,还有提琴。"

"提琴?快去看看!"章丽梅拉着何佩蓉就跑。

她俩越过几条田埂,遇见好些二连的战士,最后遇见了王海。

王海一手提个红皮箱,一手提着提琴。一见她俩,举了举提琴盒子说:"你们的武器。"

"没坏吧?"

"连长说没有坏。"

章丽梅虽然看到提琴,仍然一股劲往前走:她望见李腾蛟弯腰在捡什么东西。

何佩蓉也看到了,老远招呼了一声。

李腾蛟大步迎上来,使劲握住何佩蓉的手说:"何同志!我代表全连谢谢你!"

"谢我干什么?"何佩蓉吃惊地说。

"你冒着弹雨抢救伤员,给了战士们很大鼓舞。"

"这算得了什么!又不是冲锋陷阵。巩华同志的伤势怎么样?"

"肚子里的弹片取出来了,弄不好还有危险。指导员看他去了。"李腾蛟口气一转,关心地问,"见到沙团长没有?"

何佩蓉脸一红说:"见了他,才知道你回来的。"

"李连长昨天回来的?"章丽梅问,同时感到这句话没有意思。

"是啊,总算赶上个尾巴,打了一仗。章同志,你脸上是什么?"

"什么?"章丽梅紧张地问。

"怎么黄了一块,碘酒?"

章丽梅急忙伸手摸了摸双颊。

"怎么手上也是黄的?"

章丽梅看了看手掌心,松了口气说:"啊!是做国旗染的。"

"五星国旗!"李腾蛟喊,眼睛里闪烁着光芒。

"是啊!"何佩蓉接口说,"我们做了一面。"

"在哪?"李腾蛟追问说。

"刚交到师部。"

李腾蛟望了望师部所在的村子,急迫地说:"你们来得正好!这些东西里面说不定有重要文件。女同志心细,交给你们处理更合适。"

何佩蓉见李腾蛟背后散着纸张册籍,有个地方堆了一小堆,上面压块石头,想必是李腾蛟归在一起的。她答应了一声。

李腾蛟转向章丽梅说:"章同志,看看敌人的材料,对写东西也有帮助。"

章丽梅微微一笑。

李腾蛟使劲握了握她俩的手,热诚地说:"欢迎你们到连队来演唱!战士们都挺想念你们呀!"说罢匆匆去追赶走远了的战士。

章丽梅望着李腾蛟的背影说:"你瞧出来了没有:他老了一点,可是漂亮了一点。"

"我没有瞧出来。"何佩蓉板着脸孔说,说完了扑哧笑出声来。

"说真的,我这两天有点想念他。抬来一副担架,总担心上面躺的是他。"

何佩蓉含着深意地瞟了她一眼。

"我原先不喜欢他的性格,心想,他要有林指导员的性格多好。现在看起来，他这个人也挺活泼。"章丽梅的眼光又转向李腾蛟的背影，注视了一会儿，带着不满的口气说："你看他走得多快，头也不回一下。"

何佩蓉神秘地问："你猜他这会儿心里想什么？"

"谁知道他。"

"准是急着想看国旗。"

李腾蛟走远了。远处，近处，忙碌的人群走出竹林，走出松林，喊叫声里夹着快乐的歌声。暖热的阳光洒在人身上，照在浓绿的山壁上，使万物发出一层光彩。虽是深秋时节，她俩都感到暖洋洋的，好像处身在三月阳春。

何佩蓉呼吸了几口清新的空气，拉了章丽梅一把："咱们看看有没有要紧文件。"

"能找到几本日记就好啦。"

"找不到少惹气。"何佩蓉说，"解放天津那天，我捡到一本军官日记，看了真气死人！什么窑姐儿啦，政工队小姐啦，谁谁的姨太太啦，尽是乌七八糟的事。"

两个人开始捡拾散乱的纸张，一边捡，一边看，没有发现了不起的文件，章丽梅不耐烦了，去翻看李腾蛟捡的那堆东西。她找到一张《阵中日报》，好奇地看起来，看了一会儿，鼻子管里哼了一下，说声"狗屁不通"，扔在地上。

何佩蓉找出两个空米袋子，当成绳子，捆好那些公文册籍。两个人各提一捆，继续走去。

附近一个山洼子里转出两个人，一个手提黑皮包，一个牵匹光背马，迎面走来。何佩蓉大声招呼："老孙同志，遛马去啦？"

"发了笔横财！"孙永年回喊，牵着马加快脚步。

双方走碰了头，停住脚步。孙永年牵着的那匹花斑马满腿污泥，偎紧孙永年，抬起怯生生的眼睛望人。

"别看它泥巴稀稀的，好好养上几天，管保不认识它啰。"

孙永年身边的中年人应声说："确实是匹好马。"

孙永年随着介绍："何同志，认识他不？他叫卢兴东，当过红军。部队赶到这里，是他带的路。"

卢兴东赶紧接口："托毛主席的福，总算没有误事。"

"给你们瞧个新鲜玩意儿。"孙永年眼睛一眯，两个手指头伸进上衣口袋，夹出一张长方形的硬纸片。

何佩蓉接过来一看，惊讶地说："哪来的？"

章丽梅凑拢来看，见那张厚道林纸上用仿宋体印着"第三兵团副司令兼第七军军长中将李本一"。眉毛一挑说："人呢？"

"是这么回事。"孙永年做着手势，不紧不慢地说，"我们进了山洼不远，见这个玩意儿撒了一地。我一边收，一边跟着它走，走啊走啊，拐了个弯，看到这家伙站在草丛里，"他拍了拍那匹花斑马，"缰绳拖在地上。我伸手抓住缰绳，它傻痴痴地一动不动。老卢一搜草丛，就搜出了这个皮包，沉甸甸的，里面不知道盛了些什么。瞧，还上了锁……"

"人呢？"何佩蓉打断他问，"名片上那个人呢？"

"没见到。"孙永年摇了摇头，"后首来了股搜索部队，我交上一张名片，这么那么一说，他们四处搜索开了。我俩也帮助搜了好久，没有影儿。喏，这张名片送给你啰。"

"我要它干什么？"

"我这里有的是。"孙永年拍了拍鼓腾腾的上衣口袋。

何佩蓉把名片还给孙永年："都交到师部去吧。"

孙永年弹了弹名片说："你到底有什么用处？当不了手纸，卷不了烟。"

这话逗笑了章丽梅，笑得靠在何佩蓉身上。

孙永年装回名片，拍了拍马项说："这家伙倒忠心，死守住主人的皮包……"

何佩蓉皱起翘鼻子，斜瞟了孙永年一眼。

"可惜用错了地方。"孙永年继续说，"当时我说：'你这傻瓜，脑子里应该开开窍！你那么死心塌地，人家可扔下你啰！'经过教育，它知道自己不对，懊悔起来，当场点了点头。你们瞧，它现在对我多好。"

那匹花斑马好像听懂他的话，用头部摩擦他的胳膊。

孙永年趁势抚了抚鬣毛，花斑马抖了抖肚子，眯起眼睛，享受新主人的爱抚。随后抬眼望了望孙永年，轻轻地踏着前蹄。

"饿了吧？好好，这就带你走。谁叫你投错了主人！今后可要好好干，将功赎罪。"

孙永年说罢，招呼卢兴东一声，牵着马走了。

"这个人真有趣，他是马夫？"

"饲养员！"何佩蓉纠正说，"他的肚子里装满故事，长征的，抗战的，什么都有，讲三年也讲不完。你爱听，随时可以找他。"

"我准去找他。"章丽梅喊。

再往前走，章丽梅放慢了脚步，东张西望，一对眼睛闲不下来。她看到好些身穿蓝布衫裤的农民，杂在战士群里，同样肩挑背负，兴高采烈，有的唱着山歌。她有两次忍不住放下文件捆，拿出本子，飞快地记下涌上心来的断片残句。

斜刺里过来一个瘦高身子，一手遮住眉毛，边走边四下瞭望。

"曹部长！"何佩蓉大声招呼。

后勤部长跨过稻茬子，脚高脚低地插过来，满脸通红，兴冲冲地说："今天天气多好！"

"你怎么有时间出来啊？"何佩蓉知道这种时候正是后勤部门最忙碌的时候。

后勤部长从问话里听出同情,亲热地说:"前几天这也没有,那也没有,逼得我好苦。东西少,发愁,东西多,也发愁。这会儿呢,登记这个,统计那个,弄得我头昏脑涨,跑出来换换空气。"

"战利品里面有乐器。曹部长,叫他们好好保管,别弄坏啦。"

"啊呀,你也不让我闲一下。放心,所有的乐器保证不缺一个角,不断一根弦。听着,我要分给你们宣传队几袋洋面,包饺子吃。"

爱吃饺子的何佩蓉头一侧说:"太好啦。"

"每人发个罐头。"

后勤部长的脸上布满笑意。何佩蓉看得出,这时候如果向他提出什么要求,凡是在他权力范围以内的,他都会慷慨答应。

后勤部长的眼光落在章丽梅身上,打量了一会儿说:"这位是新同志吧?"

"说新不算新,来了两个来月。"何佩蓉代替章丽梅回答。

"啊!我们是第一次见面。"

"你太忙啰,"何佩蓉又说,"见过面也记不住。"

"那倒不一定。"后勤部长转向章丽梅说,"你觉得部队生活怎么样?"

"生活丰富极啦。"章丽梅衷心地说。

"我们就是这样。有时候困难得了不得,恨不得长出三头六臂,学会搬运法,从什么地方弄些物资来。一打了胜仗,什么都有啦,根本用不着搬运法,美帝国主义会把物资送到我们手里。"

后勤部长笑着走开了。

"这个后勤部长挺有意思。"章丽梅说,"他快满五十了吧,瞧他的样子跟孩子一样。"

"解放军里差不多人人都这样。"何佩蓉说,"你待久了就不想离开。"

"我现在就不想离开。"

"那就在部队里安家。"

"我要永远跟你在一起。"章丽梅欢快地说,没有察觉何佩蓉话里的暗示。

四十

阳光离开窗棂,丁力胜推开窗子,冲进一股喧闹的声音。扛着胜利品的人连串走过村道,孩子们成群结伴,追随在他们身后,睁大眼睛,惊奇地指点观看。有个孩子拉住个青年农民的衣角,跟在身边喊:"哥哥!哥哥!你扛的什么?"青年农民一扭头,神气地说:"放手!你长大了就知道啰。"

房门一响,丁力胜从窗口转过身来,见韦清泉轻快地走进房间。

"查出一名师长!"韦清泉说,深凹的眼睛里发着闪光。

"一七二师师长?"丁力胜的背脊离开窗台。

韦清泉用讥刺的口吻说:"昨天生怕部属们不认识他,今天拼命想把头缩到脖子里去。喔,李本一的皮包里有些什么东西?"

"东西不少,还有女人的首饰,有用处的不多。"

韦清泉望了望窗外的热闹景象,敞开脸说:"刚才碰见几个战士，跟他们随便聊了聊，那股高兴劲啊，要是喊一声：'马上出发！'准能一口气再走百把里地。"

"当然当然！"丁力胜应声说，"我也希望趁热打铁，一家伙搞到广西去。"

叶逢春三脚两步闯进来，气色不大好看："附近十几里地都搜遍了，没找到李本一。"

"白天搜不到晚上搜，今天搜不到明天搜。"丁力胜斩钉截铁地说，"部队全部出动！"

韦清泉插问说："叶团长，部队疲劳不疲劳？"

"睡了一夜，把几天没睡的觉都补过来了。搜三天三夜也不会疲劳。"

"对！"韦清泉说，"就要有这种精神！"

"从现在起，解除你们别的任务。"丁力胜坚决地说，"快去准备灯笼火把，搜山！"

机要员送来一份电报，丁力胜刚看了两句，眉毛一扬说："哈！敌人那三个师全部被歼灭了！"

叶逢春从门口返回来，凑到师长身边，看了看电报上敌人部队的番号，兴高采烈地说："好啊！第七军、四十八军基本上完蛋啦！"

韦清泉也走到师长身边，三张欢快的脸凑在一起。

"请注意寻找五万分之一的广西地图！"丁力胜念出电报上最后一句话，转脸说，"野战军总部又在部署下一个战役行动啦！"

"你的希望就要变成行动啰！"韦清泉说。

兄弟部队的胜利鼓舞了叶逢春。敌人四个主力师加一个军部的歼灭，就是在进军路上拔除掉巨大的障碍。几个月来的跋山涉水、失望和气愤，此刻得到了报偿。他转身就走，急着想把这一胜利消息告诉全团。

韦清泉叫住了他："搜山的时候要提高警惕，小心敌人打冷枪。不值得流血的时候，一定要避免流血。好好清查一下缴获的文件，发现有五万分之一的地图，马上派人送来。"

叶逢春刚走，丁力胜拿起耳机，给一、二团摇电话，通知新的胜利消息，要他们注意搜寻广西详图，准备全体出动搜山，捕捉漏网的鱼。

屋里的光线逐渐暗淡，窗外飞来的喧闹声并没有减弱，喊叫声和匆忙的脚步声里，夹杂着清脆的马蹄声和钝重的牛蹄声。丁力胜心情激动地说了声"我出去转转"，快步走出门外。

丁力胜不断向战士和民夫打着招呼，走到村口。一座打谷场上围着好些人在仰头观望，人丛里，一根粗毛竹笔直地伸向蓝色的天空，顶端上飘扬着一面五星红旗。它映在阳光里，鲜亮透明，舒展着柔软的身体，发出愉快的声音，好像在向人们宣告胜利，宣告光明和幸福的来到。

丁力胜不觉收住脚步，举目仰望，心里走过近二十年的战斗生活。过去的道路曲折崎岖，经历了千辛万苦，终于看到了胜利的果实！这耀眼的红旗是胜利的标志，也是新的胜利的象征。他仰望着，眼前展开未来的图景。在五星红旗飘扬招展的地方，人们将用全力来建设社会主义，让祖国从贫困走向繁荣富强。往昔的战场，他走过来的东北平原、华北平原和中原平原，快要全部解放的南方，将竖立起数不清的工厂，用机器的轰鸣和炼钢炉的火光来代替炮声枪火。被割裂成许多小块的土地将要联结起来，形成由拖拉机耕种的农场田庄。说不定自己站着的地方，哪一天会出现规模宏大的厂房，厂内厂外，机器跟拖拉机同时噪响。今后的道路或许还有曲折和崎岖，还会有艰苦困难和英勇牺牲，但决不会再有跟过去同样的苦难、屈辱和忧伤。伴随人们的不是漫漫长夜，而是强烈的阳光！

火一样的旗帜燃烧着他的心，他猛想起南下前那次和党中央领导人的会见。是党和毛主席领导着一个接一个的斗争，甚至一个接一个的战役。毛主席这几天一定也没有睡好，注视着这一战役的进展。党中央所在地的北京，此刻，那同样鲜艳的五星国旗，一定也在天安门上飘扬！

丁力胜满怀兴奋，独自向前走去。他开头走在石板路上，后来跨进收割过的田亩，跨过一道道田埂，燃烧的眼光左顾右盼，热切地吸收周围的景象。打扫战场的人陆续归去，一个牧童骑在水牛背上，慢慢地擦过竹林。经历过激战的山崖上，一群孩子提篮挽筐，在枣树林里捡拾枣子。作过师指挥部的山头上，留着太阳的夕照，两棵松树互相偎依，摇动金色的顶盖，好像在低声私语，交谈这两天看到的情景。

丁力胜走近那座山头，爬上山坡，绕过一棵棵矮蓬蓬的马尾松，向上走去。醉人的草香一路伴随着他，扑进鼻孔，沁人心肺。昨天，他根本没有闻到这种香味，它仿佛为了庆祝胜利才发出来的。一上山顶，草香显得更浓烈了。

山顶上的空气明净高爽，他伸出胳膊，作了几次深呼吸，觉得十分舒适。他踏着草地来回走动，享受休息的快乐。他知道这种愉快是短暂的，然而也是珍贵的，没有长久的紧张不可能产生这种感觉。他竭力不让自己想什么，有意松懈一下过度紧张和兴奋过后的神经。紧张消失了，兴奋仍旧紧随着他，舍不得离开。

这里望得见村口的红旗，望得见红旗下的人群。他看不清人们的脸孔，但是想象得到他们的表情。

他的身边轻微地响了一下，脚边落下一颗松球。他捡起来，捏弄了一会儿，揣进口袋。这松球使他想起家乡，想起自己的家人。他家山背后有座松林，他不满十岁的时候，就跟着母亲上那里去捡松球，换一些零用钱度日。他离开苏区以后，母亲过了十几年黑暗艰难的日子，她的头发一定全白了。然而母亲是幸福的，她比自己更早地看到胜利的红旗。

太阳接近对面的山坳，落进一道白云下面，云上撒出了万道金光。照在脸上的阳光一消失，山下的景色反倒更清楚了。山脚下上来个人，走得挺快，一看爬山的姿势就知道是政委。

韦清泉上得山来，交给师长一封信说："军部派骑兵送来了第一批书报文件。"

丁力胜一看信封上秀丽端正的笔迹，就知道是谁写来的。他拿着信问："军部有什么指示没有？"

"除了叫我加紧搜山，暂时还没有别的指示。"韦清泉说，面对山下，伸了几下胳膊。

"这地方很像我的老家。"丁力胜说。

"也像我的老家。"韦清泉说，"咦，怎么不看信，说不定有要紧话呐。"

丁力胜拆开信封。他的妻子写得很简单，但从每句话里看得出对自己的关怀。发信的日期是九月二十一，这封信在路上整整走了二十天，或许在军部里耽搁了一些日子。

"娃娃生下来了没有？"韦清泉关切地问。

"快啰。"

"将来孩子得叫京生了，啊？"

丁力胜微微一笑，打开另一张信纸，刚看了个称呼，笑意加深了，他第一次看到儿子写的信。

儿子的字迹歪歪倒倒，一个大，一个小，有的简直不容易认出来，丁力胜不断摇头。

爸爸：

　　我的学习成绩不坏，语文和算术的习题总是八十分以上，体育最好。老师说我将来能当解放军。爸爸，真要当上解放军，天天跟你在一块，多好。妹妹会说好多话了，老爱画画。我给了她一支铅笔。昨天她画了好多圆圈圈，画得像炮弹一样，她硬说画的是茶杯，真笑死人……

丁力胜把那封信塞给韦清泉说："你瞧瞧，延生写的。不像个建设人才。"

韦清泉看完了，赞扬地说："写得不错啊。建设社会主义也少不了解放军。"

"我看将来不会有多少出息。"丁力胜说，"他还当炮弹是圆的呐！"

韦清泉静默了一会儿说："接他们来吧。让延生看看炮弹。"

丁力胜坚决地摇了摇头："不是时候。看样子，我们很快要出动。"

韦清泉不言语了，他同意师长的估计。

"老韦，你快要看到你的孩子啰。说不定比我先看到。"

"是死是活还不知道，就是活着，也不认识我啦。我走的时候他才五岁。"韦清泉掐算了一下说，"现在十八九岁了。哦呵，他当解放军倒够资格。"

"一定能找到他们！"丁力胜肯定地说。

"但愿如此。"韦清泉的眼睛里燃起光芒。丁力胜一眼看得出，这是温柔的父爱。

黄昏来临，长长的红霞转紫，圆了大半个的月亮显出淡淡的面影，风吹来有点凉意。遥远的什么地方，传来一声沉闷的枪声。

山脚下，有两个人牵着一串牲口走过，丁力胜认出了卢兴东,也猜出另一个是谁,含笑说:"他们两个倒是形影不离,索性让他多住几天再回去。"

韦清泉知道师长是指卢兴东说的。他们已经决定让他回去参加地方工作。既然他在当地住了十多年,熟悉周围情况,就是进行土地改革和发动群众的一个重要力量。

"让他明天就回去。那边一定需要人手。这颗埋了十多年的种子,该让它好好发芽开花了。"韦清泉说,同时想起埋在广西的革命种子,那些受过革命影响的群众,他们发芽开花的时候也快到了。

两个人并肩站在松树下,松针在头上摩擦作响。天空逐渐转暗,在遥远的东北方,亮起几点火光,然后西北方也出现火光,再后,重山层叠的西方,高高低低的火光也先后升起。那是搜山部队的火光。

一簇簇火光在山岭上闪烁移动,火光引来火光,有的地方连成一片,染红了天空。

丁力胜和韦清泉注视着火光点点的西南方,那里就是广西,就是进军的下一个目标。

火光闪烁的远处,偶尔传来一两下沉闷的枪声。山下,在逐渐朦胧的平川里,在映着月光的村子里,飘来胡琴和提琴优美的声音,宣传队员们在赶排新的节目。也传来孩子们的歌唱声:"没有共产党就没有新中国!……"

一九五九年七月